Ce livre, publié dans la collection ROMANICHELS
dirigée par Josée Bonneville, a été placé
sous la supervision éditoriale d'André Vanasse.

Nepalium tremens

DU MÊME AUTEUR

L'aventure d'un médecin sur la Côte-Nord, récit de voyage, Montréal, Trécarré, 1986.

Pour moi... la mer..., recueil de poésie, Québec, Le Palindrome éditeur, 1988.

Un dernier cadeau pour Cornélia, recueil de nouvelles, Montréal, XYZ éditeur, 1989.

La saga de Freydis Karlsevni, conte, Montréal, l'Hexagone, 1990.

Miction sous les étoiles, recueil de poésie, Québec, Le Palindrome éditeur, 1990.

Urgences, récits et anecdotes/Un médecin raconte, recueil de nouvelles, Québec, Éditions La Liberté, 1990.

La rêverie du froid, essai, Québec, Éditions La Liberté-Le Palindrome, 1991.

Baie Victor, roman, Québec, Le Septentrion, 1992.

Kavisilaq/Impressions nordiques, recueil de poésie, Québec, Le Loup de Gouttière, 1992.

Voyage au nord du Nord, récit de voyage, Québec, Le Loup de Gouttière, 1993.

Docteur Wincot, recueil de nouvelles, Québec, Le Loup de Gouttière, 1995.

L'espace Montauban/Le dernier roman scout, roman, Québec, Les Éditions La Liberté, 1996.

Lettres à ma fille, récit de voyage, Québec, Le Loup de Gouttière, 1997.

Ô Nord, mon Amour, recueil de poésie, Québec, Le Loup de Gouttière, 1998.

Nunavik/Carnets de l'Ungava, essai poétique, Montréal, Les Heures bleues, 2000.

Le coureur de froid, roman, Montréal, XYZ éditeur, 2001.

Du fond de ma cabane. Éloge de la forêt et du sacré, méditations, Montréal, XYZ éditeur, coll. « Étoiles variables », 2002 ; coll. « Romanichels poche », 2003.

Nomades en pays maori. Propos sur la relation père-fille, récit de voyage, Montréal, XYZ éditeur, coll. « Étoiles variables », 2003.

L'île de Tayara, roman, Montréal, XYZ éditeur, coll. « Romanichels », 2004.

Au nord de nos vies, récits, Montréal, XYZ éditeur, coll. « Étoiles variables », 2006.

Âme, foi et poésie, essai, Montréal, XYZ éditeur, coll. « Documents », 2007.

La Poune ressuscitée, roman-théâtre, Montréal, XYZ éditeur, coll. « Étoiles variables », 2007.

Entre le chaos et l'insignifiance, histoires médicales, Montréal, XYZ éditeur, coll. « Étoiles variables », 2009.

Toundra/Tundra/ᐳᐣᑕ, encres de Pierre Lussier, recueil de poésie, Montréal, Les Éditions XYZ, 2009.

La Baie-James des uns et des autres (en collaboration avec François Huot), essai, Québec, Les productions FH, 2009.

Uashtessiu/Lumière d'automne (en collaboration avec Rita Mestokosho), poésie, Montréal, Éditions Mémoire d'encrier, 2010.

L'esprit du Nord. Propos sur l'autochtonie québécoise, le nomadisme et la nordicité, essai, Montréal, Les Éditions XYZ, 2010.

Vivre ne suffit pas, anthologie, préface d'Yves Laroche, choix des textes de André Bresson, Yves Laroche et André Trottier, Montréal, Les Éditions XYZ, 2011.

Jean Désy

Nepalium tremens

roman

XYZ
éditeur

Catalogage avant publication de Bibliothèque et Archives nationales du Québec et Bibliothèque et Archives Canada

Désy, Jean, 1954-

    Nepalium tremens

    (Romanichels)

    Texte en français seulement.

    ISBN 978-2-89261-643-9

    I. Titre. II. Collection: Romanichels.

| PS8557.E876N46 2011 | C843'.54 | C2011-941158-X |
| PS9557.E876N46 2011 | | |

Les Éditions XYZ bénéficient du soutien financier des institutions suivantes pour leurs activités d'édition:
– Conseil des Arts du Canada;
– Gouvernement du Canada par l'entremise du Programme d'aide au développement de l'industrie de l'édition (PADIÉ);
– Société de développement des entreprises culturelles du Québec (SODEC);
– Gouvernement du Québec par l'entremise du programme de crédit d'impôt pour l'édition de livres.

Conception typographique et montage: Édiscript enr.
Maquette de la couverture: Zirval Design
Photographie de la couverture: Hamsterman, Dreamstime
Photographie de l'auteur: Isabelle Duval

ISBN version imprimée: 978-2-89261-643-9
ISBN version numérique (PDF): 978-2-89261-665-1

Dépôt légal: 3ᵉ trimestre 2011
Bibliothèque et Archives nationales du Québec
Bibliothèque et Archives Canada

Diffusion/distribution au Canada:
Distribution HMH
1815, avenue De Lorimier
Montréal (Québec) H2K 3W6
Téléphone: 514 523-1523
Télécopieur: 514 523-9969
www.distributionhmh.com

Diffusion/distribution en Europe:
Librairie du Québec/DNM
30, rue Gay-Lussac
75005 Paris, FRANCE
Téléphone: 01.43.54.49.02
Télécopieur: 01.43.54.39.15
www.librairieduquebec.fr

Imprimé au Canada

www.editionsxyz.com

1

Me voici dans Katmandou la gazoleuse, la bruyante, la populeuse, la très frisquette. Coup de cœur pour tous ces yeux noirs, ces fronts intelligents, ces cheveux de femmes immensément étalés jusqu'aux contreforts himalayens. Harmonie! Harmonie des yeux, des fronts et des chevelures. Harmonie du matin et du soir. C'est d'ici, de Katmandou l'hindoue et la bouddhiste, qu'on part pour la haute montagne.

Je réponds à une puissante rêverie qui m'habite depuis des années, rêverie de voyageur qui souhaitait voir de ses yeux l'Everest, le Chomolungma des Tibétains, la « mère déesse des neiges ». Au Népal, on dit aussi Samarghata. Everest, Chomolungma, Samarghata… trois façons de désigner le plus haut sommet du monde, seulement dépassé par le ciel, et encore…

Mais que de pauvreté dans Katmandou! Partout dans les rues, il y a des ordures, comme si on ne les ramassait plus, comme si on ne les avait jamais ramassées. La plupart des gens restent cependant tout sourire. L'hiver est apparemment beaucoup plus rigoureux que d'habitude. Hier soir, sous la fenêtre de l'hôtel où j'essayais de dormir, des dizaines de chiens hurleurs ne décoléraient pas. Une espèce de bataille pour les déchets de qualité faisait rage.

～

Je ne compte pas m'incruster dans la capitale du Népal. J'ai hâte de marcher dans l'Himalaya qu'a si bien connu mon ami Fred, lui qui est parvenu à toucher au sommet de l'Everest il y a quelques années. Un jour, nos routes se sont croisées. C'est en l'entendant raconter son exploit qu'est née en moi l'idée d'un trek vers l'Everest. *Le but peut-être ne justifie rien, mais l'action délivre de la mort*, écrit Saint-Exupéry. Un jour, Fred a décidé de passer à l'action, ce qui lui a permis de réaliser l'un de ses plus grands rêves. Je me lance donc à l'assaut des tas d'immondices encombrant les rues du quartier de Thamel. Enfer ! Enfer de la pollution au sein d'une cacophonie quasiment intolérable ! Incessants coups de klaxon. Capharnaüm dingue, dingue, dingue. Des dizaines de milliers de Népalais, sveltes, légers et souriants, déambulent entre les sacs éventrés. Leur manière d'être m'empêche de détester la misère que je côtoie un peu partout. Ces gens, je les trouve beaux. Ces êtres, déjà, je les aime.

Je dois rencontrer Dawa Sherpa dans le hall de l'hôtel Manang. Ensemble, nous déciderons de l'horaire de mon séjour au Népal, de mes déplacements, de tout. En attendant, je suis habillé comme en hiver. La nuit dernière, j'ai dû m'enfouir complètement dans mon sac de couchage, rabattre mon capuchon par-dessus ma tête. La chambre de l'hôtel pas cher où j'étais étendu n'était pas chauffée. S'il a un jour neigé à Port-au-Prince, comme le prétend la chanson, il a aussi neigé à Katmandou, et pour la première fois depuis soixante-quatre ans ! Le camping d'hiver, j'aime, mais dehors ! dans le bois, dans la toundra, pas en ville ! Miracle qu'à toutes les trois secondes quelqu'un ne se fasse pas écraser dans les rues de cette cité... Est-ce la raison pour laquelle je rencontre si peu de vieillards? Je suis seul, mais cette solitude en pays étranger ne m'effraie pas. Ai-je fini par m'habituer à la solitude? Pas sûr.

J'aime être au Népal parce que je m'y sens vivant, extrêmement. Ici, je consacre mes énergies à un but: l'Everest. Foutue folie de vivre qui me donne bien des maux, qui fouette mon corps violemment, ce bon vieux corps, pareil à un animal… Très souvent et parfois inconsciemment, j'ai choisi des chemins qui m'ont écarté des voies dites normales ou habituelles. Quand j'avais treize ou quatorze ans, été comme hiver, dans la forêt, près des lacs et des rivières, je survivais en conformité avec le monde des arbres, des animaux, de l'air et du vent, des feux de camp et des lits humides, de l'humus et des traces d'animaux: ce monde, c'était moi! Aujourd'hui, trente-cinq ans plus tard, je sais à quel point chaque fois que je me suis trop éloigné de ce monde-là, j'ai été malheureux.

≈

J'ai enfin vu Dawa Sherpa et son assistant, Sonim. Le patron semblait plutôt préoccupé par les festivités du Nouvel An bouddhiste. Ce qu'il m'a proposé, c'est de partir du village de Jiri, situé à huit heures de bus à l'est de la capitale, puis de marcher jusqu'au camp de base de l'Everest. Vingt-cinq jours d'avancées quotidiennes. Il m'a demandé de le payer d'avance et en argent comptant: 1 200 dollars américains. Je ne m'attendais pas à une telle somme. Mais j'aurai le privilège d'être accompagné par un guide bilingue qui, j'en suis sûr, me fournira de précieuses informations sur le pays. J'ai cependant trouvé la réunion avec Dawa Sherpa assez expéditive. Un homme d'affaires… À l'hôtel Manang, on nous a servi le thé dans une grande salle à manger; le personnel était on ne peut plus poli. De toute évidence, cet homme représente un poids lourd dans l'économie locale.

Si le temps le veut, si mon destin le veut, je me rendrai jusqu'au camp de base de l'Everest. Mon corps n'est cependant pas dans sa meilleure forme. Depuis mon arrivée, il me semble n'avoir respiré que des gaz toxiques. Cet air doit certainement tuer chaque année des milliers de personnes fragiles. Et que dire des déchets! Foutus déchets! Des milliers, des centaines de milliers de sacs de plastique, éventrés ou non, empilés partout, partout! Les éboueurs sont apparemment en grève. Mais quelle extraordinaire faculté d'adaptation démontrent les trois millions d'habitants de cette fourmilière qu'est Katmandou!

Il faisait vraiment froid ce matin. Dans le journal, on rapporte que d'importantes chutes de neige auraient bloqué les routes de la région du Langtang. Sonim prétend que cela ne devrait pas nous empêcher d'atteindre l'Everest. J'ai demandé s'il y aurait remboursement si nous devions revenir plus tôt que prévu à cause du mauvais temps ou d'autres problèmes. Sa réponse a été plus qu'évasive...

Je compte passer la nuit à l'hôtel Courtyard, dans le quartier de Thamel, car on m'y offre le chauffage. Au Tibet Guest House que m'avait recommandé mon ami François, grand voyageur qui connaît l'Asie de fond en comble, j'ai eu trop froid.

Aujourd'hui, je fais la visite du temple des singes. Pour m'y rendre, j'ai pris un taxi. En cours de route, j'ai vu plusieurs écoliers en uniforme qui fouillaient dans des sacs de détritus à la recherche d'objets récupérables.

Je déambule entre des Népalais qui prient, se promènent ou regardent les oiseaux. Des petits singes se chamaillent le long des centaines de marches conduisant au sommet de la montagne, jusqu'au stupa principal du temple où des moines psalmodient des incantations. Plusieurs femmes âgées attendent qu'on leur offre une obole. Çà et là, de grands arbres dominent le paysage, pareils à des survivants de la pollution environnante. Je me dis qu'il faut que je rencontre à nouveau Dawa Sherpa pour discuter d'un changement à l'itinéraire qu'il m'a proposé. Voler jusqu'à Lukla serait mieux que de partir à pied de Jiri. Avec un sac pesant une vingtaine de kilos, je ne dépasserai pas les 4 500 mètres, je le sais. J'en suis là dans ma vie. Hier, j'ai reçu un message de Fred qui me rappelait que son ascension de l'Everest avait été la plus grande leçon d'humilité de son existence. Entre Lukla et le camp de base, il avait dû apprivoiser le sol, pas après pas. Ses traces me guideront-elles ? Et si jamais je voulais atteindre le toit du monde ! C'est fou, je le sais, j'ai tout juste les moyens de toucher les 5 500 mètres du Kala Pattar. Mais si j'allais plus haut ? Je rêve... Fred a bien rêvé, lui !

Dans le bureau de Dawa Sherpa, j'étale toutes mes affaires par terre, de manière à évaluer ce que nous transporterons, mon guide et moi. Un manteau d'hiver jugé trop encombrant de même qu'une couverture de laine sont écartés. Il y a apparemment des couvertures dans les refuges. Je dois négocier avec le grand patron pour conserver le droit d'apporter mon réchaud. Mon guide, lui, n'y voit pas d'inconvénients. Mais il est vrai qu'il devra traîner le double de ma charge. Je préférerais que nous puissions voyager d'égal à égal. Il me rassure : tout ira bien.

Dans un restaurant jouxtant l'hôtel, j'observe deux Népalaises d'un certain âge qui discutent, assises l'une en face de l'autre. Une petite fille, à côté d'elles, boit un jus de mangue dans un grand verre de plastique. Le fils ou le gendre d'une des deux femmes, qui m'apparaît comme le propriétaire du restaurant, sert les clients. Scène de bonheur paisible dans une ville qui n'est surtout pas paisible. Deux fois par jour, dans Thamel, on coupe l'électricité pendant trois ou quatre heures. Dans les maisons, la température doit à peine dépasser le point de congélation. Qu'est-ce que le bonheur quand il fait froid et qu'on n'y peut rien, dans la mesure où le pays n'est pas assez riche pour que l'électricité soit produite ou livrée à longueur de jour ? Les âmes des gens qui m'entourent me semblent pourtant légères. Le sont-elles vraiment ou est-ce le fruit de mon imagination ? Les âmes de mes concitoyens, ces années-ci, dans mon pays, n'ont pas la même fraîcheur. Où trouver des sourires dans les rues de chez moi, dans les bureaux, dans les écoles, sur les places publiques ? Au Népal, les gens sourient facilement. Pourquoi ? Parce qu'il fait soleil même si on gèle, ou parce que, culturellement et religieusement, il y a lieu de sourire ? Le Népal ne reste-t-il pas l'un des pays les plus pauvres d'Asie ? Est-ce moi qui invente tous ces sourires ? Même dans cette citée blessée qu'est Katmandou, je sens tout le contraire de la pesanteur. Pourquoi ? Y a-t-il vraiment moins de bonheur en Amérique du Nord qu'au Népal ? Comme cela est étrange que je me fasse cette réflexion alors qu'on me considère, chez les pauvres, comme un privilégié. Chez moi, il y a des hôpitaux, tandis qu'ici, des centaines de milliers de gens ne profitent d'aucun service de santé décent. Chez moi, les malades sont le plus souvent soignés avec attention, malgré les files d'attente, malgré les difficultés. Il y a d'ailleurs tant de choses chez moi : des centres commerciaux, des automobiles de luxe, des téléviseurs à plasma, des robinetteries à 2 000 dollars. La préoccupation de l'argent a-t-elle fini par tuer tout sourire ? C'est pourtant parce que j'avais l'argent nécessaire que j'ai pu me rendre au Népal. En un sens, je suis privilégié quand je compare ma vie matérielle avec celle des Népalais. Mais une fois les mers traversées, pourquoi est-ce que je souris moins que les autres ?

～

Quelques hommes rares, dont mon ami Fred, ont pu réaliser ce qui était encore jugé impossible il y a soixante ans. Plus les êtres humains tentent l'impossible, touchant parfois à des sommets comme l'Everest ou le K2, plus ils poussent l'interrogation : pourquoi risquer sa vie pour aborder des neiges au-delà de 8 000 mètres ? Mais où est le sens dans tout cela ? Pourquoi quitter un lieu doux et des enfants adorables, des amis sincères ?

Un jour, Fred a perdu un compagnon d'aventure qui rêvait, tout comme lui, de toucher la cime du Chomolungma. Autour de 6 100 mètres, au camp 1, il a commencé à ressentir le mal des montagnes. Il mangeait peu, dormait difficilement. À cause de fortes douleurs au thorax, il a dû redescendre jusqu'au camp de base. Un médecin, sur place, a pensé qu'il avait probablement souffert d'un infarctus du myocarde. Après une nuit plutôt calme, il a quitté le camp de base en direction de Pheriche, où il y a un dispensaire. Peu de temps avant son arrivée, autour de Dugla, il a ressenti de nouveaux malaises à la poitrine, plus marqués cette fois. On a fait venir un hélicoptère pour le transporter vers Katmandou. Mais alors qu'il était sur le point de monter à bord, il est mort.

Dans la capitale, on l'a incinéré. Ses enfants, qui connaissaient son amitié pour Fred, ont demandé à celui-ci s'il pouvait transporter les cendres de leur père jusqu'au sommet de l'Everest. C'est ainsi que le montagnard a pu en quelque sorte réaliser son rêve, en voyageant au creux d'un foulard népalais, le kata, dans lequel il y avait aussi une poignée de riz béni par un moine. L'avant-dernier jour du mois de mai, Fred nouait le foulard à un tripode qu'une équipe chinoise avait abandonné à 8 850 mètres.

Question : une vie humaine vaut-elle une crête sommitale ? Oui ! dans la mesure où l'on est convaincu que la chose à vaincre, c'est soi-même. Le sommet et soi-même, ultimement, ne font qu'un.

L'avion qui devait nous mener à Lukla ne part pas, pas tout de suite en tout cas. Un grand brouillard recouvre Katmandou. J'ai peu dormi. De fait, ai-je seulement dormi ? Prem était à mon hôtel à 5 h 30. Il avait donné rendez-vous à l'un de ses amis qui voulait ajouter à nos bagages un gros baril contenant un tapis, de manière à l'envoyer plus rapidement dans son village situé à une trentaine de kilomètres à l'ouest de Lukla. Par porteur, en partant de la capitale, il faut compter dix jours de marche. Mais l'ami en question n'est pas arrivé à temps, pris dans un embouteillage ! Sur la route nous conduisant à l'aéroport, Prem m'a fait prendre conscience que les automobilistes formaient de longues filées de plusieurs kilomètres de long, en attendant de faire le plein ! Il arrive parfois qu'on doive patienter pendant des jours pour simplement parvenir à une pompe. Les plus riches engagent des jeunes gens qui prennent leur place, dorment dans leur auto, font le guet. Les pénuries d'essence sont fréquentes au Népal. Cette semaine, le problème est causé par une grève qui sévit dans la région du Teraï, au sud du pays, à la frontière avec l'Inde. Le Népal contemporain est un chaudron chauffé dont le couvercle est en train de sauter. Ça se sent. On en discute, et ouvertement.

À l'aéroport, Prem et moi avons tout le temps de nous raconter nos vies. J'apprends que la femme de mon guide vit en Inde, à Darjeeling, d'où il est parti, mandé d'urgence par son patron et beau-frère Dawa Sherpa. Prem a un garçon de huit ans. Il a choisi de l'envoyer dans une école catholique, au Sikkhim, en pension. Pour son fils, il souhaite la meilleure éducation. C'est l'une des raisons pour lesquelles il travaille si fort. Sa femme et lui ont décidé de ne pas avoir d'autres enfants. Prem parle l'anglais couramment. Pendant plus de quinze ans, il a été soldat dans l'armée indienne. Il a servi au Cachemire, puis dans le désert du Rajastan. Quand je lui dis que des centaines de milliers de caribous galopent dans le nord de mon pays, il me répond que les chameaux, au Rajastan, peuvent être de terribles bêtes, surtout au temps du rut. Un jour, un sergent a eu la tête fendue par le sabot d'un chameau en colère. En se remémorant son chef scalpé, Prem rit de bon cœur. J'en conclus que la blessure n'était probablement pas grave.

En fin de matinée, on nous apprend que notre vol, de même que tous les vols de la journée, est annulé à cause du brouillard. Nous repartons vers la cité. À la banque, alors que je tente d'obtenir de l'argent, la machine émet un son guttural, puis bouffe ma carte de débit. Il me faut insister pour trouver un employé assez aimable qui en dérange un autre qui en hèle un troisième qui possède la clef de la petite porte magique conduisant au cœur de la machine bouffeuse de cartes. Un quatrième employé, flanqué d'un agent de sécurité, me redonne finalement mon bien. C'est peut-être en citant le nom de Dawa Sherpa que la porte de la caverne d'Ali Baba s'est ouverte sans trop grincer… *Jeyi ho jhindagani!* dit-on en népalais. Ainsi va la vie!

❧

Dès 5 heures du matin, nouvelle et longue attente à l'aéroport. Peu à peu, cette fois, le brouillard se dissipe. Vers 10 heures, ça y est! Go! Go! Go! Mon corps est mollasse. La nuit dernière, j'ai commencé à faire de la fièvre.

Dans l'autobus me transportant avec les autres voyageurs d'Air Agni jusqu'au tarmac, je suis pris de vertiges. Mal de cœur, sudations profuses, puissant coup de chaleur. Je perds conscience alors que l'autobus s'immobilise près de l'avion. La voix de Prem, inquiète, me tire des limbes. Chancelant, je descends sur le tarmac. Mon guide, gentiment, me propose de rebrousser chemin. Hors de question! Je prendrai place dans l'aéronef en gardant un petit sac entre mes doigts… Pendant le vol, seconde crise de vertige, suivie de fortes nausées. Nouvelle perte de conscience.

À Lukla, je dois me coucher dans la première chambre d'auberge trouvée, non loin de la piste d'aéroport. J'y dors durant tout l'après-midi. À mon réveil, je m'empresse de me procurer un manteau plus chaud que celui que j'ai apporté, dans une boutique minuscule tenue par une vieille dame qui me traite comme si j'étais son fils, qui me serre dans ses bras au moment où je m'apprête à le quitter. Des frissons me font claquer des dents. En soirée, dans la salle à manger de l'auberge, on projette un film sur l'ascension fatidique d'Edmund Hillary et de Tenzig Norgay. Épuisé, je dois me recoucher avant de voir la fin.

2

Lukla, accroché à une paroi rocheuse, est entouré de pics et de ciel, de beaucoup de ciel. Sur l'unique piste d'aéroport — en pente à cause du relief et du peu d'espace disponible —, les avions doivent atterrir en redressant immédiatement. Quand ils repartent, ils mettent pleins gaz, les freins appliqués, puis décollent en rugissant jusqu'en bout de piste, de manière à flotter suffisamment avant l'apparition du précipice, 300 mètres plus loin. Dans ce village, l'électricité est produite par une petite centrale hydroélectrique qui est mise en marche de manière intermittente. Plusieurs ruelles sont pavées de grandes pierres plates. De simples passerelles de bois enjambent les nombreux ruisseaux. Dans ma chambre, il n'y a aucun chauffage. La température gravite autour de zéro. Je sens la fièvre prête à rejaillir à tout moment. Elle fait son chemin du plus profond de mon ventre jusqu'à ma peau, jusqu'à mes tempes.

Dans la cuisine de l'auberge où j'essaie d'avaler un peu de soupe claire, j'aperçois un poêle à bois. Merveille! Quand donc l'allumera-t-on? De tout cœur, j'espère que cette foutue maladie s'éteindra d'elle-même… J'ai confiance. Hier soir, dans le film, Hillary et Norgay avaient le souffle court à cause de la haute altitude. Moi, avec le petit 2 840 mètres de Lukla, j'ai le souffle coupé. Piètre performeur!

Sur une table, je découvre un livre écrit par Jamling Tenzig Norgay, le fils du sherpa qui guida Hillary jusqu'au sommet de l'Everest. Jamling prétend que personne n'a jamais su lequel des deux grimpeurs était arrivé le premier. Un pacte fut apparemment conclu entre le Népalais et le Néo-Zélandais. Officiellement, on annonça que les deux hommes avaient atteint le toit du monde au même moment. En discutant avec Prem, je lui dis qu'à mon avis il est probable qu'Hillary a d'abord touché la cime puisque le sherpa était son engagé. Prem rétorque que c'est Norgay, puisqu'il est de règle que les sherpas précèdent leurs clients.

Une grande polémique eut donc véritablement lieu en ce qui concerne le possible vainqueur de l'Everest. Les Népalais autant que les Occidentaux souhaitaient que ce soit l'un des leurs qui gagne. La controverse perdit de l'intensité lorsque Hillary et Norgay répétèrent que c'était ensemble qu'ils avaient réalisé leur exploit. Mais dans ses confidences publiées en 1999, Hillary raconte que le 29 mai 1953, à 11 h 30, il escalada une crête neigeuse exposée où rien n'empêchait son regard d'admirer le paysage dans toutes les directions. Il fut ensuite rejoint par Tenzing Norgay.

Que de patriotismes exacerbés, que d'orgueils nationalistes! S'il faut admirer sans restriction l'exploit d'Edmund Hillary et de Tenzig Norgay, il faut encore plus admirer comment ces deux hommes surent agir en parfaits gentlemen à un moment crucial de l'histoire de la haute montagne.

∼

Je me dis que si je devais mourir ici, à Lukla, ce ne serait pas si grave. Je ne suis pas suicidaire, mais je considère que ma mort n'aurait rien de catastrophique. Mes enfants sont maintenant des adultes remarquables. Ils n'ont plus besoin de moi à tout prix pour avancer dans leur vie. Leur mère a refait sa vie avec un autre homme. Depuis, j'ai eu quelques amoureuses, dont une plus extraordinaire que les autres que j'appelais mon « alter ». À tout bout de champ, il me revient des rêves de cette rigolote aux longs cheveux doux, aux yeux d'un bleu fou. Mon « alterégoune ». Belle de ma vie, douce de jour et de nuit ! Il me semble qu'il n'y a pas si longtemps, nous vagabondions tous les deux dans Paris.

Il y a des fleurs partout. Je mange des fraises qu'on paie un quart d'euro la queue. C'est bon ! Mon alter s'empiffre. Nous nous arrêtons dans une boutique d'internautes tenue par des Indiens absolument affables comme savent l'être les Hindous. Nous écrivons à ceux et celles qui nous sont chers, leur disons que nous ne sommes pas perdus dans les nuages, aspirés par un trou noir. Nous frôlons l'église Saint-Étienne-du-Mont où repose Blaise Pascal, mathématicien et mystique qui voulut dire oui à un pari qui tient toujours. Nous aboutissons boulevard Saint-Germain où nous allons voir un film. Nous ressortons pour aller manger des huîtres dans un restaurant situé juste devant la boutique d'un marchand de roses qui embaument. Le serveur se moque de mon accent, devient tout à coup serviable quand la beauté qui m'accompagne lui demande d'ajouter de l'eau dans son verre. Même le proprio vient embrasser la main de la fille assise à ma table. Grâce à elle, Paris s'illumine même s'il gèle à pierre fendre. Nous nous rendons à la Sainte-Chapelle entendre un concerto pour clarinette de Mozart. Le plafond de l'église est tellement haut que je me dis que la musique doit sûrement provenir de ce ciel-là. Nous ressortons, transis de joie, mais aussi de froid, parce que la salle était loin d'être chauffée.

Dans un bistro, place de la Contrescarpe, on nous sert des steaks. Dans la salle voisine, un orchestre de jazz se met en branle. Ça bave, Yvette! Ça boit du Brouilly, Julien! Ça se termine par une crème brûlée. Le serveur sourit à mon alterégoune, comme s'il avait vécu dix semaines de trek dans le Sahara tout seul tout nu avec elle. Belle voyageuse d'amour... mais c'était avant!

Maintenant, je dois me concentrer. Demain, il y aura une montée. Huit heures de marche... Y arriverai-je? Tout dépendra de la qualité de ma prochaine nuit. Je fais mal la différence entre mon corps d'aujourd'hui et celui qui m'appartenait quand j'avais dix-huit ans. Sacré bon corps de bon corps, malgré tout. Mais dans Katmandou, je me suis retrouvé aux limites de l'absence totale d'hygiène. Et tous ces chiens hurleurs qui troublaient mon sommeil! Batailles de clébards à n'en plus finir dans la pollution la plus sordide. À Lukla, c'est le silence nocturne, hormis quelques jappements lointains, comme de simples agacements. L'air est pur à 2 300 mètres, le froid, vif. Il fait moins humide ici qu'à Katmandou. Février, au Népal... Je me recroqueville pour rassembler mes forces. *Nous traversons la grande vallée noire des contes de fées, celle de l'épreuve. Ici point de secours. Ici point de pardon pour les erreurs. Nous sommes livrés à la discrétion de Dieu*, écrit Saint-Ex dans *Terre des hommes*.

Suis-je en train de jongler avec l'idée de la mort parce qu'elle m'apparaît encore trop irréelle? Dans les Andes, prisonnier d'un sommet enneigé après l'écrasement de son avion, Guillaumet, l'un des compagnons de Saint-Ex, raconte que, par ses seuls moyens, il redescendit dans la vallée, en se battant, en réussissant ce que même un animal n'aurait pu réussir. Quand on arrive au bout de son chemin, au bout de sa route ou d'une certaine route, il vient un temps où la mort elle-même devient relative. Les grands vieillards comprennent cela. Mais Guillaumet, mourant, pensa à la femme qui s'inquiétait pour lui. Même s'il était prêt à mourir, il choisit de réagir. Serais-je moi aussi capable de dignité si les choses s'envenimaient? Je pense à mes enfants, éternels enracinements de ma vie… Dans une chambre où la température a chuté sous le point de congélation, sans autre protection contre le froid que mon sac de couchage, les nausées me tarabustent. Mais la fièvre semble tombée. Est-ce l'effet de l'antibiotique que j'ai commencé à prendre? Qui m'a refilé ce microbe? Serait-ce ce jeune Québécois qui était très malade et que j'ai croisé il y a quarante-huit heures, à qui j'ai payé un verre de jus?

Ce matin, j'ai pu avaler un bout de pain sans que cela ne déclenche un nouvel épisode de mal de ventre. La vue d'un paysage éblouissant peut-elle guérir de la maladie? Peut-être… Je marche, mais lentement, en remerciant mes jambes de continuer à me maintenir debout. Prem me devance dans une vallée profonde en suivant une « rivière de lait », son nom en népalais. Sur la droite, nous sommes dominés par les arêtes du Kusum Kanguru. Il faut habituellement trois heures de marche pour arriver à Phakding, l'étape précédant Monjo. Mais la maladie ralentit ma course. Bien petite course que la mienne, à l'inverse de la vitesse de mes diarrhées! Sur mon dos, je porte une douzaine de kilos. Prem s'est chargé du double. J'ai décidé d'abandonner mon poêle à l'auberge de Lukla. Je le reprendrai au retour. Dans les conditions actuelles, avec tous ces refuges semés autour de chaque village, ce poêle n'était pas nécessaire. Prem m'avoue avoir été très inquiet pour moi, hier, dans l'autobus.

La nuit dernière, au pied de mon lit, l'eau de ma bouteille s'est transformée en bloc de glace ! J'ai pourtant eu chaud, très chaud. J'ai tellement sué que j'en ai traversé mon pyjama, même mon sac de couchage ! À plusieurs reprises, j'ai dû laisser évaporer toute cette sueur, la puanteur aussi. Je pétais, flatulais, chiais comme un damné de la terre. J'imagine que les damnés de la terre ne sont pas des constipés... Un épisode plus apocalyptique, vers quatre heures du matin, a failli m'achever. La diarrhée a été explosive, putride, orgiaque ! La fièvre s'est ensuite évaporée. Je me suis mis à grelotter, comme si j'étais tombé dans un étang glacé. Sans ma lampe frontale, dans le noir le plus complet, j'étais perdu, dans tous les sens du mot. *L'adieu aux armes !* Bye, les amis ! Bye, mes enfants ! Je vous aimais.

≈

À Namche Bazar, haut lieu des échanges Tibet-Népal, il neige à plein ciel. Mais cette fois, ma chambre est chaude, chaude ! L'aubergiste m'a déniché une petite chaufferette pour mon réconfort, pour me sauver la santé, parce qu'il est gentil, parce que je paie un supplément. Prem m'a dit que Namche Bazar était « la » grosse ville des environs, qu'on y trouvait de l'électricité en permanence. Je l'ai donc suivi sur les 500 mètres de dénivelée en réfléchissant à chacun de mes pas.

La nuit dernière, à Monjo, j'ai rêvé qu'un de mes amis se trouvait prisonnier d'une auto remplie de neige. Il appelait à l'aide. Je lui ai dit de m'attendre, que j'arrivais. Mais il tempêtait à un point tel que je l'ai perdu de vue. En nage, je me suis réveillé. J'ai décidé d'écrire une lettre à chacun de mes fils, puis j'ai continué à lire l'intégrale de Saint-Ex que je traîne dans mes bagages. *L'important est de se gérer dans un but qui n'est pas dans l'instant. Ce but n'est point pour l'Intelligence, mais pour l'Esprit. L'Esprit sait aimer, mais il dort. La tentation, je connais en quoi elle consiste aussi bien qu'un Père de l'Église. Être tenté, c'est être tenté, quand l'Esprit dort, de céder aux raisons de l'Intelligence.*

Sacré Saint-Ex! qui sut faire la différence entre l'Intelligence qui veut et l'Esprit qui, seul, peut vraiment aimer. L'aviateur allait être mitraillé dans le ciel de France après avoir écrit ces vérités. Troublante, cette distorsion entre la pensée parfaite et la réalité humaine toujours si imparfaite. Saint-Ex, à la fois capable d'une réflexion de très haut vol à propos de l'Esprit, mais en même temps pilote de guerre dans une Europe à feu et à sang, en train de combattre une peste qui cherchait à détruire son monde... Comment faire coïncider l'idéal de sa vie avec la réalité quotidienne, celle des atrocités, des petits plaisirs, des batailles comme des insanités?

Je n'ai mangé que deux soupes claires depuis trois jours, un quart d'assiettée de riz et deux tranches de pain. L'une d'entre elles était tartinée avec du beurre d'arachide, l'autre avec de la confiture de framboises. À cet instant, je ressens un peu la faim. Bon signe! Dire que j'ai croisé des dizaines d'enfants qui ont à peine de quoi se nourrir!

Sensation que mon thorax se trouve comprimé par un poids invisible. Sentiment que l'air n'entre pas bien dans mes poumons. Je souffre de vertiges fréquents, d'une réelle ankylose à tous mes membres. Mon cerveau s'emballe facilement, séduit par toutes sortes de pensées désordonnées.

Je pense alterégoune, fleur, violoncelle et voix de soprano. J'ai l'impression d'avoir une balle de tennis qui roule sur elle-même dans ma poitrine, sur la gauche, entre les côtes. Est-ce à cause du mal des hauteurs ? Demain, ça ira mieux, c'est ce que je veux de tout mon cœur. Mais mon corps, ce foutu corps, il fait bien ce qu'il veut ! Comme si ma volonté était devenue une piètre chose, de plus en plus inutile…

Prem me raconte comment il a rencontré son épouse. Son père, qui connaissait la sœur de celle-ci, l'avait vue travailler dans les champs. Elle était belle. Il trouva que cette fille serait parfaite pour son fils. Il en parla à sa femme. Les parents décidèrent d'inviter la jeune fille à leur rendre visite, même si Prem n'était pas là, en service dans l'armée. La mère de Prem montra à la promise une photo de son fils. Plus tard, le père expliqua à Prem où il pouvait la rencontrer, chez un oncle, à Darjeeling. Docile, le fils prit congé. Ainsi naquit l'histoire d'amour de mon guide, toute manigancée par ses parents, passablement différente des histoires d'amour à l'occidentale ! Prem me jure qu'il aime sa femme plus que jamais, mais quand je le vois faire les yeux doux à toutes les belles filles, je reste un peu perplexe…

Les chiens de Namche Bazar sont faméliques et galeux. Ils passent leurs nuits à gueuler, à s'entredéchirer pour un bout de quelque chose trouvé ici ou là. Le jour, ils sont silencieux. Gris et jaunes, l'œil à moitié fermé, ils attendent la nuit pour redevenir la terreur du silence. Mais les gens les aiment. Prem m'a raconté qu'un chien parmi les plus lépreux de Calcutta, il y a quelques mois, avait trouvé un nouveau-né abandonné, encore vivant, dans les ordures. Se servant du chiffon dans lequel l'enfant était emmailloté, il l'a ramené jusqu'à un hôpital voisin. Le chien a eu sa photo dans les journaux ! Chiens hurleurs de l'Inde ! Chiens fouilleurs d'ordures ! Chiens sauveurs d'enfants ! Vivat !

La nuit n'a pas été drôle. Encore un peu et un chien gris jaune devait me transporter dans sa gueule jusqu'au premier hôpital, mais qui se trouve à treize jours de marche ! Mon état physique est de plus en plus lamentable. Je n'arriverai jamais à monter plus haut. Namche Bazar sera l'aboutissement de mon voyage. Je ne me rendrai pas à Thyanboche, à quatre heures de marche. Là-bas, la vue sur l'Everest est apparemment époustouflante. Profitant du temps exceptionnellement lumineux, je trouve pourtant la force de suivre Prem sur une montée de 150 mètres, jusqu'à un col situé au nord de Namche Bazar d'où j'aperçois l'Everest, tout petit, au fond de la vallée, à gauche du Lothse qui paraît plus massif. Déception relative : cet Everest a l'air d'une simple colline…

Au retour, nous croisons des tailleurs de pierres qui travaillent en chantant dans une maison à deux étages. Prem tient à me faire visiter le musée de Namche Bazar bâti par un sherpa devenu sourd après un accident de montagne. J'ai mal à la tête, mais je l'accompagne sans trop réfléchir. Sur les murs, on peut voir des centaines de photos des meilleurs guides de la région. Un peu partout, il y a la figure d'Edmund Hillary. Prem prétend que même si j'étais en meilleure forme, il nous serait difficile d'aller plus haut. Mon mal de tête ne fait que prendre de l'ampleur.

En sortant du musée, nous rencontrons une jeune femme au visage de madone. Prem l'aborde. Elle est professeure au village. Elle nous convie à la suivre jusqu'à son école. Dans la cour, un Italien aux cheveux blancs nous salue. Il donne des leçons d'écologie à sept garçons et filles, des adolescents assis sur des bancs de bois, au soleil. Il y fait probablement moins humide que dans les classes aux murs de pierre. Cet Italien est tombé amoureux du monde sherpa, c'est évident! Ma tête va se fendre en deux. Pourquoi ai-je suivi Prem plutôt que d'aller me coucher?

De retour dans ma chambre, je n'arrive pas à me réchauffer. Dès que je me penche, je suis pris de vertiges. Je parviens à peine à trouver la force de boire de l'eau. Quelques années avant de réussir son exploit, mon ami Fred a failli mourir alors qu'il se trouvait accroché à une paroi de l'Everest, autour de 6 500 mètres. À cause d'un sac de couchage à la fermeture éclair défectueuse, il n'a pu dormir convenablement. Terrassé par le mal des hauteurs, il a été victime d'un œdème pulmonaire. Deux sherpas lui ont sauvé la vie en le redescendant de toute urgence, 1 000 mètres plus bas.

Où serai-je, demain? Transporté sur une civière vers Lukla et son aéroport? De façon épisodique, après de grands coups de frissons, mon thermostat central s'emballe. Je sue alors comme un cheval. Sensation que mon cœur qui galope va me sortir par l'une ou l'autre des artères du cou. Quand je dors, je fais des rêves délirants. J'entends crier. J'escalade des parois étincelantes. J'ai des visions de corps, de cheveux. Parfois, je plonge dans les yeux de mon alterégoune.

Je dois considérer l'humiliante possibilité de devoir être redescendu à Lukla sur un brancard. Mais je ne veux pas. Satané corps-animal! à la fois si fort et si fragile. J'ai commencé un nouvel antibiotique. L'autre était apparemment sans effet. Heureusement que je traîne dans mes bagages quelques médicaments. On ne peut compter que sur soi-même dans ce pays! Suis-je infecté par un parasite? Un? Des millions! Des milliards! Maudits microbes! Depuis le temps que je voyage dans les pays étrangers, j'ai appris à jongler avec certains médicaments utiles, mais quel mystère, ce mal qui me tombe dessus!

≈

Je voudrais qu'on me lave, qu'on m'éponge, qu'on me frotte, qu'on me cajole, qu'on me masse, qu'on me touche, qu'on me parle tout bas, qu'on me nettoie en profondeur, qu'on m'asperge, qu'on m'hydrate. Ma destinée, ma rose au bois, pourquoi n'es-tu pas avec moi en ce moment? Ah, dis-moi que je ne t'ai pas inventée, mon âme sœur, mon alterégoune!

J'avais un âge quasiment jurassique quand tu avais encore des érythrones dans les cheveux, de la clintonie printanière pendue au cou, du pigamon sur les doigts et, entre les orteils, des feuilles de quatre-temps à peine écloses. J'étais un archéoptéryx et je ne savais même pas voler. Je rampais comme un lézard précambrien. J'avais un seul poil droit sur la tête et ce n'était même pas une plume. J'aurais pu être l'ancêtre du castor de deux cents kilos, mais malgré toute cette préhistoire en moi, tu me dévisageais avec tes yeux de lumière, des yeux de soleil provenant d'une autre galaxie, fondus à notre quête de bleu à tous les deux, du bleu terre comme du bleu de glace céleste. Même si j'ai le dos qui se voûte, même si mes dents chancellent et veulent tomber, tu me façonnais une âme qui me permettait de porter allègrement mon sac de montagnard comme un vrai Savoyard, de grimper en gambadant sur des pentes où il nous fallait cramponner, le long d'arêtes glacières qui existaient au moment même où les mastodontes de l'Holocène étaient terrorisés par les grands carnivores. Suis-je le fruit d'un croisement ancestral entre un carnivore et un herbivore, moi dont les os pubiens relèvent quasiment de la Première Guerre mondiale, moi qui ai passé à deux doigts de participer à la guerre des Boers aux côtés d'un dénommé Baden Powell, moi qui pue l'aisselle rouillée quand je marche six ou sept heures d'affilée, alors que toi, tu peux escalader sans défaillir ni même être essoufflée des pics abrupts en t'émerveillant devant chaque brin d'herbe accroché à la roche?

Dana nous rend visite à l'auberge. C'est Prem qui l'a invitée. Il lui offre un Pepsi qu'elle accepte volontiers. Nous apprenons qu'elle est payée comme professeure par un comité formé de quelques villageois. Mais cela suffit à peine à lui assurer le minimum, c'est-à-dire une chambrette pour se loger. Elle enseigne à une soixantaine d'élèves, en népalais et en anglais. Les enfants plus âgés vont à l'école de Khumjung. Deux fois par jour, ils doivent marcher pendant une heure et demie. Habituellement, à Namche Bazar, il y a deux infirmières, l'une dans un dispensaire privé, qui survit grâce aux donations internationales, l'autre dans un dispensaire d'État. Ces temps-ci, il n'y a personne. Pourquoi? Dana ne sait pas. Il est difficile de recruter du personnel médical. La veille, lorsque j'ai demandé à un passant ce que les gens faisaient lorsqu'ils tombaient malades, il m'a répondu avec un grand sourire que personne n'est jamais malade au Népal! La jeune sœur de Dana étudie actuellement à Boston, sponsorisée par un médecin américain que son père a guidé dans le passé. Dana rêve d'émigrer aux États-Unis, peut-être en Australie.

Dans le pays de Namche Bazar, il fait -5 °C. La lumière est cristalline, les cimes sont parfaitement dessinées. La neige ajoute de la pureté au paysage. On me dit que jamais on n'a vu pareille quantité de neige à ce temps-ci de l'année. Prem répète que même si j'allais bien, il ferait trop froid pour que nous puissions atteindre le camp de base de l'Everest. Aucune trace d'animosité ou de déception dans sa voix. Mon guide est de la race des Tenzig Norgay. Si j'en avais eu la force, nous aurions pu pousser une pointe jusqu'au village de Thame. Quel joli nom, Thame! Mais nous n'irons pas! Ma condition actuelle constitue une espèce de solution à un problème que nous aurions dû affronter si les événements s'étaient mis en place autrement. Avec ce froid et toute cette neige, vu notre équipement — Prem ne porte même pas de bottes d'hiver —, il aurait fallu penser à une autre route, sinon rebrousser chemin. Mon guide essaie peut-être de me rassurer… De quoi ai-je l'air? Qu'est-ce que Prem pense réellement de moi? Que pense Dana qui nous écoute, silencieusement?

Le froid est partout, partout. Heureusement que je me colle à ma chaufferette amie. Bien des gens doivent souffrir dans leur maison non chauffée. Il est prévu que, demain, nous essaierons de redescendre vers Lukla. J'ai dit à mon guide que je serais capable de marcher. Il m'a toisé, perplexe. Le sentier sera glissant. Des crampons seraient utiles, mais nous n'en avons pas. J'ai abandonné les miens en chemin, histoire de soulager Prem d'un peu de poids. J'ai constamment mal au crâne. Moi qui croyais qu'une fois le camp de base atteint, je ferais l'ascension du Kala Pattar, le « rocher noir », et que, de là, au soleil levant, je vivrais un pur moment d'éblouissement. Je rêvais, mais c'était sans compter sur les microbes, éternels compagnons, sempiternels accompagnateurs de nos corps de chiffon.

Pendant la nuit, je trouve le courage de me rendre à la salle de bains pour y prendre une douche. Le froid qui règne dans cette pièce m'avait, jusque-là, profondément rebuté. Mais… ô miracle ! l'eau tiède qui me coule sur la tête, qui pénètre mes oreilles et mon nez, après six jours de fièvre et de sudations, me donne un grand élan d'énergie. Pour la première fois depuis longtemps, je sais que je pourrai repartir vers Monjo sans grabat ni qui que ce soit pour me soutenir. Mes forces reviennent. Olé ! La migraine disparaît. Le côlon se tranquillise-t-il ?

À l'aube, je sors pour assister au spectacle de la lumière qui coule le long du glacier en inondant la vallée. À l'horizon, un seul nuage lenticulaire flotte au-dessus des sommets en les caressant. Entre deux maisons, je découvre une cabane qui s'avère être une chiotte. Pendant les vingt minutes où je me tiens là, je vois passer une douzaine d'hommes qui vont s'y soulager. Pas de femmes. Aucun enfant ! Un vieillard, vêtu d'un manteau déchiré, pieds nus dans des babouches en plastique, les jambes enflées, s'approche de moi en désignant la montagne : « *Beauty ! Beauty !* » dit-il en essayant de reboutonner sa braguette. « Pas frileux, le sherpa ! » que je me dis. Quand on mesure cinq pieds six pouces ou à peu près, il est toujours particulier de croiser un autre cinq pieds six pouces avec des yeux noirs profonds comme peuvent l'être certains gouffres des confins de l'Himalaya, un autre cinq pieds six pouces avec l'haleine fétide, c'est vrai ! avec les yeux creux, c'est vrai ! avec le visage ravagé par la vie, c'est vrai ! mais tout à fait capable de montrer son éblouissement devant une montagne de lumière. Mais comme j'aurais souffert s'il avait fallu que je passe la nuit à errer autour de ces toilettes publiques, avec entrées et sorties d'urgence! Qu'est-ce qui fait qu'on est pauvre ou pas? Seulement le sort, le mauvais sort? Le destin est-il une affaire de responsabilité personnelle? Notre karma dépend-il seulement des astres qui tournoient à cent mille années-lumière de la planète?

Sur les 500 mètres de descente entre Namche Bazar et Monjo, mon guide doit souvent m'attendre. Il marche en chantonnant des tounes anglo-saxonnes qu'il connaît par cœur. À un moment, il s'arrête au milieu de la piste, se défait d'un de ses écouteurs de MP3 et me fait entendre une chanson de Sting. Il agit comme si l'expédition était finie, comme si elle se terminait sans gravité.

Le long du sentier, nous croisons plusieurs étrangers, pour la plupart accompagnés par des guides et des porteurs. Un couple de Hollandais, des habitués, puisqu'ils en sont à leur cinquième trek dans le Khumbu, voyagent seuls. Ils traînent dans leurs sacs tout l'équipement nécessaire pour vivre en autonomie.

Au moment d'une pause, j'aperçois un gros panier d'osier appuyé contre une paroi rocheuse. Son porteur n'est pas là. Dans ce panier, je compte huit jerricans de vingt litres de pétrole, huit! Époustouflant! Cent soixante litres de liquide transporté à dos d'homme! Qui suis-je, moi, avec ma dizaine de kilos qui me font courber l'échine? Une blatte, un ver de terre, une limace, un pou, un acarien! Quelle force ont ces porteurs qui franchissent chaque jour 800 ou 900 mètres de dénivelée!

Tout le pays du Khumbu a été bâti à bras d'hommes. Des générations de travailleurs se sont tapé tous les sentiers. Les machines n'ont quasiment jamais été employées, les bêtes, guère plus. Viendra bien un jour où une route carrossable atteindra 4 000 mètres. Que se passera-t-il ? Une majorité de gens considéreront-ils que porter 100 kg sur son dos pendant des jours entiers, ce n'est pas une vie ? Le « progrès », est-ce que ça peut s'arrêter ? Prem prétend que les villageois n'accepteront pas qu'on change leur manière de vivre puisque les véhicules à moteur, entre autres, tueraient l'économie locale. Avec une route comme il y en a ailleurs dans le monde, fini les cent auberges de Namche Bazar et des environs. Lorsque les Japonais ont entrepris la construction d'une piste d'atterrissage à Thyanboche afin de construire un hôtel de luxe pour y loger les touristes, plusieurs villageois ont protesté. Le projet a finalement été annulé. Tout un pan de l'économie tournant autour des porteurs aurait été annihilé, puisque les chefs d'expéditions auraient choisi de faire commencer les treks en direction de l'Everest à partir de Thyanboche.

Ma randonnée s'achève. Au loin, j'aperçois un groupe de nuages formant l'image d'un grand aigle, juste au-dessus d'un pic enneigé. L'oiseau déploie ses ailes en tournant la tête vers la droite, comme s'il allait lancer un cri. Tout à coup, la figure se dissout. Une crampe me fait plier en deux. Cacatoès de mon gros côlon, éléphants de mon grêle, flamants roses de mes orifices, oiseaux du paradis de mon estomac, je vous en conjure : « Faites de l'air ! » Lors d'une nuit plus rude que les autres, recroquevillé dans mon sac de couchage aussi précieux que ma vie elle-même, sous deux doudounes népalaises, le souffle court, le corps cassé, j'ai eu cette vision : je me trouvais en France, au Mont-Saint-Michel, déambulant le long des murs, touchant les anciennes pierres de taille.

Si je guéris, je me fais la promesse de me rendre à nouveau jusqu'à l'abbaye du Mont-Saint-Michel, jadis visitée avec mon alterégoune. Sur le coup de midi, j'assisterai à l'office religieux. Je le jure !

Alter, douce alter, reviens hanter mes rêves, s'il te plaît !

Le village de Lukla ressemble à un village du père Noël. Hier soir, en compagnie de Prem et de la propriétaire de l'auberge, une vieille amie de mon guide, j'ai trouvé la force de placoter un peu. Autour du poêle s'étaient rassemblés d'autres trekkeurs, dont un grand gaillard d'origine irlandaise, accompagné par sa copine thaïlandaise qui semblait souffrante à cause de son ongle, tout bleu, au gros orteil gauche, résultat d'une longue marche dans une botte mal ajustée. Elle le montrait à tout le monde. Son copain tentait de la rassurer. Moi aussi, j'aimerais qu'on me rassure. La nuit dernière, je me suis encore payé sept selles diarrhéiques. Satané côlon d'intestin d'estropié !

Entre Namche Bazar et Lukla, tout le long d'un sentier qui fait à peine un mètre et demi de large, il y avait des enfants, des dizaines d'enfants, partout, la morve au nez, les yeux brillants. Des petites filles se bousculaient pour qu'on les prenne en photo, bien droites dans leur robe délavée, pieds nus dans de simples babouches alors qu'il y avait de la neige sur la piste. Savaient-elles qu'Edmund Hillary était passé chez eux, un beau jour, en 1953 ?... Bien sûr que non. Elles jouaient, les petites filles, tandis que leur père n'était pas loin. Ô petits enfants sherpas !

Tout près de la piste de l'aéroport de Lukla, nous attendons, Prem et moi. Le bimoteur d'Air Agni a été mis en retard à cause de supposés problèmes techniques. Tout à coup, un hélicoptère atterrit. Alors que nous redescendions de Namche Bazar, nous avons remarqué les passages répétés de cet engin. Quelqu'un explique que le pilote, qui en était à sa troisième tentative, n'a pu se poser à Tengpoche, à 4 500 mètres d'altitude. Sa tâche : récupérer le corps d'un trekkeur mort il y a trois jours. Mal des hauteurs ? Hypothermie ? Accident cardiaque ? Personne ne connaît exactement la cause du décès. L'homme, un Suédois, était dans la cinquantaine. On ne meurt pas seulement après avoir vaincu un sommet dépassant 8 000 mètres. En haute montagne, on peut mourir à tout moment, à n'importe quelle altitude. C'est dans ce pays que vivent les sherpas. C'est ici que j'aime me trouver. Je m'en vais, mais à regret, même si j'ai passé à deux doigts d'y laisser ma peau.

3

Aujourd'hui, dans Katmandou, c'est la fête des lanceurs de sachets d'eau. Des milliers de fêtards, le visage barbouillé de bleu, déambulent en chantant dans les rues, cherchant à se protéger des farceurs qui leur balancent des pruneaux sur la tête à partir des toits et des balcons. Belle gang de carnavaleux, mais sans le Bonhomme! La Saint-Jean sur les plaines d'Abraham, mais sans les feux de joie!

Dans la ville toujours aussi perturbée par les amoncellements de détritus, je rêve de montagnes pures. Jaugeant cependant mon état de santé, je me pose la question: devrais-je quitter le pays subito? J'aimerais me diriger vers une autre région moins rude d'accès, pour un autre trek. Hier, avec Prem, je me suis promené en scooter au cœur d'un invraisemblable chaos urbain. Mon guide voulait se procurer un poêle en fonte qu'il allait payer avec mon pourboire, un présent d'amour pour sa femme restée à Darjeeling... Il m'a proposé de l'accompagner. Irrationnellement, j'ai dit oui. Une fois prisonnier du trafic, je me suis demandé par quel fabuleux hasard un camion ne nous renversait pas, pourquoi une autre moto ne venait pas nous heurter de plein fouet. Puis j'ai fait mes adieux à mon guide. Il avait hâte de revoir son petit garçon. Brave Prem...

En soirée, j'ai mangé chez Dawa Sherpa, le chef de l'entreprise népalaise qui s'occupe de donner un coup de

main aux malades qui rêvent d'accéder à certains sommets himalayens, ces mêmes malades, parfois, n'arrivant
pas à dépasser 3 500 mètres. Bienvenue dans la grande
aventure aux faiblards comme aux bien-portants, aux
jeunes et aux moins jeunes, aux athlètes comme aux quasiment handicapés, aux rêveurs et aux pragmatiques...
Dawa Sherpa habite une maison de cinq étages située sur
l'une des collines entourant la capitale, un peu au nord,
à l'abri de la trop grande pollution. Il s'est procuré cette
demeure d'une famille qui est maintenant à son service.
De chez lui, on a une vue magnifique sur la campagne
environnante. Là comme ailleurs, les chiens, errants ou
non, aboient dès l'apparition du crépuscule. Dawa Sherpa
a tous les airs d'un homme riche. Sa femme se trouve
actuellement en tournée aux États-Unis afin d'organiser
des voyages-pèlerinages au mont Kaïlash. Moi, riche de
mon appartenance à l'Amérique du Nord — avec banlieues, bungalows en rangées et Hibachi allumés les soirs
d'été —, j'ai soupé en essayant de justifier ce qu'avait été
ma tentative d'atteindre le camp de base de l'Everest. J'ai
senti que mon hôte me jugeait sévèrement. Diplomate, il
n'a laissé poindre aucune remontrance, mais je l'entendais
penser: «Qu'est-ce qu'il est allé faire dans le Khumbu, ce
zigoto-là?» Sacré Dawa Sherpa!

Avant de décoller pour l'Annapurna, la «déesse des
moissons», j'essaie de découvrir certains lieux plus buco-
liques de Katmandou. Un employé de l'hôtel m'apprend
qu'au Ratna Park il y a un peu de verdure. Ah, pouvoir
observer les premières fleurs printanières... Je saute dans
un taxi.

Dans le parc en question, il y a bien quelques arbrisseaux, mais, surtout, il y a des milliers de personnes qui, comme moi, tentent de refaire le plein. Quelques amoureux, comme dans bien des parcs du monde, se promènent, main dans la main, mais, partout, des saletés couvrent ce qu'il pourrait y avoir de gazon ou de plantes. Immense champ de sacs vides, de verres écrabouillés, de morceaux de plastique. Près d'une clôture métallique, des badauds se laissent haranguer par ce qui semble être un politicien. Jamais, mais jamais, dans toute ma vie, je n'ai visité un parc urbain aussi délabré. Tout autour, des dizaines d'autobus attendent, le moteur en marche, que reviennent leurs passagers. Dans l'eau glauque d'un petit étang, un seul poisson rouge, sur le dos, est bel et bien mort. Des papiers volettent, se fichent dans de rares bosquets d'épineux. Tout est humain, ici, totalement humain!

Je m'enfuis, littéralement, par l'avenue Panthi, à pied. Devant un mur d'enceinte qui cache des baraquements, des tanks, que sais-je? six soldats montent la garde, protégés par des barbelés. Ils sont armés, casqués, bottés! Ont-ils des mines patibulaires? Pas vraiment. Mais une carabine, un casque et un habit kaki ont le don de transformer en guerrier tout jeune homme, même imberbe! À travers le Népal, ces années-ci, c'est l'insurrection larvée, c'est la révolte à bas bruit, parfois à grands cris aussi. Des Maoïstes se manifestent dans plusieurs régions, pas encore dans la capitale, mais ça viendra, c'est inéluctable, tout le monde en parle. Alors… ces guérites, ces armes disposées aux endroits stratégiques de la ville… dirigées vers les rues où se bousculent des taxis, des autos, des motocyclettes, sans égard pour les marcheurs, les vendeurs, les enfants…

En après-midi, je perds patience alors qu'on me sollicite pour un déplacement en rickshaw, pour me vendre une flûte, une babiole… Dans une rue passante, tandis que je dépose mon sac par terre pour en retirer un chandail — j'ai encore froid, tellement froid —, un enfant court vers moi, l'air agressif. Pendant un moment, je crois qu'il va me voler. Je lui ordonne de déguerpir. Il me crie : « *Fuck you!* » en me faisant un doigt d'honneur, tout petit. Quel âge peut avoir cet enfant ? Cinq ? Six ans ? Est-ce que l'enfer est toujours humain, seulement humain ?

Je suis ailleurs. Ailleurs, c'est la peau brune, une chemise écarlate, l'époustouflante coiffure ébène d'une femme. Ailleurs, c'est un p'tit gars qui vocifère contre un voyageur qui lui a parlé de travers. Ailleurs, c'est une rue pleine de crachats, d'odeurs pestilentielles et de chiens faméliques. Ailleurs, c'est un chant d'oiseau jamais entendu auparavant, le croassement de dizaines de corneilles luisantes qui s'envolent du toit d'un garage désaffecté. Ailleurs, ce sont des milliers de petites gens, des barbelés et des soldats. Ailleurs, on se dit qu'il n'y a pas de différence foncière entre chacun des humains, où qu'on se trouve sur la Terre.

Asie des fillettes portant sur leur tête des baquets pleins d'eau. Asie des vendeurs, des marchands et des crieurs publics, des regards doux et foncés, des râles et des toux profondes. Asie de la survivance depuis cent mille ans, des rickshaws usagés qui foncent dans la foule en faisant des bruits de clochettes. Asie des hindous priant Bouddha, des bouddhistes tranquilles à genoux devant Shiva. Asie des sentiers de pierres millénaires, des chiens qui se battent la nuit pour des pigeons morts.

Et moi, je rêve d'un sommet, bien que j'aie constamment la nausée. D'autres rêvent de révolution et ils la préparent avec soin. Moi, je reste affecté par une foutue maladie qui me colle au corps et m'oppresse. J'ai continué à prendre ce médicament qui m'avait soulagé. Pourquoi la guérison complète ne vient-elle pas? À Pokhara, j'irai tout de même! Je m'y sens attiré… Pokhara, quand on compare avec Katmandou, c'est la tranquillité, un grand lac, du verdoyant…

Une femme habillée d'un long sari bleu sort d'une maison. Ses cheveux font des vagues jusqu'à ses fesses. Elle attend dans la rue, en compagnie des vendeurs, avant de monter dans l'autocar. Partir au petit matin devient une grâce quand une femme élégante choisit le même départ que soi. Une fois à Pokhara, je marcherai tant que le ciel le voudra. Partir me rend léger, «tout léger, tout léger», comme dit la chanson. Je suis venu dans ce pays pour tâter de l'Himalaya, en goûter toutes les sphères, toutes les saveurs, toutes les joies. Mais que d'épreuves pour parvenir à un simple 2 000 mètres! Que de cacophonie permanente, même la nuit, quand se déclenchent des centaines de géné-ratrices parce que le courant central est interrompu. Tiers-monde… Les gens ont faim de l'argent des autres, ceux-ci étant souvent des étrangers et des Occidentaux, bien que les Japonais et de plus en plus de Chinois affluent. Le Népal se trouve en pleine agitation. Les Maoïstes n'acceptent plus la corruption des gens qui sont au pouvoir. Le peuple veut des routes, des égouts, des écoles, des hôpitaux. Vieille histoire du monde pauvre qui n'en peut plus de souffrir. Quand on est un supposé riche, il ne faut pas se surprendre d'être la cible des vendeurs. Ce matin, j'ai envoyé prome-ner un chauffeur de taxi qui klaxonnait sans arrêt pour que je grimpe dans son carrosse. Excédé, j'ai marmonné des insanités. Le type est parti en trombe, n'ayant évidemment rien compris de mon marmonnement, mais ayant tout saisi par ailleurs.

Le chef maoïste Prachanda se bat contre une machine gouvernementale dirigée par l'actuel premier ministre Korala. On dit que des royalistes auraient fomenté un complot pour assassiner des ambassadeurs américains en poste à Katmandou, de manière à faire porter le blâme sur les maoïstes. Récemment, la secrétaire d'État américaine décriait le fait que les maoïstes n'aient pas encore déposé leurs armes, comme cela avait été convenu dans un récent accord.

L'ambassade américaine à Katmandou est une forteresse énorme, flambant neuve, qui tranche avec les autres constructions des alentours. Même le palais présidentiel, entouré d'un mur blanc, ne donne pas une apparence de place-forte aussi imprenable. Prem me racontait que les matériaux ayant servi à la construction du bunker américain, le béton y compris, auraient été importés des États-Unis. Je comprends que les profonds changements de société proposés par les maoïstes déplaisent aux porteurs du flambeau de la liberté capitaliste ultra-conservatrice. Le Népal a beaucoup, mais beaucoup souffert — et depuis des décennies, sinon des siècles — de l'immense incurie du pouvoir monarchique.

Assis à l'arrière de l'autocar bondé, je me demande quelle put être la réaction de Fred quand il débarqua pour la première fois à Katmandou. Pensa-t-il que le moteur à combustion, celui-là même qui avait révolutionné la vie humaine sur la planète, rendait maintenant l'air irrespirable ? Y a-t-il des limites à ce que les humains peuvent se faire endurer les uns les autres, parfois pour des raisons jugées excellentes, par pragmatisme ou tout simplement pour faciliter les liens entre les différents lieux d'un pays ou d'une ville? Fred demeure un fou des sommets. Je sais aussi, pour bien le connaître, que chaque fois qu'il arrive dans une nouvelle ville du monde, il se demande où se trouve le sens de toute action, le sens de ses gestes d'alpiniste comme le sens du combat de tous ceux et celles qui rêvent pour survivre.

Ce soir, je n'ai pas eu à enfiler mon parka. Je ne frissonne plus. Les frondaisons vert tendre des rives du lac de Pokhara m'apaisent. Je vais mieux. Vingt mille petites maisons forment la partie sud de la ville. Les plus hautes constructions, souvent en ciment, font rarement plus de cinq étages. Je me trouve dans un hôtel tenu par le beau-frère d'un chauffeur de taxi rabatteur qui m'a obligé à me procurer un soi-disant permis de circulation pour me rendre dans le parc de l'Annapurna. Pour cela, il a fallu me diriger dès mon arrivée vers une boutique appartenant au frère du chauffeur de taxi, afin que je fasse prendre quatre photos de moi, apparemment tout à fait nécessaires à l'achat dudit permis. Coût total : 2 000 roupies! Le chauffeur de taxi m'a dit qu'il pouvait me conduire demain matin jusqu'au village de Naya Pul, mais que si jamais je devais revenir à Pokhara pour ensuite repartir, quelle que soit la raison, je devrais me procurer un nouveau permis, et tralala blabla, et donne-moi donc 20 piastres que je te dise où un vendeur de cache-oreilles te refilera de la porcelaine de Chine fabriquée dans une grotte du Myanmar! Les vendeurs d'autos usagées peuplent-ils la planète au grand complet, de l'Orient à l'Occident, et depuis l'Antiquité et même bien avant? Existait-il des agences de location de mammouths usagés dans les grandes plaines sibériennes ou sur les hauts plateaux du Tibet dans le temps de Cromagnon?

Je suis fatigué de toutes ces évidentes arnaques. Je comprends que les gens pauvres doivent apprendre à se débrouiller pour survivre. Certains flairent avec grand art la proie facile quand elle descend en titubant de l'autobus après un trajet de huit heures sur une route qui ne faisait que 200 kilomètres, mais toute en sinuosités et en nids-de-poule. Le vendeur de permis et le chauffeur de taxi voulaient absolument me trouver un guide et un porteur pour mon trek, mais j'ai dit que je réfléchirais. Il y a des limites à la naïveté.

J'irai à mon rythme, au rythme de cette foutue maladie qui ne veut pas se dissoudre complètement dans l'air printanier des rives du lac de Pokhara. Deux barques de pêche, ancrées au large, me rassurent à propos de la santé de cette nappe d'eau. Atteindre le camp de base de l'Annapurna ne sera pas de la p'tite bière, mais j'ajusterai ma montre, j'agirai selon mes forces, mes états d'âme, mes impulsions. L'idée de vagabonder en montagne me plaît plus que jamais, d'autant plus que le flot incessant des citadins et l'insistance des vendeurs me dérangent sérieusement.

⁓

Le taxi dans lequel j'ai pris place cogne dur. Les crevasses et grands trous pourraient casser n'importe quel amortisseur neuf. En plus, ce taxi a de l'âge! Aïe, j'ai mal à ma suspension! Les villages le long de la route sont coquets. Toute la vallée entre Pokhara et Naya Pul paraît remarquablement fertile, tropicale même. Les flancs de plusieurs collines ont été travaillés en terrasses. Ici, l'État semble absolument absent. Pas de casemates, pas de barbelés, pas de soldats. La route a un jour été asphaltée, construite par des Chinois. Elle n'a jamais été réparée ; parfois, 100 mètres plus bas, on aperçoit des blocs de ciment, des carcasses de camions renversés.

Au moment où apparaît le sommet du Macchupucche, le taxi stoppe. Je descends devant des bicoques, au bord de la route. Impression de débarquer dans le vide. Mon sac me paraît étrangement lourd, trop lourd pour que j'aille bien loin sans aide. Hier, à 2 000 mètres, il a neigé ! Je croise un couple de trekkeurs. Tout comme moi, ils s'apprêtent à partir de Birethanti, mais pour accomplir une grande boucle en direction ouest. Moi, je vise l'est et le camp de base de l'Annapurna. Où coucherai-je ce soir ?

Il ne faut que vingt minutes à un aubergiste bienveillant pour me dénicher un jeune homme qui me guidera : Shiva. Rien n'est anodin en voyage, surtout pas le nom des dieux qu'on rencontre. Toutes les affaires de Shiva tiennent dans une guenille nouée. Mon guide se charge de mon sac à dos. Moi, je porterai quatre ou cinq kilos dans un petit sac de rien du tout. Si je ne relevais pas d'une telle maladie, je serais gêné, très gêné par la situation. Mais je n'ai pas le choix. Shiva a vingt-huit ans. Il me demande 600 roupies par jour comme salaire, l'équivalent d'une dizaine de dollars. D'emblée, j'accepte. Cette somme me semble honnête, et je suis exténué. Avec ce montant, Shiva s'engage à payer ses repas et son logis. Nous convenons que je l'engage pour une période indéterminée. Tout dépendra du temps, des lieux, de mon état…

Ce matin, j'ai failli rebrousser chemin. Pour aller où ? Sûrement pas dans les capharnaüms de Pokhara ou de Katmandou. Je me trouvais nulle part, écrabouillé par le poids de mon sac. Je me suis demandé si je n'allais pas m'écraser entre deux maisons devant trois bambins interloqués. J'ai fait halte dans un bistro, c'est-à-dire une cabane en planches au toit de tôle. À celui qui me servait un jus d'orange, j'ai demandé de l'aide. Il m'a présenté Shiva dont je suis le second « client » à vie. Il vient tout juste de se marier.

Je marche dans de la marde de yack, dans de la marde de nack, la femelle du yack, dans de la marde de buffle, de vache, d'âne, de cheval, de mulet, de chèvre, d'oiseau, de zopkio, un croisement entre la vache et le yack. Jamais tant vu de marde sur les sentiers d'un pays! Marde bouillonnante dans mon ventre comme sous mes pieds, entre mes orteils, dans les recoins de chaque détour. Voyage épreuve. Voyage mal de ventre. Voyage souffrance. Voyage prière. Voyage au cœur de fantomatiques montagnes. Voyage rencontre avec des enfants beaux comme mille milliards d'Himalaya, mais qui toussent sans arrêt, tous porteurs d'une interminable morve blanche qui leur pend jusqu'au menton. Mon cœur de père est désespéré. Mon âme de voyageur est triste. Mon corps de montagnard vieillit à vue d'œil. Toutes ces montagnes dépassant les 8 000 mètres paraissent surréelles. Pendant longtemps, on a cru qu'aucun de ces sommets ne serait jamais touché, qu'aucun être humain n'y mettrait les pieds. Jusqu'à ce qu'Herzog et Lachenal atteignent la cime de l'Annapurna en 1950. Premiers 8 000...

Les Népalais vivent pour la plupart à flanc de montagne, sur des pentes qui chutent vers les rivières. Depuis des milliers d'années et sur des milliers de mètres de dénivelée, les paysans se sont battus pour faire pousser un peu de blé, des patates qui leur ont sauvé la vie, des choux plantés sur de minces plates-bandes. Inimaginable labeur ! De chaque côté du sentier, de grands bosquets de bambous ont été ravagés par la dernière chute de neige.

Traverser une vallée à pied, c'est un peu la posséder. On avance sur une voie inconnue, on amadoue les pierres. Chacun des arbres bordant le chemin devient une vieille connaissance. Au fil de la marche, d'autres cailloux font leur apparition, comme s'ils attendaient eux aussi d'être poussés, déplacés, enfoncés par un coup de botte.

À Chomron, je croise des Allemands. L'un d'eux parle assez bien anglais. Au fil de la conversation, il m'apprend que la femme et la fille d'Hillary ont trouvé la mort dans un accident d'avion, à Lukla, en 1976. Je suis troublé. Je ne savais pas. Deux femmes mortes par amour… Inconditionnel amour qui les lançait sur les traces du conquistador de l'Everest pour lui donner du courage, pour lui faire des câlins… L'Allemand me dit que sa fille étudie à Halifax ; son fils, lui, a passé deux ans en Australie. Chaque année, il aime prendre des vacances en montagne. Jusqu'à l'an dernier, il voyageait avec trois amis, tous des ingénieurs, comme lui. Mais le mois dernier, le plus jeune est mort.

En arrivant au village de Gandruk, je n'ai plus aucune énergie. Ma dernière nuit a été mauvaise : les maux de ventre ont recommencé. Mon corps ne semble plus vouloir accompagner mon esprit qui jubile. Il y a dissociation entre mon corps qui essaie d'avancer et mon esprit qui veut. Le froid ne cesse de me harceler. Je me réchauffe seulement lorsque je marche. Devrais-je retourner à Pokhara ? Une voix intérieure me commande de poursuivre, encore un peu, un jour de plus. Sacrés diables montagnards, sacrés génies des sommets qui nous poussent dans le dos, qui nous jettent des étoiles dans les yeux ! Plus haut, encore plus haut !

≈

Au bout d'un petit chemin, je découvre les vestiges d'une clinique médicale. Où prodigue-t-on les soins de santé dans ces montagnes ? Derrière deux bâtiments délabrés, les pierres qui soutenaient l'héliport se sont détachées. La végétation reprend ses droits. Il y eut de toute évidence des jours plus fastes dans ce pays. Aujourd'hui, c'est la misère. Shiva me dit qu'il arrive qu'un blessé doive être transporté sur une civière, à bras d'hommes, jusqu'à Pokhara. Le voyage dure des jours. Mais pour les plus pauvres, ça n'arrive pas. Dans quelle arrière-cuisine s'étend-on quand on est totalement épuisé ? Dans quel silence attend-on la mort quand on n'a ni argent ni aide pour se rendre à l'hôpital ?

Un vieil homme nous fait signe. Il tient à nous faire visiter ce qu'il appelle son « musée ». Nous pénétrons dans une pièce sombre. Sur des étagères poussiéreuses, on a étalé plusieurs objets antiques, des pots, des outils primitifs. D'urgence, je dois sortir pour trouver des toilettes. Dehors, derrière le musée, j'aperçois une chiotte. Je suis miséreux, écœuré par la sempiternelle mauvaise odeur qui envahit ma vie. Il n'y a plus rien de drôle. Les quelques trekkeurs rencontrés avaient tous l'air désorientés.

≈

Je rêve du Mont-Saint-Michel, de la France des jardins tranquilles, aux antipodes d'ici. C'est fou, mais cette rêverie, qui me vient par bouffées, me fait du bien, un bien immense, et me redonne du courage. Suis-je un sacré privilégié de penser aller guérir ailleurs ? Sûrement ! La pauvreté devient inacceptable quand la maladie s'ajoute à une vie sans ressources. Une vie dans une cabane de planches peut être merveilleuse. Mais que survienne un accident, que se pointe un microbe plus violent que les autres… Le bonheur est lié à la simplicité de vivre et de respirer, c'est sûr ! mais la simplicité n'empêche rien aux injustices ou aux mauvais coups du sort. Comment accepter qu'un garçonnet de sept ans meure en quelques jours d'une pneumonie carabinée, tandis que d'autres, des passants, des touristes, des trekkeurs, des étrangers, ont les moyens de se faire soigner ?

Ici, en Asie, on se sent au cœur de l'humanité vraie, celle qui chante comme celle qui souffre. Humanité d'enfants joyeux qui courent entre les maisons. Humanité de petites vieilles pas de dents, de vendeurs d'oranges et de beautés fatales qui ne cessent de joindre les mains en murmurant *Namaste, Namaste*. Qu'est-ce qui fait qu'un Népalais, par un froid matin de pluie, tout en préparant le thé, démontre tant de bonne humeur ?

Un après-midi, à Pokhara, en discutant avec un Québécois qui arrivait de Varanasi, en Inde, je lui ai demandé pourquoi il était si sécuritaire de voyager au Népal, quand on compare avec bien d'autres contrées. Sans hésitation, il m'a répondu que c'était grâce à la religion bouddhiste. Ce gars voyageait en Asie depuis six mois. Une Québécoise qui passait, elle aussi en état de vagabondage, nous a entendus. Elle s'est arrêtée, histoire de prendre une tasse de thé avec deux compatriotes. Mes interlocuteurs étaient d'avis que le bouddhisme et l'hindouisme rendaient les gens moins envieux, moins voleurs, moins agressifs, moins violents, moins violeurs, moins coriaces dans l'arnaque. Une affaire d'éducation, d'esprit et de culture millénaire, de karma et de samsara. Plutôt renaître en moine qu'en chien galeux !

Mes poumons sont congestionnés. J'ai froid, et pourtant je sue à grosses gouttes. Hier, j'ai croisé un guenilloux de dix ans qui tenait une longue cigarette dans une main. Dans l'autre, il comprimait un sac de papier. Ce p'tit gars brun foncé avec une chemise sale toute déchirée sniffait de la colle ! Une jeune femme m'a frôlé. Dans ses bras, elle portait un minuscule bébé. Elle m'a demandé quelque chose en tendant un biberon dans ma direction. J'ai pensé à l'humaniste Jean Vanier qui racontait toujours garder quelques sous dans ses poches pour les mendiants. J'ai offert de l'argent à la jeune femme. Elle m'a dit qu'elle voulait du lait. Nous sommes entrés dans une épicerie. Le bébé avait l'air mort. Il dormait, soûlé ou malade ou épuisé ou drogué. La jeune femme a choisi une boîte de lait, énorme, qui coûtait 500 roupies. Le vendeur népalais, derrière son comptoir, nous observait, l'air sévère. J'ai dit à la mère qu'elle me semblait exagérer un brin. Elle a pris une boîte de lait en poudre plus petite, ce qui n'était rien pour moi, mais tout pour son bébé. Elle est partie en souriant. C'est alors que le vendeur, pas content du tout, m'a dit qu'il fallait ouvrir la boîte parce que cette femme allait certainement la revendre ailleurs, deux fois son prix, à quelqu'un d'autre ou dans un autre magasin. Ce bébé ne servait que de prétexte, d'« accroche-cœur » pour les trekkeurs fatigués qui attendent de quitter la pauvreté morbide d'un pays qui souffre. De jeunes mères essaient de tirer leur épingle du jeu comme nous tous, humains d'Asie ou d'Amérique, avec ce cœur qui ne sait plus à quel fou donner de la tête.

～

Dans une cour, j'aperçois des charmeurs de serpents, un joueur de flûte, deux joueurs de tambourins. S'apprête-t-on à tourner un film ? On dirait une mise en scène pour un tournage… Je ne vois pourtant aucun directeur-photo. Des paniers d'osier sont posés devant les musiciens. Une espèce de motte verdâtre — un serpent ! — dort à leurs pieds. Des écoliers agités se bousculent. Le joueur de flûte s'arrête de jouer. Un boa constrictor sort d'un panier. Dégueux ! Le joueur de flûte invite un garçon à se mettre le boa autour du cou. Les enfants ont l'air totalement perturbés par la chose, tout comme moi ! Un joueur de tambourin dépose son turban sur la tête d'un garçonnet courageux et y place un autre panier. Il l'ouvre pour laisser jaillir un naja. Mais c'est dangereux, ces reptiles-là ! Le cobra dresse sa tête en sifflant. Dégueux ! Je quitte les lieux. Des enfants se sauvent avec moi. Je trébuche, m'affale de tout mon long. Quelqu'un me parle. Je ne comprends pas. Je ne suis plus là. J'entrevois la silhouette de mon altérégoune. Sauve-moi, ma belle ! Sauve ma peau !

～

Partons ! ma rameuse, ma ramoneuse, ma papagénoune, mon entendeuse de Mozart et d'appels au clair de loon. Ouououououou ! chantent les huards à collier. À la *loon*, à la *loon* ! crient-ils, l'œil allumé par la pleine lune. Plus nous approchons du Mont-Saint-Michel, plus je me pose cette question : est-ce que seule la mort pourra nous séparer, mirifique nomade, coureuse de montagnes et de grands glaciers ? Ah, belle alterégoune, quel feu dans l'œil de ta caméra ! Je te regarde boire un mauvais kir parce que le vendeur de vin a oublié la piquette depuis treize ans dans un coin du bar et que le sirop de cassis n'arrive même pas à en dissoudre le mauvais goût. Mais on s'en fout, des mauvais goûts de la planète ! On s'en fout, des piquettes, dans la mesure où notre danse à tous les deux ne fait que commencer !

Maudite belle vie folle de belle vie tout court ! Je me tords les poignets pour m'étirer les lobes d'oreilles, ce qui me fait un bien dingue. Je tire la langue pour que mes plantes de pieds respirent. J'étire mon cheveu central et c'est mon cerveau reptilien qui chante la ribouldingue.

4

Couché par terre, je m'éveille tout en sueur, sur une paillasse qui pique, dans une cabane où une poule me picore les tibias. Je me sens paralysé, quasiment trop faible pour respirer tout seul, transformé en mauviette, en cancrelat écrabouillé, en bave de lézard. Que s'est-il passé? J'entends quelqu'un qui vient. Shiva! Il me regarde comme s'il allait pleurer. Où suis-je? Shiva me dit un nom que je ne connais pas, celui d'un village encore plus minuscule que Gandruk. Il ajoute que j'ai été malade, très malade, que j'ai perdu connaissance et que j'ai été pris de mouvements bizarres. Eh bien, après avoir voyagé un brin avec mon alterégoune, me revoilà en plein réel népalais! Une crampe dans le ventre me fait rejeter sur le sol une coulée de vomissures jaunâtres. Une diarrhée chaude se répand entre mes cuisses sans avoir demandé mon consentement. Humiliant, totalement! Shiva plisse le nez, toujours poli, sans rien dire, en souriant. Quelqu'un d'autre pénètre dans la pièce: sa femme! Elle s'agenouille, m'essuie avec un linge mouillé, comme si elle avait fait ça toute sa vie ou depuis les heures, les jours peut-être où j'ai été ici. Combien de temps s'est-il passé depuis ma chute devant les charmeurs de serpents? Quel rêve, tout de même, en compagnie des yeux les plus émouvants de la planète! Encore quelques heures de rêves affriolants et j'abordais en toute réalité le

Mont-Saint-Michel salvateur avec mon alter d'amour! La Népalaise m'essuie. Ses mains douces m'écartent lentement les cuisses. Je braillerais de chagrin et de tendresse tellement Shiva est prude. Il s'est retourné pour me laisser dans mon intimité de dégénéré, de grand malade qui va crever. Mais le malade remercie ses sauveurs en leur souriant péniblement. Je suis lavé par la gentillesse consacrée. Ce sera combien, chers soignants d'amour? Par quel miracle des humains acceptent-ils de se pencher au chevet de leurs congénères, au pied des perdus de la terre en le faisant avec le sourire de la dignité? Vais-je mourir ici? J'ai une sécheresse terrible du type Vallée de la Mort qui me soude les lèvres et m'empêche de poser mes questions, cent questions qui se bousculent dans ma tête survivante. Shiva me dit que l'hôpital de Pokhara serait le mieux pour moi, mais qu'il devra trouver des brancardiers. Il faudra toutefois les payer. Shiva a des amis. Lui-même et sa femme les aideront. Ils me transporteront vers une route et un possible véhicule, taxi ou ambulance de fortune, camion de pompier ou de la Croix-Rouge internationale égaré dans ce coin des montagnes annapurniennes. Merci, merci Shiva! Le plafond de la pièce sombre dans laquelle je délire commence à tourbillonner. Je sens que je vais reperdre la carte.

Comment ta femme a-t-elle pu nous rejoindre? Ah... je comprends, elle s'ennuyait de son mari... Quelle chance! Se doutait-elle que j'allais être si malade? Brillante femme, nurse sans formation, infirmière pour moi seul, compagne de mon guide ange gardien. Merci, merci mes amis...

～

J'entends quelqu'un qui me parle au creux de l'oreille. Je l'entends sans pouvoir ouvrir les yeux. Où est mon porte-monnaie? Où se trouve l'argent de l'Occidental perdu mourant tout mou, assassiné par dix milliards de germes asiates ou cent mille milliards de parasites destructeurs bien pire que les coliformes tranquilles de la forêt boréale d'Amérique? Qu'est-ce qui m'a pris de venir battre mon corps dans un pays sans foi catholique ni loi anglo-saxonne, alors qu'un guide veut me voler mes biens, mes cartes, mes assurances tous risques, mes sous, mon argent si durement gagné à la valeur de tout ce qui prévaut derrière mon front, mon front d'intelligence qui me permit de faire un cours en quelque chose afin de m'insérer dans un monde d'autoroutes et de centres commerciaux où tout peut s'acheter, comptant ou à crédit? Content, mon homme, de te procurer un poêle à bois comme une scie ronde pour te bâtir un cabanon? À moins que ce soit un ordinateur flambant neuf jetable dans six mois parce que la technologie va trop vite? Acheter! Acheter grâce à tous les sous du capitalisme triomphant!

Ah! ça me revient tout à coup, je suis au Népal. J'y cheminais pour me recentrer au cœur de ma meilleure existence tout en essayant de comprendre où nous mène notre route, à nous, Américains du Nord, alors que nos viaducs ont tous déjà été construits et qu'ils ont même commencé à se déglinguer tellement la froidure et les gélivures sont coriaces chez nous. Structures faiblardes qui chutent parfois sur le toit des automobilistes malchanceux. Où allons-nous dans notre pays déjà bâti et construit et inventé tandis que dans certains recoins de l'Asie, il reste encore tant à faire? C'est pour cela que l'humanité s'active, pour édifier de nouvelles routes et des ponts et des buildings tout en ciment et béton contraint et précontraint, c'est ce que je me dis comme si j'étais moi-même ingénieur en civiles constructions… mais je n'ai rien de l'ingénieur.

Je me trouvais au Népal en tant que simple vagabond, en tant qu'étranger visiteur et marcheur dans les montagnes autour de l'Annapurna. Et voilà que maintenant un étranger me parle tout bas et me demande où j'ai caché mon porte-monnaie. «Au voleur! On m'assassine!» que je hurle, pareil à un personnage à la Jean-Baptiste Poquelin, moi qui suis déjà aux trois quarts assassiné! Moi qui me sens pire qu'une guenille perdue dans un seau de vinaigre bourré de mouches mortes! Je n'ai même pas le courage d'ouvrir l'œil gauche. Quelque chose m'écrase l'œil droit, c'est ma main ou une boule de chair ou un quelconque objet que je ne parviens pas à identifier. Je suis tout mêlé, très très faible, c'est plus qu'évident, peu souffrant pour l'instant, mais je n'ose penser à la prochaine crampe qui me fera évacuer une trombe de sang rouge clair.

Shiva articule quelque chose que je ne comprends pas. Je deviens sourd ou bien il parle trop bas ou bien je vais reperdre conscience, ce qui serait tout de même agréable puisque je pourrais m'emballer tout mon soûl dans les bras de mon alterégoune d'amour. Où suis-je? Dans quel village népalais? Quand donc ai-je visité une autre galaxie? Il y a une heure? Trois jours plus tôt? Depuis combien de temps suis-je couché sur le côté en train de m'écrabouiller l'oreille droite? Mon nez ne fonctionne pas bien. Je dois respirer par la bouche. Je boirais une pleine baignoire d'eau fraîche. Quelle soif! Ah! satané quêteux de porte-monnaie qui me demande où j'ai enfoui mes pénates! Qu'est-ce qu'il me veut, le vilain? Qu'il me prenne tout ce que j'ai et qu'on en finisse!

J'entrouvre l'œil gauche. Shiva a l'air d'un gamin qui va pleurer. À genoux, il m'implore en tordant ses mains brunes pour savoir comment agir, s'il peut fouiller dans mon porte-monnaie. Il l'a trouvé dans ma poche arrière de pantalon. Il connaissait fort bien la cachette pas secrète pour cinq sous puisque chaque jour je le payais, mon guide d'amour. Je lui donnais le montant convenu, celui pour lequel nous nous étions mis d'accord. Les larmes aux yeux, il me demande s'il peut engager des porteurs pour me sortir de ce pétrin dans lequel je vais bientôt trépasser. Il tremble. Le visage de sa femme se trouve juste au-dessus de sa tête, magnifique, aux yeux d'Asiate et à la lune noire déposée entre des sourcils parfaitement lisses. On dirait mon alterégoune, mais métamorphosée en Népalaise, la tête recouverte d'un petit voile mauve, aux yeux noirs profonds et immenses et doux comme des miroirs qui me regardent en voulant mon seul bien. Ils m'aiment sans le dire, ces yeux-là, ça se sent, et je le sens d'autant plus que je n'ai guère les moyens de faire autre chose que de laisser délirer mon esprit dans tous les sens. Ces yeux de Népalaise amoureuse me donnent envie d'embrasser le ciel. Je m'excuse de mes pensées surexcitées de faux-riche qui ne sait plus s'il doit faire confiance aux inconnus ou aux peu connus. Dire que, vingt-quatre heures après avoir rencontré Shiva, je m'étais demandé pourquoi ce jeune homme bien plus fort que moi ne m'assassinait pas tout bonnement en m'abandonnant au fond d'un ravin. Pourquoi ne me dévalisait-il pas plutôt que d'attendre le paiement de sa journée, sachant très bien que l'argent se gagne cent fois plus vite dans mon pays que dans le sien? Certaines semaines, Shiva ne gagne que cinq dollars. Cinq dollars pour sept jours de labeur! Sa femme, elle, vend des casquettes et autres babioles aux touristes et trekkeurs de passage, assise bien sagement dans une petite boutique appartenant à un plus riche qu'elle. Shiva est tout à fait dépendant de sa femme pour survivre. Pourquoi les guides et autres jeunes hommes en pleine santé du monde pauvre

continuent-ils avec tant d'affabilité à conduire les voyageurs aux ostensibles richesses plutôt que de les occire
pour les détrousser dans un détour creux, au fond d'un
boisé sombre? Parce que c'est leur travail? Parce que les
lois humaines de tous les pays défendent de tuer impuné-
ment les voyageurs et que cela dure depuis les temps les
plus primitifs, depuis les époques les plus reculées? Ou
tout simplement parce que voler n'est pas si fréquent, surtout chez les pauvres, les plus grands voleurs portant des
complets et des cravates rayées jaunes et grises et vendant
des bazous dans les banlieues des grandes villes riches
du monde nordiste, les plus saligauds prenant le titre de
financiers et jouant avec les devises étrangères comme on
joue, gamin, avec des billes multicolores! Parce que la plupart des humains préfèrent endurer leur vie plutôt que
de siffler le fric des autres, c'est comme ça, et c'est encore
plus vrai chez les êtres comme Shiva qui ont de la morale
avant d'espérer de l'avancement, qui portent leur éthique
avec le sourire et les mains jointes, à genoux devant leur
sahib mourant. Bonté naturelle des humains! surtout chez
les hindous et les bouddhistes. Mais les chrétiens, ils ont
bien encore un peu de bonté en eux, non? Nom d'une
mer de sables bitumineux destructeurs d'un territoire plus
grand que le golfe du Mexique, au nord de l'Alberta! Je
voudrais remercier Shiva de s'occuper de moi avec tant de
générosité. Je voudrais lui signifier qu'il peut prendre tout
ce que contient ce maudit porte-monnaie dans la mesure
où il en a besoin pour lui, pour sa femme, pour son beau-
frère cul-de-jatte ou pour moi. Je me sacre maintenant de
tout, sauf de cette mort qui me pend entre les jambes et
qui m'étrangle la gorge en m'empêchant de prononcer la
moindre parole intelligente. Je me sens prêt à replonger
dans les environs du Mont-Saint-Michel auprès de ma

belle aux yeux de mer. Réapparais, mon ange, réapparais donc, juste pour rire!

Je les vois venir, les tours de l'abbaye magique, de l'autre côté de l'estran boueux. Il fait brouillardeux. Le Mont-Saint-Michel se dresse, fantomatique, géant sacré tout au fond de sa baie aux marées exceptionnelles où se récoltent des nasses de clams, nourriture pour les pèlerins depuis le Moyen Âge alors qu'ils venaient prier et mendier et donner et quémander et s'élancer vers le ciel auquel ils croyaient tant.

Le Mont-Saint-Michel fut bâti par des croyants qui espéraient toucher les arches les plus inatteignables du firmament, et ils l'atteignirent, c'est indubitable, un peu comme Gaudi parvint à toucher des cimes aussi hautes que celles des plus hautes galaxies grâce à ses tours de la Sagrada Familia, à Barcelone. On les regarde, ces fusées-là, la tête renversée vers l'arrière, et on se dit que notre regard ne s'arrêtera jamais, qu'il se rendra tel un rai lumineux jusqu'aux confins du monde avant de nous revenir, glorieux. Il y a de la prestidigitation dans l'art de faire monter des tours vers l'azur. Gaudi l'Espagnol délirant le savait. Salvador Dali, qui le vénérait, le savait lui aussi, tout comme les créateurs du Mont-Saint-Michel.

Mon alter me caresse le dos de la main. Donne-la-moi, cette main de tendresse, belle femme forte de mon évangile à moi! Aguiche-moi tout en me fournissant l'essentiel, ta main, ton cœur, tes tripes! Pourquoi pas ton sein, tant qu'à y être! Mon alterégoune, admire avec moi les murs du Mont-Saint-Michel alors que nous sommes assis dans l'herbe d'un des villages jouxtant l'estran. Ce soir, nous dormirons dans un moulin qui date du xvie siècle, et demain, nous toucherons aux pierres de l'abbaye. Ce sera le jour le plus sacré de notre vie ! Les cloches battront à toute volée ! C'est ce qui me guérira — l'âme sinon le corps. L'âme, le corps et l'esprit, tout le bataclan ! Pourquoi ne pas y croire, en cette guérison du corps qui vacille et titube et ploie et se broie, guérison éternelle de l'ordre de la résurrection d'entre les morts ? Pourquoi pas ? Les Hindous y croient bien, eux, en la réincarnation, à la transformation post-mortem en cancrelat ou en aigle pêcheur, jusqu'au nirvana final, le but de tous les buts, la lumière ayant transfiguré l'existence. Plus de corps comme on les connaît. Rien qu'une âme renouvelée jubilatoire extatique. *Jubilate exultate* en prière avec quelques centaines, quelques milliers, quelques milliards d'autres âmes. Peut-être… Ce mystère de la mort n'est comblé que lorsqu'on arrive au pied d'une abbaye comme celle du Mont-Saint-Michel. Donne-moi la main et tiens-la bien fort, altérégoune de ma vie heureuse ! Tu respires et c'est ce qui fait que je peux garder mon souffle. Tout ce que tu dis, je le reçois avec délectation. Comment savoir si le bonheur existe tant qu'on n'a pas goûté à six secondes d'existence auprès de sa mie, de sa moitié, de son âme sœur ? Tu me conduis là où je devais me rendre. Bientôt, nous traverserons la jetée qui mène à l'arche d'entrée du Mont-Saint-Michel. Là, dans chaque pierre taillée à la main par un travailleur heureux de se savoir participer à la Beauté du monde, nous saurons tout de la valeur du labeur humain quand il se tourne vers l'avenir. L'office religieux commencera à midi, tu ne voudras peut-être pas y assister, toi, l'athée, mais moi, subjugué, je serai là, les bras en croix, pour prier et remercier le ciel de m'avoir fait exister, tout simplement. Puis je tomberai à genoux, en attente d'éternité. L'éternité…

Une main me frôle. J'aime les doigts de femme qui me tapotent la poitrine. Une paume tiède se promène sur mon corps. Je suis en sueur, j'ai envie de vomir. Je me lève, ou plutôt j'essaie de me lever. Je m'appuie sur un coude et je dégobille. La main est toujours là. De qui est-elle, cette douceur avec des doigts qui m'épongent et me lavent de toute ma sueur accumulée? Je sens le maudit, je dois sentir le maudit, j'essaie de me sentir. Je n'ai même pas la force d'ouvrir les yeux pour vomir encore et encore. Et cette chiasse qui me sourd à tout moment d'entre les jambes, pire quand je vomis! Tout me sort par les deux bouts! Je vais mourir, sauf qu'il y a une main d'amour qui me caresse maintenant l'épaule. Une voix me chuchote-t-elle que je vais bientôt aller mieux? Peut-être me dit-elle en népalais ou dans une autre langue que je n'ai encore jamais entendue que je survivrai, grâce aux bons soins qui me sont donnés? Que se passera-t-il dans une heure ou demain matin? Quelqu'un viendra-t-il me chercher en hélicoptère? Mais je n'ai pas les sous pour payer un héli-coptère salvateur. Est-ce que Shiva le sait? Cette main que je sens me délivrer de tant de flegmes, le sait-elle que je n'ai pas pris d'assurances avant de partir de Pokhara, que je ne pourrai jamais débourser les 5 000 dollars nécessaires pour une évacuation aérienne? Et pourquoi, moi, j'aurais droit à un traitement de faveur tandis qu'aucun Népalais des alentours de l'Annapurna, aucun paysan ne peut se payer même un taxi pour se rendre dans une grande ville et encore moins dans un hôpital de Katmandou pour y rece-voir des soins appropriés? Personne! personne ne bénéfi-cie des traitements royaux qui sont réservés aux visiteurs venus d'ailleurs qui en ont les moyens et la prétention.

Alors, que je fasse comme les autres malades du Népal et comme les petits enfants des vallées environnantes! Que je meure et que je l'accepte, cette mort, si c'est ainsi que mon voyage doit se terminer! Que je meure même si cela m'écœure, mais que je meure avec dignité, non sans avoir profité de la main douce d'une femme qui me psalmodie un chant inconnu.

Un ange d'Asie me libère de ce qui pue l'affreux en moi. Elle mérite une croix d'honneur, une croix de bronze, une croix de guerre, ma reconnaissance éternelle. Je voudrais la remercier, mais je suis trop faible. La fraîcheur de l'eau qu'elle laisse couler sur mon front me fait tant de bien. Comment supporte-t-elle de me laver encore et encore? Pourquoi fait-elle cela, cette femme aimante?

Elle me dit que Shiva est allé quérir des gens pour me transporter sur un brancard dans les sentiers tortueux. Ils me redescendront dans la vallée, puis ils me coucheront sur la banquette arrière d'un taxi une fois la route carrossable atteinte. Ce taxi me ramènera à Pokhara. Ah...

On me brasse, on me soulève, on écarte une couverture pour regarder mon ventre. Je sens un air doux qui me rafraîchit le nombril, avant une prochaine crampe qui me fait éjecter de la bile à un mètre. Coups de fouet intérieurs! Shiva est revenu. Il y a des gens avec lui, deux hommes. Ils seront quatre à me transporter, car la femme de Shiva est mise à contribution. Comment s'appelle-t-elle, cette *mater materia*? Il faudra bien que je sache son nom un beau jour. Je devrais me lever et dire que, chez nous, ça ne se fait pas! Les belles filles ne forcent pas sur des brancards! Mais qu'est-ce que je dis là? Dans mon Amérique à moi, au XXIe siècle, dans le pays des francophones encore assez nombreux pour avoir envie de parler leur langue, les femmes transportent souvent des fardeaux pareils à ceux des hommes, particulièrement quand elles sont en montagne. Ici, la même chose!

Shiva a seulement pu embaucher deux adolescents. Ils sont frêles, avec des yeux de biche. Je les vois, je souris ou je tente de sourire. Je voudrais leur parler, leur demander quelles raisons les poussent à m'aider. Shiva les a sûrement alléchés avec un salaire, 10 dollars par jour, comme ce que je lui donnais quand il me guidait et portait le gros de mon bagage.

Trois jeunes hommes et un ange me soulèvent de terre pour me sortir d'une cabane au plancher en terre battue. Me laisseront-ils tomber? Me feront-ils débouler jusqu'au fond d'un ravin? Le soleil m'éblouit. Combien de temps ai-je passé dans cette cabane protectrice? Depuis combien de temps ai-je été malade à en mourir? Une journée? Deux journées pleines? Je ne sais pas. Le soleil atteint mon front et c'est bon. Je sens ses rayons. Une brise m'effleure la joue droite, je la sens bien. Je crois que je vais survivre, j'y crois tout à coup. Le jeune homme à ma droite chante à voix basse. Cette mélopée, je veux l'apprendre pour la chanter aux miens, à mes fils, à ces fils dont je me souviens tout à coup d'une manière plus qu'incisive. Il me faudra les contacter pour qu'ils viennent à ma rescousse dès que j'aurai atteint Pokhara. Fils en or! Votre père dans le ciel a besoin de vous comme il avait besoin des écrits de Saint-Ex quand il tentait de survivre à Namche Bazar.

Mes fils! Vous qui êtes issus de mon côté droit, d'une éjaculation qui donna de la joie à votre mère pendant quatre secondes et quelques poussières, vous ai-je faits sans le savoir comme je vous ai regardés naître, en parfait inconscient? Maintenant que vous êtes devenus des hommes à la dignité fière, je vous appelle du fond de cette Asie de l'autre côté de notre planète : venez me chercher! Je vous dirai alors autre chose que la manière dont je vous ai conçus, qui est une boutade et ne vaut pas la peine d'être redite. Ah, la toute-puissance d'un ventre de femme! Ah, cette insignifiance d'un coup de dés projetés dans un col utérin récepteur! Mais vous existez, mes fils. Aujourd'hui, je crie dans votre direction.

Il pleut sur la route conduisant au Mont-Saint-Michel. Une espèce de brouillard nous empêche de bien voir l'immense baie entourant la construction humaine la plus magique qui soit. Nous marchons côte à côte, mon alterégoune et moi. Je l'entends me dire, cette femme dont les cheveux font le pont entre Aldébaran et mes ventricules cardiaques, que grâce aux boues sacrées de l'estran de la baie de Saint-Michel, elle voudrait voir guéris tous les pestiférés de la terre. C'est qu'elle croit aux miracles, cette supposée athée qui m'a annoncé qu'elle n'assisterait pas à la cérémonie religieuse de midi. Elle préfère vagabonder.

Tous les deux, jubilatoires, nous voudrions, mon alter et moi, que les torturés de la terre puissent exhaler autre chose que de la haine envers leurs tortionnaires grâce à l'état de grâce qui règne aujourd'hui dans nos vies. Nous le voudrions, chacun à notre manière, le cœur en train de nous sortir par la gorge alors que nous prenons conscience de la compassion qui peut se manifester quand des humains acceptent de jouer le jeu de leur destin en sachant qu'ils se trouvent au bon endroit, au bon moment et de la bonne façon. Ma mie attire mon attention sur trois mouettes qui font des cercles autour de la plus haute tour de l'abbaye. Je frissonne au point d'en bégayer. Se rend-elle compte de l'effet qu'elle me fait, cette amazone, du même genre d'effet que fait Lisa à son amoureux transi dans la chanson de l'Abitibien Richard Desjardins ?

Nous franchissons une large porte d'arche et tombons sur une foule qui emplit les ruelles en se pressant autour de dizaines de vendeurs du temple accrochés comme des mouches aux parois du sanctuaire. On propose aux touristes pâmés des peccadilles, des espèces de victuailles parfaitement inutiles qui procurent des redevances aux artisans de la prière. Le cash, le cash ! Toujours aussi nécessaire, le cash, depuis le Christ et sa fameuse colère sacrée dans son temple de Jérusalem ! Odieuse et triste mais survivante humanité qui ne pourra jamais s'extirper des besoins du cash ! Ô cash !

Mon alterégoune et moi, nous tentons de faire fi de cet attroupement bon enfant et des étalages de tasses en pseudo-porcelaine de Chine. Nos âmes s'approchent marche après marche du lieu d'extase. Dans quelques heures, ce sera la grande envolée au son des cloches du campanile sommital. Je m'élancerai, enfin libéré de ce corps qui craque depuis trop d'années. Foutu corps racraquepoté ! Je deviendrai une larme. Belle, belle alterégoune qui ne me voit pas pleurer. Je suis une larme qu'elle ne soupçonne pas, dont elle n'a aucune conscience, elle qui me titille, elle qui m'énerve dans le meilleur sens du terme, elle qui me soulève de terre en me préparant à ma prochaine envolée au son des carillons célestes. Je me tords de désir. Je pousse tout bas des chants d'amour. Sacrée femme de toutes les connivences ! Elle n'en sait pourtant rien, ou elle fait mine de ne rien savoir. Elle aime prendre les nuages en photo. À mi-chemin de la nef où aura lieu l'office religieux, elle pointe du doigt une tourelle tout en s'émerveillant de ses contours. Ses ah! et ses oh! deviennent mes ah! et mes oh! Son rire, son regard lancé par-delà les boues et les brouillards, ses exclamations de petite fille dirigées vers la beauté d'un brin d'herbe fiché entre deux pierres de taille me font des caresses sur l'âme. Mais mon corps, mon foutu corps, qu'est-ce qu'elle en fait, la sorcière? Cette alterégoune est véritablement ma parole, ma joie, mais comme elle n'a aucune considération pour ma chair! Chair de raidillons consacrée par les délices de la vie fantasmatique! Elle existe pour moi, cette alterégoune, multipliant mon existence par dix, par mille, par cent millions, mais sans tenir compte de mon corps quasiment mort pour elle. À chaque seconde, en esprit, nous nous mouvons en parfait accord, sans autre alternative que l'harmonie. Nous faisons alors bien plus que de voir deux fois plus ou de voir double. Nous augmentons sur le mode exponentiel nos raisons d'être en joie. Cette femme me ravit. Mais en contrepartie, je n'ai plus de corps. Merci, ma Dame! Merci, mon Dieu! Me voici transformé en pur esprit. Je ne monte pas des escaliers circulaires aux pierres usées par des millions de bottes, de souliers et de pieds nus, non, je suis plutôt en libre ascension, courant d'air issu d'une coulée filant vers la stratosphère. Les visages humains que je croise sont ravis, angélisés par la montaison. J'arrive! Mon alterégoune choisit plutôt une allée discrète menant à un jardin couvert, sur la gauche. Elle me dit à bientôt. Je la laisse à ses rêveries non religieuses. Je ne veux pas revenir de cette apothéose qui s'annonce, à la fête des âmes qui aura lieu au sommet du Mont-Saint-Michel. Peut-être ai-je mené ma vie en toute inconscience pour aboutir à cet instant fatidique où tout se résumera, toutes les joies du monde se fondant en une fraction de quark d'éternité. C'est gagné! L'âme qui dominait le corps et l'esprit a vaincu la peur. J'ai gagné! J'accède à l'au-delà sans autre souci que la paix, mon angoisse de base, la grande et profonde angoisse humaine qui existe depuis les temps les plus reculés, depuis le Néanderthal et bien avant et qui se résout dans la musique des sphères.

J'arrive!

Le chemin n'est parfois plus un chemin, mais un simple sentier où Shiva doit faire stopper ses porteurs pour retirer, ici, un arbre tombé, pour délivrer, là, un pont du petit troupeau de chèvres égarées qui l'encombrent. Moi, émergeant à peine du brouillard de ma tête, je me sais parfaitement inutile. Je tente de lever un doigt pour mesurer mes forces. Mon index lui-même pèse lourd, très lourd. Il fait chaud, terriblement chaud. Je voudrais qu'on écarte cette lourdeur de couvertures et de doudounes qui m'étouffent. Qu'on laisse respirer ma peau moite!

Un jeune homme aux yeux francs acquiesce à ma supplique. La femme de Shiva s'approche et plie avec soin les couvertures qu'elle range à mes pieds. Je me mets à geler. Frissons solennels. Je claque des dents. Il me faudrait assurément un antibiotique puissant, quelque chose dans les veines pour tuer ce délétère microbe qui s'insinue dans chacune de mes cellules. J'ai une telle soif! Je tète un biberon que me tend la plus magnifique des femmes du Népal. Je mourrai avec le parfait de ses prunelles imprimé dans mes lobes temporaux. Merci. Merci et merci. Je bois une gorgée de trop. Ça se met à gargouiller dans mon ventre. Quoi faire pour ne plus avoir mal au ventre? On dépose ma civière sur un lit de cailloux. Le brusque mouvement descendant me donne mal au cœur. À l'ombre d'un moulin à eau, mes amis se reposent. Un bosquet de bambous me rappelle que je suis en Asie, aux antipodes de chez moi. Les deux jeunes hommes discutent tout bas, assis sur leurs talons. La femme de Shiva me propose un bout de pain. Je n'ai pas faim. J'ai trop soif. Encore de l'eau, s'il vous plaît ! Je boirais un Pepsi, ah, oui ! Un grand Pepsi glacé avec des perles scintillantes coulant sur le verre de la bouteille ambrée. Des porteurs charrient chaque jour des caisses de Pepsi à 3 000 ou 4 000 mètres, au Népal, cadeau pour les gars et les filles riches venus d'ailleurs et qui ont l'Aventure dans la tête. Deux bouteilles de Pepsi valent le prix d'une journée de portageage ! C'est insensé, injuste, et pourtant, je boirais un Pepsi sans le moindre soupçon de remords. Je le dis à ma belle. Elle demande à Shiva où trouver du Pepsi. Un peu plus bas, dit-il, là où on s'arrêtera pour la nuit. Shiva me regarde comme si j'étais à l'agonie. A-t-il si peur de me perdre ? Pourquoi a-t-il peur ? Pourquoi cette responsabilité qu'il tient dans ses bras ? Qu'est-ce qui fait qu'un être humain trouve du sens à tenter de sauver la vie d'un congénère, par-delà les habituelles obligations professionnelles de toute société normalement organisée ? Qu'est-ce qui donne tant d'importance à la vie humaine ? Réponse : la Vie elle-même, triple idiot que je suis ! Me voici dans le vrai sens de ma vie alors que je m'apprête à disparaître. Maudite existence sans autre sens que son frôlement permanent avec la mort. C'est inscrit dans la vie elle-même. Oser une seconde ne pas penser à la mort, c'est ne pas tenir compte de ce qui compose la substance fondamentale de la vie. Shiva et ses amis essaient de m'aider. Par le fait même, ils sauvent un peu leur propre vie. Mais ces braves gens travaillent aussi pour l'argent. Un touriste déshydraté va crever s'il n'est pas transporté à l'hôpital au plus sacrant. Avec dignité, quatre Népalais essaient d'empêcher la mort d'agir. Je vous donne tout, tout, à vous, chers amis d'Asie, comme à mes fils qui arriveront peut-être trop tard! Chers fils que je n'ai même pas pu encore contacter. Où trouverai-je un téléphone? Où trouverai-je la force de même composer un numéro de téléphone pour appeler outre-mer? Je n'atteindrai jamais Pokhara.

Une moniale s'avance à petits pas et contourne l'autel. Un moine la suit, habillé d'une simple bure, le capuchon relevé sur la tête, comme les vrais moines du vrai Moyen Âge, saint François d'Assise aux mains pleines d'oiseaux bleus, le cœur sorti de la poitrine offrant aux fidèles et aux repentis son amour inconditionnel. Le moine fend la petite foule réunie dans la nef. La moniale allume douze cierges géants disposés également de chaque côté de l'autel. Le moine parvient à une longue corde qui pendouille au milieu de l'espace. Il tend les bras et tire un bon coup. Un tintement se fait entendre. Cent cloches frémissent dans mon cœur. Je ne m'attendais pas si vite à la musique du ciel annonçant l'office. Il est midi tapant. Un son de cloche follement joyeux dit aux croyants et aux incroyants de regarder dans leur cœur, vers le haut et tout autour. Cinq moniales débouchent d'un corridor sombre, sur la gauche, puis se mettent en rang derrière l'autel. Elles vont chanter, ça se voit à leur allure, à leurs lèvres un peu pincées, aux petits livres qu'elles tiennent délicatement entre leurs mains. Des cantiques, des complaintes, des litanies, des œuvres en grégorien, des chants sublimes. Une musique de clocher haut perché provenant du fond des temps achève de m'émouvoir totalement. L'officiant apparaît.

Je me trouve dans l'avant-dernière rangée des fidèles, mais je vois tout, j'entends tout, je vibre à tout. La foule se compose d'environ deux cents personnes recueillies, bénies. Quatre touristes japonais, près de la porte, observent toute la scène, prêts à déclencher le flash de leur appareil photo. Mais ils ne prendront pas de photos, sinon je les foudroie du regard, je les assassine des yeux, ou bien j'endure, ce n'est pas leur faute, leur très grande faute, ils sont comme ça, les Japonais. Mais gentiment et dans le silence, ils déguerpissent. Le bouddhisme zen n'a pas sa place ici, en ce moment. Plus tard, dans quatre heures peut-être, on enjolivera les arcades du temple avec des drapeaux de prière ou des bonsaïs bénis par Confucius lui-même, mais pas maintenant. Le moine pendu à la corde carillonneuse s'envole de deux mètres dans les airs. La cloche du faîte vibre sans arrêt. Le moinillon en perd sa cagoule. Il a la tête rasée. On se dit que s'il continue à ce rythme, il va décoller et son corps deviendra une fusée dans le ciel. Mais il retombe finalement sur ses pieds. La cloche ne sonne plus. La messe commence. Chant des moniales. Vibrato dans mes os.

❧

Une odeur nauséabonde me soulève le cœur. Suis-je couché dans une bouse? J'entrevois le visage de Shiva qui me surplombe. Il a l'air épouvanté. De quoi ai-je l'air? Je tremblote, balbutie quelque chose. Je voudrais savoir le nom de la déesse indienne qui, agenouillée près de moi, a les larmes aux yeux. Son nom, s'il vous plaît, que je meure en articulant le prénom d'une belle femme.

❧

Les moniales, les senteurs d'encens et la hauteur de la voûte au-dessus de ma tête achèvent de m'édifier. Je pleure. C'est la joie. Joie religieuse et sacrée. C'est en toute religiosité que je prie, les mains jointes. Les moniales entourent un officiant qui récite du latin. Personne ne comprend, mais tout est compris. La langue n'a plus vraiment d'importance. Ce latin aurait pu être déchiffré par les Japonais s'ils étaient restés. Mais ils ont choisi de ne pas déranger, de quitter un lieu de culte qui n'était pas le leur. Visiblement, ils voulaient se cultiver, ces insulaires venus d'Orient, aspirant à prendre en photo les gravures intérieures du dernier des monuments ayant survécu au grand kitsch postmoderne. J'aime me trouver ici en état de prière comme j'aime observer les gens modestes qui m'entourent.

Une fille pâle, aux cheveux très courts, s'affale tout à coup sur le plancher. Elle n'est bientôt que tremblements et bave et râles rauques et convulsion généralisée. Un large vide se crée autour d'elle. Un jeune homme, son ami peut-être, se penche pour tenter de la maîtriser. Les moniales poursuivent néanmoins leurs chants. L'officiant a tout vu, bien évidemment, mais il continue à dire la messe. Le jeune homme essaie d'empêcher la jeune fille de taper ses membres contre la pierre froide. Je cours vers eux. La jeune fille respire à peine. Le jeune homme et moi la prenons à bras le corps et l'emmenons vers l'arrière. Ces moniales, ce moine et ce prêtre voient-ils chaque jour des jeunes filles fragiles convulser de telle façon? Le jeune homme me confirme que son amie est épileptique. Elle n'a pas mangé ce matin. Ils sont venus de Lyon. Elle avait une telle hâte de monter les marches du grand rêve de sa vie, celles de l'abbaye du Mont-Saint-Michel. Je défais un bouton de la chemise de la jeune fille qui prend enfin une inspiration plus profonde. Elle ouvre les yeux. Son ami paraît soulagé. Nous l'appuyons contre une colonne. Elle regarde au loin et sourit. Elle sourit, la coquine! Elle n'a peut-être pas pris ses médicaments… Il est midi et demi. Le moine retourne tirer sur la longue corde qui pend au centre de la nef. La jeune fille s'éveille complètement et nous regarde, ravie. Les épileptiques possèdent-ils une voie d'accès supplémentaire au monde des rêves, de la folie et de la joie sublime? Quel beau sourire elle a, cette fille! Une grosse bosse ecchymotique déforme son poignet droit, probablement cassé par les coups répétés sur la pierre. «Ça va?» demande le jeune homme. La jeune fille fixe le lointain, comme détachée de nous. Tout va mieux malgré l'épilepsie, malgré l'évidente fracture. Cette abbaye du sommet du monde pourrait s'écrouler que tout irait bien pour elle. Un petit homme vêtu d'un complet trop grand s'approche de nous. C'est le sacristain. Il dit qu'il a appelé des secours. Le jeune homme prend la jeune fille dans ses bras et se met à la bercer. Je retourne à ma place parmi les fidèles.

☙

Il fait nuit. Une lampe à huile éclaire les visages de Shiva et de sa femme. Shiva parle trop vite pour que je le comprenne bien. Son anglais est d'ailleurs minimal. Je finis par saisir que j'ai moi-même convulsé. Un mal violent m'arrache la main droite. Mon poignet est fracturé. Une crampe me laboure encore une fois les intestins. Je meurs de soif. Comment s'appelle cette âme, la femme de Shiva qui me tend encore une fois une tasse d'eau fraîche? «Arpita», souffle-t-elle. Enfin son nom! Elle verse l'eau dans ma bouche tout en me soutenant la tête. Ai-je jamais été si proche de la fin? Où suis-je? Dans une étable? Que viennent le bœuf et l'âne pour me lécher les oreilles! Shiva me dit que demain, à l'aube, ils me reprendront dans leurs bras. Je suis là, mais pour combien de temps encore ? Je les regarde tous les deux, comme si j'étais leur poupon.

❧

Mon alterégoune est radieuse. Elle se tient au centre du jardin couvert. Je l'ai trouvée après l'avoir beaucoup cherchée. Nous avions rendez-vous dans la nef, mais elle n'est pas venue. J'ai longtemps attendu dans la salle vidée de ses fidèles, de l'officiant, des moniales, du moinillon tireur de corde. Même la jeune épileptique et son ami ont fini par repartir, accompagnés par un ambulancier et le sacristain qui leur a ouvert une porte dérobée, derrière une tenture, leur faisant descendre un long escalier en colimaçon pour qu'ils atteignent la ville où l'on soigne les épilepsies mal contrôlées et les poignets fracturés. Seuls trois ou quatre touristes prenaient encore des photos. Moi, j'attendais, collé à la colonne du temple contre laquelle nous avions appuyé la malade. En désespoir de cause, je suis retourné au jardin. C'est là que je l'ai revue, mon alter, préoccupée, cette fois, tout à fait occupée. Elle discutait avec un grand Américain à la tête rasée, aux grandes jambes poilues et aux larges épaules. Mon alter de voyage qui me fait flipper depuis des jours et des jours posait des yeux langoureux sur un type inconnu, en culottes courtes par-dessus le marché ! Ses iris allumaient de bleu violent ceux d'un étranger. Apocalyptique ! Je l'ai vue accepter la main de l'Américain qui avait un fort accent du Tennessee ou du Texas. Est-ce que je connais quelque chose aux accents des Américains de l'ouest ou du sud, moi, nom d'une crise de jalousie à s'arracher les testicules à grands coups de pied de biche ? Mon alter a caressé la paume posée dans la sienne. Ça m'a frappé droit au cœur. J'en ai eu la berlue, comme dans la chanson. J'ai failli m'écraser sur une dalle de pierre. Mon corps s'est ouvert en deux comme un vieux pin sec peut s'ouvrir après un coup de foudre, un coup de tonnerre, après que la violence du ciel lui a coupé l'herbe sous le pied, après que sa branche maîtresse s'est disloquée sous l'impact d'un feu céleste. J'étais scié, tranché, tronçonné. J'ai voulu me cacher derrière un rosier, mais j'ai plutôt fait semblant d'être le pur esprit que j'avais été pendant les quelques minutes que sonnaient les cloches merveilleuses. Mais je ne lévitais plus. J'étais plutôt atterré, je m'enterrais, je redevenais racine de pissenlit, radicelle de chiendent. Quand mon alterégounette m'a aperçu, elle a prestement quitté la main de l'Américain victorieux et est venue vers moi. «Sydney, je te présente Sydney!» Sydney, le beau Sydney! Ben alors, qu'il retourne dans son Australie d'origine, l'Américain du Tennessee ou d'Oklahoma City! Qu'est-ce que j'en ai à cirer, moi, des aventuriers d'amour prêts à baiser avec la première belle aux yeux d'azur vagabondant au sommet du Mont-Saint-Michel sacré? Qu'est-ce que j'en ai à hurler, moi, des êtres de chair et de poils pubiens roux attirant dans leur giron toute parfaite alterégounimité? Dans l'unique monde des Idées, je me suis laissé conquérir, je sais, je sais, je me suis rendu au nirvana, je l'ai touché pendant un petit paquet de quantas d'office religieux, puis j'ai déboulé dans un enfer brûlant de trop implacable réalité. Dis-moi que je rêve, mon alter à moi, que je fais un mauvais rêve, que ce n'est pas vrai, que cette ligne Maginot bien imaginée entre nous n'était que temporaire. Tu me prouves pourtant le contraire. J'en bave. Je vais me sortir le pancréas par la bouche, je vais m'effondrer, nouvel épileptique, sans aucune autre raison de poursuivre ma route. Allons, mon alter, quitte cet Américain qui me fait un salut quasiment militaire non sans t'avoir griffonné son numéro de téléphone sur un bout de papier.

Nous nous expliquons, les larmes aux yeux. Mon alter regrette, elle ne voulait pas me blesser, mais c'est ainsi. Elle se doutait bien qu'il lui arriverait quelque chose de fantasmatique au sommet de cette abbaye, elle en avait rêvé. Elle avait créé de toutes pièces dans son imagination bien féminine une belle crise d'amour, et avec frénésie, c'est ainsi ! Coup de foudre ! Elle regrette, mais elle rappellera l'Américain dès ce soir. Il est campé à Saint-Malo. Ben, prenez donc le premier grand voilier qui met le cap vers Portsmouth ou New York et bye-bye ! Mais non, mais non.

Nous nous regardons droit dans les yeux, mon alter et moi. Je fonds. Histoire d'amour purement inventée à encadrer avec les autres folleries de ma vie, au centre de ma propre imagination déliquescente de mâle en rut. Mon alter avait pourtant mis les choses au clair. Moi aussi, d'une certaine manière… Mais entre le rêve et la réalité, depuis toujours… Foutue réalité mangeuse de fiction pulpeuse ! Dans mes organes nobles et moins nobles, tout s'emmêle. Je dois retourner prier, roulé en boule au cœur d'un petit bouquet de chrysanthèmes.

C'est fini ! Impossible amour… Ce sera peut-être tout à l'heure que mon plus grand amour deviendra réellement possible, le plus vrai, car libéré de toutes les contraintes du temps et de la matérialité. Oui, je sais, il y a des limites à toute mystique amoureuse. Nous sommes fatigués, je le sais, fatigués l'un de l'autre, je le sens. Mais que je t'aime donc ! Et comme je me sens aimé à mon tour ! Jamais il ne m'arriva dans toute ma vie de me trouver en conjonction aussi totale avec une femme. Jamais ! Elle exista, ma joie, bel et bien. Joie entre nous. Joie avec nous. Ainsi fut ma vie d'aventure auprès des yeux d'azur les plus festifs qui soient. Je dois maintenant faire mon deuil.

Vivement la réalité, même si j'ai la main droite qui brûle en crépitant! Le plus léger écartèlement du petit doigt m'arrache un cri primal.

≈

Combien de temps nous a-t-il fallu pour atteindre la route? J'essaie de ne pas tomber de la banquette où je suis étendu comme un accordéon contrit. Le chauffeur roule vite. Non, pas si vite. C'est la route qui est cassée, tout comme mon poignet qu'on a enroulé dans une guenille grise. Une planchette le tient droit, ou relativement droit, mais à chaque cahot, j'ai mal. Mais d'une certaine manière, ce mal me rassure. Si j'ai encore la possibilité d'avoir mal, c'est qu'il me reste quelques forces. On me conduit vers Pokhara. J'aperçois une tête, la plus sublime tête qu'un perdu de l'Annapurna ait pu jamais admirer, le beau visage d'Arpita, perfection digne d'émouvoir un artiste comme le Titien. On devrait la peindre comme Gauguin peignit ses beautés polynésiennes. Demandons à un autre Diego Rivera de l'immortaliser, cette Népalaise marquée à l'encre noire juste au-dessus de la racine du nez. Elle est assise à l'avant entre Shiva et le chauffeur qui porte une casquette de baseball. Les Yankees sont à ma rescousse. New York! New York! Le sport des Américains du Tennessee est arrivé jusque dans le pays le plus pauvre d'Asie.

Le fatigué de l'aventure montagnarde, qu'on l'hydrate, qu'on le couche dans un lit frais, qu'on lui injecte un ou deux poisons d'amour pour tuer ce qui le tue déjà à grands feux depuis des semaines! J'appellerai bientôt mes gar- çons. Ils arriveront en trombe par le premier avion d'Air quelque chose, de Montréal à Katmandou, puis par autobus d'urgence jusqu'à Pokhara. Mais y a-t-il même un hôpital à Pokhara? Je vais reperdre la boule. Je ne veux pas. Je ne veux pas retomber dans cette rêverie si je dois apercevoir mon alterégoune en train d'embrasser à pleine bouche un Américain de Kansas City, leurs deux langues étrangères amalgamées comme deux cultures dissemblables pour le temps d'un pow-wow. Vive ma réalité qui me conduit tout droit à l'hôpital! Ils ont réussi à me sauver jusqu'à maintenant, mes amis Shiva et Arpita, je leur dois ma survie actuelle, je voudrais leur tapoter les épaules et les clavicules avec une amitié tout affectueuse, les serrer tout contre moi, les remercier. Mais ce sera pour plus tard.

5

J'entends des voix d'enfants. J'entends des portes qui claquent. C'est dans un demi-sommeil ou plutôt une semi-inconscience que je me rends compte de l'ampleur de la marée que j'ai provoquée. Shiva fait la police en tentant d'écarter les badauds et autres curieux rassemblés en deux temps trois mouvements autour de nous. Deux petites filles aux yeux si noirs qu'il y a de l'infini dedans parviennent à s'approcher de ma tête. L'une d'entre elles me caresse le front en disant « Bibi ». Bibi qui ? Bibi l'ami de Geneviève à la télévision d'enfance de mes petits ? Ai-je l'air de l'extra-terrestre Bibi vert lime ? Elles semblent être des sœurs, ces petites filles. La plus petite dit quelque chose en népalais. Sa grande sœur pouffe de rire. Remarquant probablement mon regard de perdu, elles s'amendent, ne rient plus. Voient-elles tous les efforts que fait mon corps qui se spasme tellement il a froid, qui se recroqueville en chien de fusil pour ne pas s'étioler totalement ? Et ce satané poignet qui élance hardiment ! Arpita demande aux petites filles de me laisser tranquille. On m'observe, on me pose des tas de questions auxquelles je ne comprends rien. Sûrement pas la première fois qu'on ramène un touriste à moitié grugé par des microbes. Mais que de bonté dans tous ces regards ! Personne ne semble vouloir se moquer de moi, oser dire que c'était mon erreur. Malade ! Je n'avais pas à m'enfoncer

dans les sentiers tortueux de l'Annapurna. Malade ! Ces
gens-là paraissent étonnamment compréhensifs, comme
si l'humanité tout entière avait envie, en ce jour de grâce,
de me donner un coup de main. Les acolytes de Shiva me
remettent sur l'espèce de civière improvisée qu'ils avaient
construite avec un drap et deux grands bouts de bois, et
qu'ils avaient fixée sur le toit du taxi pendant le voyage. On
me transporte là où je serai soigné. Il y a donc un hôpital à Pokhara… J'aboutis plutôt dans une clinique privée.
Shiva a choisi pour moi l'endroit où la médecine pour les
riches et les nantis est assurée. À son avis, l'hôpital régio-
nal n'était pas le lieu le plus adéquat. Trop bondé, trop
peu équipé, sans spécialistes ou si peu… Il n'en dit pas
plus. Un homme aux cheveux gris et à la peau café au lait,
grand et maigre, un Pakistanais, vient vers moi. Il pose une
main gracile sur mon front. C'est Mohammed, le docteur-
propriétaire. Il me fait déposer dans une chambrette privée. Une infirmière avec une coiffe, tout habillée de blanc,
m'installe un soluté. Voilà ! Une solution miracle coule à
plein tuyau transparent dans mes veines flasques. Arpita
et Shiva, de l'autre côté de la fenêtre, m'observent comme
des parents inquiets. Leurs acolytes ont repris le chemin
de leur village. Le docteur Mohammed m'annonce que je
devrais être sur pied dans quelques jours. Diagnostic clinique avant les résultats des tests sanguins : amibiase carabinée, plus forte que d'habitude, contre laquelle je me suis
mal défendu, qui a fait vaciller mes défenses immunitaires,
mais facile à guérir, somme toute. Je peux me reposer tant
et aussi longtemps que je le voudrai. Un orthopédiste viendra demain matin me replacer le poignet dans le sens du
monde. On devrait tout à l'heure me faire des radios. Si je
veux des calmants, de la codéine, je n'aurai qu'à le demander. Le docteur Mohammed et son personnel sont plus

qu'heureux de me servir. Shiva et Arpita s'esquivent. Il me
prend l'envie purement enfantine de me mettre à pleurer.
Petites larmes chaudes et salées. Je sais que Shiva a une
tante qui habite près du lac. Reviendront-ils, mes amis,
mes sauveurs, mes camarades, mes béquilles ? Le cœur
gros, pareil à celui d'un orphelin abandonné dans un lieu
sans nom un peu trop joliment peint en bleu et en beige,
je me sens tout seul au monde. Mais je ne le suis pas. J'ai
mes fils à joindre. Un téléphone, vite, chère dame-nurse à
la coiffe de l'ancien temps ! Vous pourriez me tendre un
combiné pour que je compose le numéro de mon fils aîné ?
À moins que je tente de joindre son frère. Quel est son
numéro de téléphone, déjà ? Foutue mémoire défectueuse !
Maudit père vagabond ! Les deux frères vivent cependant
de grandes connivences. J'en appelle un ; l'autre saura tout,
et vite. Ce sont des amis, ces frères de sang, soudés par
les mêmes sorties en ville et par plusieurs amitiés, même
par certaines amours. Ils ont bourlingué ensemble, mes
garçons. Je les ai trimbalés dans mes vagabondages, l'un
après l'autre, parfois en même temps. Maintenant, je suis
vacillant. Qu'ils viennent à la rescousse de l'Akela vivotant,
à peine survivant, hurleur sans voix dans la nuit, fatigué
extrême ! Mademoiselle, vous qui avez des joues brunes
que j'embrasserais, vous qui sentez bon le savon quand
vous vous approchez des plis de mes coudes, vous l'infirmière, diplômée ou pas, vous qui vous occupez de moi
comme si j'étais un premier ministre, vous m'accorderiez
cette danse en plus d'une dizaine de minutes vitales en
compagnie de votre téléphone, portable ou pas, sur une
ligne à grande distance, de manière à ce que je puisse dis-
courir avec l'un de mes fils bien-aimés en qui j'ai mis toute
ma complaisance ? Ça tourbillonne soudain. Les murs de
cette oasis dans Pokhara vont s'effondrer.

No man's land entre la souffrance, la sueur, la chaleur moite, les réveils brusques mais trop succincts, un
entre-deux où l'esprit sait qu'il rêve, qu'il cauchemarde.
Mon alter va et vient, évanescente comme un fantôme
de cinéma, avec de belles lèvres qu'elle a offertes au premier G.I. venu. Les deux amants s'éloignent main dans
la main dans un cimetière où c'est mon nom qui est inscrit sur chaque pierre tombale. Des oiseaux du paradis
rient. Des corbeaux font des galipettes de tombeau en
tombeau. Aucune présence de chouette hululeuse. Mon
alter s'éloigne. J'ai le cœur qui fibrille dans une flaque de
boue rouge, au beau mitan du cimetière. Je sais que j'ai
perdu conscience alors que les murs de ma chambre dans
Pokhara virevoltaient. C'est un rêve lucide qui m'étreint. Je
n'ai qu'à rester lucide et je ne serai pas trop manipulé par
mon inconscient. Mademoiselle! Je crie ce beau mot, mais
c'est dans mon rêve. Aucune Népalaise à coiffe n'apparaît
dans mon champ de vision. Je crie intérieurement dans ma
tête plutôt que dans la vraie vie. Mais elle est où, la vraie
vie? Je donnerais bien mes deux genoux plus ma pomme
d'Adam pour être en ce moment même une goutte de
sueur posée dans le nombril merveilleusement creux et
doux de mon altérégoune. Une nausée terrible va me faire
dégringoler à côté de mon lit. Mademoiselle…

Une nouvelle déesse apparaît. Ce n'est pas l'infirmière
à coiffe. Elle a les yeux plus bridés, avec des cils comme des
ailes de papillon. Thaïlandaise en formation dans Pokhara
ou Cambodgienne qui a fui avec ses parents le régime de

terreur des Khmers rouges? Elle me tend un récipient qui a l'allure d'un haricot, bocal tout brillant frotté propre propre propre. Je dégobille dedans. Ça fait du bien. Je redemande un téléphone. Elle fait oui de la tête. Cette jeune femme doit avoir 180 de quotient intellectuel pour savoir décoder mon accent étranger quand mon haleine empeste pire qu'un charnier des grandes catastrophes de l'Histoire. Un petit cellulaire m'apparaît dans la main droite. La fée clochette repart sur la pointe des pieds. Je peux signaler, faire bip-bip-bip via les satellites dériveurs pour joindre mon grand pic d'amour de fils à l'autre bout de la planète dans son appartement où il a probablement d'autres chats à fouetter que d'attendre mon appel impromptu. Mais il répondra, il viendra à la rescousse de son *padre*, il sautera dans ce premier avion disponible. Allô… Allô…

Le grand pic d'amour laisse sonner. Il ne veut pas répondre. Il croit peut-être que c'est une conquête qui le rappelle, mais comme cette conquête est trop lourde de conséquences, il ne répond pas. Mais réponds donc! cher fils. Je suis loin d'être une fille belle ou moins belle qui te sonne les cloches dans ton bastion du centre-ville! C'est ton papa grisé par les palpitations de sa patate agonique qui tente de se trouver une sortie d'urgence loin du pays pauvre où il a abouti! J'aurais besoin de ton visage, de celui de ton frère aussi, de vos yeux posés sur ma carcasse convalescente. Je ne partirai pas seul, je le sens, surtout que le docteur Mohammed m'inflige un sacré mal de cœur avec sa concoction intraveineuse. Si tu réponds, mon fils, je garderai les lèvres pincées pour ne rien projeter de trop intempestif dans les petits trous d'amour du combiné que je tiens tout tremblant en laissant sonner, sonner, sonner. N'as-tu pas un répondeur avec ta voix imprimée dedans pour que j'y laisse une empreinte de ma voix finie? Il me semble que les gens du monde entier, sauf les paysans les plus humbles des sentiers du Khumbu, possèdent un répondeur téléphonique. Tu es comme un bouddhiste-guide du Khumbu, mon fils. Même pas les moyens de te payer un service de messagerie vocale parce que tu te démènes comme un Che Guevara nouveau genre dans ton Québec de stationnements toujours plus vastes, toujours plus asphaltés et toujours plus obsolètes. Pas facile de se payer une place de choix dans la société, même après de hautes études universitaires. Tu es de la trempe des grands Autochtones de ma vie quand ils avaient tous les talents de me guider alors que je passais dans leurs sentiers du Grand Nord. Tu es comme eux, alors tu peux ne pas me répondre, ou pas tout de suite en tout cas. Laisse-moi un peu suer sang et eau et viscosités, puis dis tout fort: «Oui, mon papa! C'est toi? Mais tu es où? Arrivé ou parti? Ah! Tu es à Pokhara, la seconde grande ville du petit pays asiate qui se débat politiquement pour sortir ses citoyens de la trop grande pauvreté! Tu es là, mon snoreau de papa tout taché tout fou au corps ramolli dans ton petit lit de clinique trop proprette pour être vraie!» Ne réponds pas, cher fils, je vais fouiller dans ma mémoire pour trouver le numéro de ton frère qui habite la Bitte à Tibi, pays de Raôul Duguay les clochettes et de Richard Desjardins le poète-critique d'une fonderie aux grandes cheminées briseuses de bons gars. Je vous rejoindrai, mes gaillards, et ce sera moi qui paierai le party! Je te rappelle tout à l'heure, mon garçon, je te rejoins dans six secondes!

Six secondes, ce n'est pas long. Je compte plutôt jusqu'à douze, puis je recompose. Pas de réponse encore une fois. Je tente un autre numéro. Tous les numéros s'embrouillent entre le fond de mon nez et mon cervelet. Il doit bien me rester un ou deux amis dans ce pays de poudrerie où la neige au vent se marie, surtout que j'y passe de temps en temps entre deux bancs glacés avant de repartir pour l'Éthiopie, l'Érythrée ou la Guinée-Bissau. Maudit nomade constamment sur la trotte qui ne laisse toujours comme adresse qu'un code courriel qui colle à lui sans aucun indice qu'il se fixera quelque part pour de bon, sauf quand son corps flanchera. Pas surprenant que les amitiés deviennent compliquées quand on est purement et simplement un nomade. En ce moment de parfaite sédentarisation temporaire dans mon lit de sueurs, je prie tout de même pour qu'il me reste deux ou trois amis fidèles. Quant aux infidèles...

J'aperçois Arpita qui franchit la porte. Je laisse tomber le combiné que ramasse prestement mon infirmière cambodgienne. Qu'est-ce que ma sauveuse vient me dire de beau, de rassurant, de bon, de délicat ? Peut-être qu'elle me considère comme l'homme de sa vie... Veut-elle quitter son Shiva d'amour et fuir en Amérique avec les deux ou trois os qui me soutiennent à l'horizontale ? Elle se penche. Elle va m'embrasser la main, c'est mon impression. Mais c'est moi qui devrais le faire. « Mon mari aimerait vous parler de quelque chose... » Arpita est gênée. Elle a une requête expresse. Cela me laisse perplexe. Ses yeux vont et viennent entre mon front et ma poitrine. Cette jeune femme qui aspire foncièrement à la maternité, cette déesse amoureuse de son mari m'annonce que celui-ci a un service à me demander. Le docteur Mohammed entre à son tour. Arpita lui fait presque la révérence. Elle ne sort pas, se retirant plutôt dans un coin. Le docteur tapote doucement mon poignet déglingué. « Mauvaise fracture ! annonce-t-il doctement. Il faudra assurément une réduction. » Ai-je la force d'être transporté dans une salle de radiologie voisine pour qu'on sache à quelle place adéquate chacun de mes os doit être remis? On s'occupe de moi comme si j'étais de passage dans un hôtel quatre étoiles. Si je n'avais pas le fric nécessaire, l'argent passe-partout pour les coups durs, les assurances qui rembourseront, peut-être... rien ne se passerait aussi gentiment. Je profite à tous points de vue des soins offerts par les gens de cette clinique. Je vis ce que je ne voulais pas vivre, d'où une certaine, mais bien réelle et légitime, culpabilité.

Une jeune fille aux cheveux si longs qu'ils touchent ses mollets et font faire des bonds à mon petit cœur d'homme résiduel me dit dans un anglais impeccable de ne pas bouger quand elle actionne le bouton rouge de la machine à radiographies. Mon poignet me fait très mal dès qu'on le déplace. Je ne veux pas me plaindre. Je ne veux que remercier le monde des soignants, songeant à ceux et celles qui n'ont pas ce que je reçois. Je veux appeler mes garçons pour leur dire de venir m'aider à moins succomber au tourbillon de mes pensées. Mes fils. Mon avenir. Mes gars. Mes gars de bois. Mes forces devenues adultes. Mes béquilles pour la chasse à l'ours. Mes guides pour mes vieux os. Mes garnements. Mes obéissants quand il s'agissait d'apprendre à vivre en forêt. Mes parfaits gentlemen. Mes pêcheurs en eaux douce et salée. Mes héros. Avez-vous souhaité un jour me tuer symboliquement, tel que le propose Notre Père Sigmund qui n'est pas aux cieux parce qu'il n'y croyait pas? Je pense à vous comme je n'y avais encore jamais pensé. Je hurle du fond des ravins de l'Annapurna de me pardonner de ne pas avoir mieux existé en fonction de vous. Si vous m'aimez, vous viendrez jusqu'à moi. Ce ne sera pas ma mort dans un bouge de Pokhara qui sera triste si vous ne venez pas, ce sera plutôt le fait que je n'aurai pu faire amende honorable à genoux devant vous, en toute humilité. Freud ne délirait surtout pas quand il réfléchissait à propos d'Œdipe et du nécessaire meurtre symbolique du père. Venez me tuer tout en me laissant vivre encore deux ou trois années, pour que je revienne avec vous en Amérique y retrouver des forces et pour que nous retraversions tous ensemble le Pacifique à nouveau afin de l'atteindre, ce maudit camp de base de l'Everest! Mais d'abord, que ce soit à vos côtés que je bâtisse une cathédrale en bois rond sur les bords d'un lac perdu en Basse-Côte-Nord, avec des ouananiches de dix livres au bout de nos perches pour me guérir définitivement les intestins! Que je meure, mais pas tout de suite! Que j'aie pu vous offrir ce qu'un père peut offrir de mieux à ses fils, c'est-à-dire la liberté dans l'effondrement, dans ce regard qui dit: «Hé, le père, je t'ai pardonné, même si tu m'as mené jusqu'à sur une croix. J'ai mal aux poignets et aux chevilles comme c'est pas croyable! J'ai mal à mon flanc ouvert à coups de lance! J'ai soif, d'une soif de galaxie asséchée depuis trois milliards d'années. Mais juste avant de quitter ce foutu corps, je te pardonne. Je te pardonne, mon père qui es au ciel. Du fond de ce cœur qui tremblote encore, je t'aime, mon père.» Et de la même façon, comme je vous aime, mes fils, pas seulement parce que je sens que vous viendrez à ma rescousse comme deux bons enfants en sautant dans le premier avion, mais parce que je suis maintenant persuadé que j'avais autant besoin de vous que vous, un jour, vous avez eu besoin de moi.

Quelle culpabilité récurrente, tout de même, qui ne cesse de me secouer! C'est quoi, être un papa de famille nombreuse quand on est né pour devenir capitaine au long cours ou grimpeur de sentiers asiates? C'est quoi, la responsabilité d'un homme alors qu'il se sentait appelé dès l'âge de quinze ans par les pays aux ponts détruits et aux routes de poussière? Vieille, très vieille culpabilité d'un gars d'expédition rendu au bout de sa course, en fin de vie, qui se demande sans aucune autre forme d'intelligence, rien que par instinct, s'il n'a pas tout raté avec ses enfants, ces petits devenus grands et fort capables de lui enfoncer dans la gorge son dentier de père usurier parce que, pendant leur enfance, il ne leur achetait pas assez de bonbons la fin de semaine! S'ils ne répondent pas, mes fils, s'ils font les morts, c'est que je l'aurai mérité! Que je pleure, maintenant! Que je pleurniche! Je ne me moucherai même pas! Que ce soit mon sort si c'est ce que je mérite! Me voilà névrotiquement désarçonné, habité par un sentiment de culpabilité qui me triture les racines de l'âme. Être absent à mes fils quand ils jouaient dehors au ballon ou quand ils auraient eu besoin d'un sérieux coup de main pour solutionner des problèmes de mathématiques, voilà ce que je fus: absent! sempiternel parti, éternel préoccupé par la vie qui battait son plein, par la vie qui me demandait de les faire vivre, ces bougres de bouffeurs de biscuits secs ou salés, ces bouches à nourrir quand, dans mon for intérieur, il n'y avait que l'appel du large et du Nord et de l'Ouest qui comptait. Si vous n'êtes pas là très bientôt, c'est que je ne vous aurai pas aimés suffisamment. Voilà! Le morceau est craché. Coupable! monsieur le juge! Je me déclare coupable! Si je ne joins personne pour venir me sauver le poignet qui élance à un point tel que je sens qu'il va exploser, si personne ne vient à ma rescousse dans cette Asie où les femmes sont plus belles que les plus belles étoiles de mes cieux les plus adolescents, c'est que je l'aurai mérité. Mais... pourquoi toutes ces pensées si coupables? Je n'ai pas été un si mauvais père. Je campais avec vous, mes garçons, quand vous étiez adolescents. Peut-être qu'il vous reste un ou deux cubes d'amour à faire sucer à votre paternel? Peut-être que même sans réelle affection pour moi, il vous reste la dignité de faire face à ce commandement fondamental qui dicte à tous les hommes de respecter leurs parents de manière à ne pas sombrer dans la dépression la plus délétère. Car sans vous… Qu'on m'amène une corde! Qu'on m'indique où passe la poutre maîtresse de cette pièce! Que je trouve un petit banc de bois facile à faire basculer que je repousserai au dernier instant avec mon pied droit saugrenu! Je dois me pendre plutôt que de poursuivre cette descente aux enfers du père coupable qui sent que le monde entier le lâche, ses enfants les premiers… Maudit malade! Exagérateur morbide! Je ne veux pas me suicider. J'y songe et cela me rend moins dépressif. Mes fils, vous me direz ce que vous avez vraiment pensé de moi, nomade délirant que je fus et que je suis resté, les larmes aux yeux, la mine basse. J'acquiescerai à vos confidences quand vous serez près de moi. C'est ce que je me souhaite ardemment. Amen!

Amen! me semble répondre le bonze bouddhiste à la bure brune qui vient de pénétrer dans ma chambre. Il s'assoit par terre, au pied de mon lit, et commence à prier. J'aime ce qu'il a dans les yeux. N'y a-t-il que chez les religieux bouddhistes qu'on croise pareils regards embués de sollicitude? Non, bien évidemment, mais ils sont rares les regards qui ont plus de quarante ou cinquante ans et qui ne manifestent que de la paix, même s'il est bien évident qu'ils n'ont pas croisé que la paix au cours de leur vie. Regards de commisération. Regards qui disent: c'est pas si grave, même si tu meurs, ça aura valu la peine que tu vives. Arrête, idiot! Arrête de te culpabiliser le nombril! Arrête! Poursuis ta marche en avant, même si elle te mène droit vers la mort. Regarde-moi bien dans les yeux. Je ne t'en veux pas, moi qui te connais pourtant à peine. Tu vois, c'est pour cette raison qu'il y a tant de paix dans mon regard de bonze un peu gras qui s'est assis là, à deux pas de ton grabat.

Le moine à la bure froissée psalmodie une incantation. Tout à coup, il dit « Absam ». Il me semble que cela ne fait pas partie de sa prière. « Absam », répète-t-il en déposant sa paume droite sur son cœur. C'est son nom! Et moi? C'est Ti-Paul! Ti-Guy de la Rigodi! Non. C'est Albert. Albert Einstein. Je suis Albert, originaire de Saint-Tite-des-Caps, inventeur du phare arrière phosphorescent qu'on accroche dorénavant à toutes les motoneiges inventées dans ce beau grand pays déviargé de ses forêts qui est le mien. Je ne sais pas pourquoi, mais je ne veux pas lui apprendre mon vrai nom, à ce récitant, à ce visiteur religieux, pas tout de suite en tout cas. On ne sait jamais. Il a beau avoir les prunelles les plus pures qui soient, des prunelles comme on en trouve seulement sur les visages des enfants de cinq ans, je me méfie un peu. « Absam Einstein! » dit le bonze bronzé en éclatant de rire. Le bougre a de toute évidence fait son cours classique chez les jésuites de New Delhi ou de Madras avant de venir apaiser les âmes mourantes des touristes perdus au Népal.

Absam est tout à coup expulsé par un gros chauve à la voix rauque qui paraît tituber, qui porte un sarrau sale, taché de sang sur les manches, et qui est accompagné par un infirmier à la mine encore plus patibulaire traînant une valise remplie d'instruments. Désagréables nouveaux sbires dans ma vie! Chacals au regard de reptile! Les fentes verticales de leurs pupilles me donnent des frissons. Tout va très vite par la suite. Absam me fait un petit signe de la main en passant la porte. Tout de go, le gros chauve attrape mon poignet qui crépite. Je laisse aller un cri de mort, mais je suis si faible que je me demande si quelqu'un d'autre que moi l'a entendu. Deux mains crasseuses me tripotent. Un fou furieux manipulateur de fracture fraîche se passe une langue scrotale sur les lèvres. Je comprends qu'il s'agit de l'orthopédiste. Toute forme de soins deux ou trois étoiles vient de se terminer. Je passe à la boucherie, comme dans les films d'horreur les plus trois X. Je veux hurler : Mademoiselle ! Mademoiselle aux cils en ailes de papillon ! Au secours ! Docteur Mohammed ! Shiva ! mon bon Shiva ! Où êtes-vous ? Arpita ! Ma toute belle ! Au secours ! Mais plutôt que de crier, je râle. Le chauve tend sa main gauche à son singe de service qui lui fournit une seringue en verre munie d'une aiguille longue de trente centimètres. Il me l'enfonce d'un coup sec dans le poignet, profondément, ce qui me fait très mal. Pire que le pire que j'aie subi en douleurs dans toute ma vie ! Le dingue va me la faire tomber par terre, tout à fait nécrotique, ma main ! Des gouttes d'une sueur écœurante perlent sur le front du boucher avant de mouiller mes draps. Tout à coup, j'ai moins mal. L'orthopédiste pose ses fesses sur le rebord de mon lit. *Horribilis !* N'attendant même pas que je n'aie plus mal du tout, il se lance dans une puissante réduction. Je sens mes os qui se frottent violemment. Mais il est soûl, cet orthopédiste ! Son haleine empeste le scotch ! j'en gagerais les derniers grammes de santé qui me restent ! Cet alcoolique pratique son art comme un pied et c'est mon poignet qui va écoper. Je dégobille sur son sarrau. Il grommelle, lâche ce qui me semble un mauvais mot en sanskrit ou en dialecte indo-aryen. Je me doutais bien que même avec ma chance d'avoir pu tomber dans une clinique bon chic bon genre, il y aurait une faille. Je la subis maintenant, cette faille, conséquence des jeux pervers des plaques tectoniques de ma vie. Un raz-de-marée provoqué par un orthopédiste gris va me laisser handicapé, si jamais je survis. Mon poignet va se souder en faisant quatre-vingt-dix degrés avec mon avant-bras. Utile pour piocher dans un jardin, mais quant aux concerts de piano en public… Je devrai être opéré à nouveau dans six mois quand je serai de retour chez moi. Là, au moins, les orthopédistes alcooliques n'ont pas le droit d'exercer leurs sévices médicaux-assassins !

Le chauve essuie son sarrau avec un mouchoir gris sale en me lançant un regard mauvais. Mais quoi ? C'était ma seule arme pour me défendre ! Mon cœur s'emballe. Je le sens cogner tout de travers. Le gros chauve laisse à son assistant le soin de me plâtrer le poignet, tout l'avant-bras jusqu'en haut du coude, et quitte mon environnement en rotant, sans plus de manières. Il y a bientôt tellement de plâtre sur le lit que je me demande si je ne mourrai pas étouffé sous le poids. L'assistant part ensuite rejoindre son boss pour aller procéder à d'autres tortures. Laissé seul avec mon plâtre qui sèche, j'essaie à nouveau d'appeler à l'aide ! Docteur Mohammed, venez me confirmer qu'on n'a pas fait tout de travers, s'il vous plaît… Le moine Absam réapparaît, me fait un petit signe de tête, exécute quasiment une génuflexion, puis recommence ses prières. Moi aussi, je prie : sainte Vierge Marie, sainte Anne de la Côte de Beaupré où les orthopédistes contrôlent mieux leur manière de triturer les poignets. Aidez-moi ! Aimez-moi ! Chères saintes mères, je reste votre obligé. Amen !

Le bonze va pouffer de rire, je le sens. Ces satanés faux-catéchumènes de bouddhistes n'ont pas le sérieux facile. Ils se promènent en sandales dans les villes et villages, la tête rasée, les yeux rieurs, psalmodiant et chantant et recevant des cadeaux de la part des inconnus ou de leur famille, et en joignant les mains. Ils quêtent des oboles ou un peu de riz, ou ils ne quêtent pas, car ce sont les humbles eux-mêmes qui vont leur porter tout ce qu'il leur faut pour survivre dans leur monastère. Mais ces diables de bouddhistes pas maigres pour cinq sous sont capables de rigolades surprenantes. Faut-il toujours s'attendre à de la componction et à des mines sévères chez les saints ? Pas nécessairement, à ce que je vois ! Mon bonze à la bure brune s'est rassis comme un gros pain mou dans son coin. Il marmonne. Quelque chose me dit que si je continue à faire cette gueule d'ahuri avec le bras figé dans le blanc crémeux d'un plâtre qui sèche diantrement vite parce que la chaleur torride de ma chambre n'est pas une vue de l'esprit, mon moine va me lancer une blague, dans son dialecte ou dans une langue que je suis capable de déchiffrer. Il se paye ma tête, ce bronzé-là, c'est évident ! Il n'est pas ici pour me parler du ciel ou du cosmos plein de néant, non ! Il a été envoyé par son supérieur pour me dérider. Que pense-t-il de la manière plutôt brutale avec laquelle il a été éjecté par un orthopédiste « scotché » à l'os ? C'est courant, dans votre pays d'Asie, de se faire montrer un pied droit botté quand on est religieux et qu'on dérange le chef des opérations ? C'est la façon avec laquelle le spécialiste de l'anesthésie locale — je dois avouer qu'il a bien réussi son truc ! — lui a intimé l'ordre d'aller prendre l'air, le temps d'une chirurgie d'un jour. Ça se fait donc d'être impoli avec un moine, dans ce pays d'innombrables chortens, ces monuments religieux qu'il faut dépasser par la gauche pour demeurer respectueux des usages religieux, parce que les bouddhistes aiment voyager dans le bon sens des aiguilles de l'horloge ? Je gagerais le bout de mes doigts fatigués et un peu violets que cet orthopédiste passe de n'importe quel côté quand il se promène dans les sentiers népalais, sans aucune considération pour le sacré des lieux.

Et puis non, ce misérable ne doit jamais marcher, ni dans les sentiers ni même dans la rue. Il doit avoir un chauffeur privé qu'il paie dix roupies par année pour le conduire au chevet des cassés en dix morceaux!

Mon moine me dévisage. «Albert Einstein, hein?» dit-il avant d'éclater d'un rire tonitruant qui fait vibrer les murs. Il rit, il fait plus que rire, le porteur de bure, il tonne! Sa tête rasée devient rouge tellement il rigole. Il se fout totalement de ma gueule. Mais quel bien immense cela me fait! Enfin un premier rire au cœur de ma déconfiture corporelle, même si ce rire provient d'un dément, d'un psychotique probablement évadé d'un hôpital psychiatrique voisin. Il a fait des nœuds avec ses draps, puis il s'est laissé glisser de trois étages. Il a agressé un vrai moine qui passait dans une ruelle, lui a volé ses habits, puis il est venu dans ma chambre sans aucun hasard, envoyé par la déesse Poune, parce qu'il y a une déesse nommée Poune absolument morte de rire qui règne sur les miséreux du Népal. Ils ne la connaissent pas très bien, les Népalais, ils ne savent pas exactement que la Poune est une Québécoise pure fourrure, comme aime le dire mon ami Louis, et que depuis son départ de la scène où elle aimait son public plus qu'elle-même, elle vole dans le ciel des pays pauvres pour chatouiller les gentils et même les méchants. Alors sa présence dans le ciel népalais est donc indiscutable! Le moine est l'un de ses disciples, une espèce de réincarnation de «la» Poune, en plus masculin et plus poilu, bien que la Poune ne manquait pas de poils au menton. Probablement que ce moine n'est pas plus fou que moi, qu'il ne présente pas plus de folie qu'en possédait la Poune du temps de ses pitreries théâtrales et télévisuelles. Comme il est drôle, ce gars-là, incapable de s'arrêter de rire, les joues cramoisies. Il va éclater comme un ballon trop gonflé d'hélium tellement il n'est pas sérieux. En Occident, les religieux n'éclatent pas de rire en se payant la tête des souffrants. Il me semble que Jean de la Croix au cours de ses longues nuits obscures ne se tapait pas les cuisses en racontant des blagues gaillardes à ses collègues de cloître ! Il me semble… à moins, à moins que, peut-être, saint François d'Assise, ah oui, peut-être que François et sa gang de moineaux posés sur sa tête et sur ses épaules, peut-être qu'il éclatait de rire comme un enfant de trois ans quand un étourneau plus étourdi que les autres lui lâchait une fiente sur le coco ? Peut-être. Le bouddhiste finit par se calmer la rate. La plus superbe demoiselle cambodgienne aux cils envolés comme des monarques du Mexique entre dans la pièce, intriguée par le remue-ménage des dernières minutes.

« Vous voulez toujours téléphoner ? » me demande la fée magique aux lèvres carminées qui m'envoient des baisers à chaque syllabe. Le moine fait l'idiot en mimant qu'il lui retourne ses baisers. Garnement ! Ce gars-là est un fumiste ! Il n'est pas plus moine que je suis président des États-Unis d'Amérique ! Il fait de l'œil à la belle nurse qui lui retourne ses coquineries. Ah ! le séducteur de réfugiées des pires cauchemars créés par Pol-Pot ! Ah ! le saltim-banque de la pseudo-prière en train de faire du charme à une jeune infirmière tout sourire qui me dit que si je suis incapable de me rendre au téléphone public qui se trouve un étage plus bas, dans le hall de la clinique privée, elle me dénichera à nouveau un téléphone portable qui me permettra de rejoindre mes garçons, mes sauveurs, mes fils descendus de leur croix du Nord pour récupérer le paternel affaibli. Mais qu'est-ce qui se passe tout à coup ? Don Juan de Pokhara sort d'une poche très profonde de sa bure un objet métallique clinquant qui n'existait pas du temps du Christ ou de Bouddha en plein samsara ! Un envoyeur de messages interplanétaires? Un walkie-talkie pour rejoindre Chewbacca, le sympathique guerrier aux longs poils de la *Guerre des étoiles*? Un téléphone cellulaire tout brillant qui n'a même pas l'air d'avoir servi? J'aurai tout vu! tout entendu! tout aimé! tout ri! Je ris. Il était temps. Je vais guérir, c'est une puissante évidence, grâce à ce fou rire qui m'excite l'échine. Que l'orthopédiste revienne avec six sbires: je leur casse la gueule en deux rires et trois mouvements de glotte!

Le moine se lève subitement pour suivre mon papillon de jour qui part en quête d'un portable parce que j'ai la faiblesse trop marquée pour même grimper dans un fauteuil roulant. Car ce n'était pas un portable que mon moine prestidigitateur avait sorti de sa poche. C'était une montre, une grosse montre rutilante, genre cadeau offert par un ancêtre sur son lit de mort. «Mon fils, quand tu voudras te souvenir de moi, tu regarderas l'heure sur le cadran de cette montre que mon arrière-grand-père m'a lui-même donnée!» Je me sens vidé par ma dernière torture. Il me semble que j'arriverais à peine à tenir une petite cuillère... La belle aux cils gracieux va me quérir l'instrument de mes contacts les plus faramineux. Le vicieux à la bure relevée au-dessus des genoux la suit, émoustillé. Hé, le Bouddha laïque, on se calme le bringuebalant! C'est quoi, cette culture de prieurs morts de rire qui continuent à montrer de l'intérêt pour les femmes les plus séduisantes? J'ai déjà été trompé en rêve et mon cœur a failli lâcher, alors toi, moine béni par les ancêtres donneurs de montre en or, ne va pas me faire la démonstration que je suis un total débile en ce qui concerne la *cruise* en nursing et autres sports amoureux! Écoute ton papa le dalaï-lama qui ne cesse de recommander au monde entier la compassion la plus absolue! Sois compatissant pour le malade qui a le corps viré en sauce brun sale et à qui il n'y a plus que les sparages de l'imagination érotique pour le maintenir en état de survie!

Le bonze talonne la belle qui fait penser à une gazelle qui galope bien plus qu'elle ne trottine. Belle élancée que j'imagine fort bien dans une de ces robes fendues sur le côté comme en portent les châtelaines dans certains romans torrides. Je me concentre sur mes énergies résiduelles. Je sauterais bien en bas de mon grabat pour l'arrêter, ce facétieux moine aux yeux rieurs. Sur le pas de porte, il se retourne et me fait un de ces clins d'œil gamins comme on en voit dans les films divertissants, série C, puis il revient sur ses pas. Moment de rut pour lui aussi, mimé ou pas. Il a voulu faire le rigolo en jouant au moine perverti. Mais il blaguait, le cancre! Ah, le gigon! Ah, que je vais finir par lui confier mon nom. Est-ce que ce saint à moitié lubrique n'est pas le symbole même de ce qui sauve les gens de la tristesse dans ces pays pauvres où on ne retrouve aucun soignant dans des zones de guerre où s'entassent des dizaines de milliers de personnes? Est-ce que le sens de l'humour ne serait pas le baume des gens humbles, la règle première qui leur permet de résister à l'intolérable?

Je ris. Une crise d'étourdissement me fait croire que je vais retourner illico dans les environs du Mont-Saint-Michel auprès de mon alter toute nue plantée au beau milieu d'une nef en train de folâtrer avec son amoureux pas si beau que ça, même pas moine par-dessus le marché. La nausée qui me taraude diminue quand j'observe les simagrées d'Absam qui me fait signe que quelqu'un vient. Quoi? Pas l'orthopédiste à la scie ronde qui veut maintenant m'amputer les dix doigts? Il me semble que ce satané plâtre est un peu serré... L'ennemi est à ma porte! Mon ami va me défendre, héros du kung-fu, frère de sang de Jackie Chan en survêtement religieux ! Dans ma tête hallucinée commence un mortel combat opposant le moine au monstre chauve. Des nymphettes en bobettes lèvent les bras pour mettre bien en évidence d'immenses pancartes où s'inscrivent sixième, septième, huitième rounds. BING ! sur le ring PADABANG ! Mon moine a perdu son bec. Mais l'orthopédiste sans commisération a aussi perdu sa tête arrachée d'un franc coup de savate. Splash contre le mur ! Du rouge douteux tache le bleu tendre de ma chambre. Mon ennemi est mort. À ne pas enterrer. Qu'on n'enterre ni les iconoclastes ni les barbares ! Qu'on laisse les vautours en mal de chair rance dévorer les cyniques ! Mon héros boxeur danse autour de mon lit. Vainqueur ! Tu m'as libéré ! Viens que je t'embrasse, mon moine ! Viens que je te souffle mon prénom à l'oreille pour sceller notre alliance !

Le docteur Mohammed fait son apparition. Il n'a pas l'air content de la présence de ce religieux assis dans le coin droit du ring, sur un petit tabouret, l'œil poché, la prothèse dentaire cassée en deux. Mais il est tout de même plus poli que son spécialiste de la torture sophistiquée. Il ne l'admoneste pas, mon moine, se contentant de lui jeter un regard sévère. « Euh… C'est mon ami… Il me fait du bien… » J'ose prononcer ces paroles qui font dévier un peu les poignards lancés par mon guérisseur. Celui-ci me tâtonne le plâtre, mais avec infiniment plus de délicatesse que son confrère orthopédiste. Il soupèse mon bras maigre en faisant oui de la tête. Je n'aboutirai donc pas à la morgue avec un bras trop déviant, le poignet en petite bouillie ! Mais c'était qui ou quoi, ce gros chauve aviné qui se pourléchait les lèvres avec une langue râpeuse ? C'était qui ou quoi, cet handicapé du bon sentiment, cette victime de la détresse ou de l'inexpérience parentale la plus extrême? Travaille-t-il régulièrement dans votre clinique, cher docteur Mohammed? Vous qui avez toutes les apparences du gestionnaire-médecin au-dessus de tout soupçon, comment avez-vous pu laisser entrer dans votre business pareil pachyderme, comble de l'indélicatesse? Je souhaite formuler toutes mes questions, mais le Pakistanais me répond comme s'il avait lu dans mes pensées. «Sigismond est un orthopédiste compétent, un peu brutal, mais vous savez, quand on aime la mécanique et qu'on s'amuse à démonter des tracteurs usagés la fin de semaine, puis qu'on étudie pendant sept ou huit ans pour devenir orthopédiste, eh bien, il ne faut pas se surprendre de montrer plus de sympathie pour les vis et les marteaux que pour les êtres humains.» Le docteur Mohammed défend son Sigismond qui a un prénom de Viking nouvellement immigré. Comment a-t-il atterri en Asie? «Vous guérirez de votre fracture, sans aucune séquelle, promis!» Ah! le parfait défenseur d'un collègue alcoolique! Je crois ce docteur originaire de Karachi parce que sa binette m'inspire confiance. De plus, il me manipule le poignet comme le cerveau avec beaucoup de calme, d'aplomb et de gentillesse. Mon moine, expert en kung-fu, toujours retiré dans le coin droit du ring, a enlevé ses gants de boxe et chaussé des escarpins dorés, remisant dans un sac de toile puant ses grosses bottes de casseur de gueule. Il sourit, ce qui me fait sourire un peu moi aussi.

La demoiselle de Paris aux cils graciles — oui, oui, Paris petite ville voisine de Phnom-Penh comme il y a des Paris plein l'Ontario et un peu partout aux États-Unis — revient près de moi en tenant entre ses doigts fins l'un de ces admirables jouets fabriqués à Taïwan qui ont des sonneries composées des premières mesures d'un concerto de Béla Bartók ou de *Madame Butterfly* de Puccini. Elle me passe l'outil nécessaire à mes appels au septième ciel. Je voudrais que toute la galerie fasse de l'air. Seul mon moine a le droit de rester dans ma chambre, mais peinard dans son coin, pour que je ne sois pas inhibé dans mes épanchements quand j'entendrai la voix de mon garçon. Je sens que je vais éclater en sanglots. C'est toujours comme ça quand je reçois une lettre d'un de mes enfants. Il s'agit qu'on me démontre de la tendresse pour que le cœur me monte aux paupières, que les écluses du canal Lachine s'ouvrent toutes grandes. Je tapote un bouton, puis un deuxième. Tout est écrit en japonais avec sous-titres coréens sur cette machinerie asiate ! Mais où sont-ils donc, les boutons adéquats pour se connecter avec l'Amérique ? Le docteur Mohammed me propose de composer le numéro pour moi. Quel ange ! La plus mirifique Cambodgienne du monde se tient tout près, à un jet de parfum d'ylang-ylang. On me demande de me remémorer l'essentiel de ma vie. Je ne me souviens que d'un seul numéro. Je le chuchote. On le compose. Ça ring dans la bastringue, ça interpelle les satellites, ça contourne huit missiles à têtes nucléaires qui dérivent sur des orbites secrètes, ça aboutit dans la ville de mon aîné qui va répondre : Allô ! Allô ? le père, *paternam paternitas in æternam* ! Allô ? C'est qui ? C'est toi ! Ben, ciboulette ! Mon papa à moi qui m'appelle de l'autre bout de la terre, qui bégaie autant par nervosité que par faiblesse corporelle. Allô ! Je voudrais que ma chambre se vide pour que je ne me sente pas ridicule, pour pouvoir sangloter tout mon soûl. Allô ! Bieuouououziou ! Maudite camelote de téléphonie intercontinentale ! À quoi ça sert le modernisme si les satellites ne servent qu'à espionner les pays des axes du Bien et du Mal en attendant les trois prochaines guerres froides, tièdes et torrides ? Le docteur Mohammed

passe le portable à son assistante qui embaume. La belle
sait faire. Ce n'est pas de la pulpe qu'elle a sur le bout de
l'index, c'est de la divinité qui effleure le clavier pour le
remettre en fonction.

6

« Allô ! » c'est l'un des plus beaux mots du monde !
« Allô ! » comme on dit « Hello ! » « Hello darling ! » avec une
grosse voix de trompettiste projetée à travers les radios de la
planète anglo-saxonnisée. On dira bientôt « Wong-Beng ! »
ou « Ni Hao ! » quand la Chine aura fini d'emplir le ciel
avec toutes ses fusées intergalactiques. « Allô ! » mon Jack
Monoloy, mon bûcheron heureux des sparages forestiers
les plus nordiques. « Allô ! » mon fils qui transporte dans ses
gonades des portions de mes propres gonades. Ah, que je
ne savais donc pas ce que je faisais quand je contribuais à la
mise en marche de chacun de mes enfants ! Ah, que j'étais
donc inconscient ! Ah, la non-lucidité d'un jeune homme à
peine postpubère ! Est-ce le fait de tout père potentiel bien
plus excité par une belle de soir que par l'idée de porter sur
ses épaules un p'tit gars de deux ans qui babille comme une
sitelle à poitrine rousse ? Qu'est-ce que je faisais de bon il y
a vingt-huit ans ? Ce n'est qu'après la naissance de son pre-
mier-né qu'un père réalise que la paternité, ce sera pour la
vie — ce qui est parfois plus long qu'une éternité. En refor-
mulant cet « Allô ! » d'amour lancé avec un train d'ondes à
la vitesse de la lumière, mais pas plus vite, je me découvre
un peu plus lucide. Est-ce le danger de la mort ?

La petite foule rassemblée autour de moi, en émoi,
m'observe, béate. La Cambodgienne, qui a certainement

été élue Miss Univers à quatre reprises — il faudra que je le lui demande —, le bon docteur Mohammed protecteur de la veuve, du touriste avarié et de l'orthopédiste déviant, de même que le moine Absam, tranquille dans son coin et qui marmonne des prières en faisant semblant de ne rien voir ni entendre, demeurent aux aguets comme des mouettes surveillant l'agonie d'un petit poisson. Absam, mon Bouddha à moi, l'œil pétillant — je commence à le connaître —, m'aide par la force de sa pensée positive. Je tente un ultime et minuscule « Allô ? ». Ça y est ! On me répond. Je le reconnais ! Pierre ! C'est ton papou à toi ! Ton paternel magané ! Tu m'entends ? « Ben oui, je t'entends ! Comme si t'étais dans la cuisine ! Ça va ? » Non, ça ne va pas ! Mais oui, ça va, ou ça va à peu près. Mais ça va puisque je te parle ! Ça ne peut pas aller mieux quand je joins mon fils aîné qui appellera son frère pour que, tous les deux, ils viennent à mon secours. Car vous viendrez, n'est-ce pas ? Je ne tolérerais pas que vous hésitiez ! Un semblant de non-vouloir ou une excuse me scierait en huit. Un simple ton dubitatif me rendrait fou, fou de chagrin, fou à lier. Je ne pourrais pas, je ne veux pas. Je me tuerais en me servant d'un couteau aztèque que je m'entrerais entre les côtes jusqu'à ma patate mollasse. Je me crèverais les yeux avec une fourchette. Je ne digérerais pas que la chair de ma chair dise autre chose que : « Oui, mon papa ! Tout de suite ! Je pars ! Je ne suis même pas habillé que je prends le train, je saute dans un autobus en marche, pareil à Roy Rogers ou à Kit Carson, les cow-boys qui filaient plus vite que les locomotives poussives en chevauchant leur pur-sang dans l'ancien temps ! Je ne fais même pas mes bagages. Je vole à ta rescousse, mon papa à moi ! Je m'élance les bras levés au ciel, vers les confins de l'Univers parce que c'est là mon devoir, mon devoir de fils. Écoute ! Vois ! Je suis là, au bout du fil, même s'il n'y a plus de fils, rien que des ondes. Je n'attends que tes directives pour flyer dans un Airbus à deux étages qui flotte dans le ciel comme par miracle. Je voguerai dans l'éther pendant trente-six heures avant d'atterrir à Katmandou, avant de prendre un pousse-pousse et de me laisser pousser jusqu'à Pokhara où je te pousserai moi-même dans ton fauteuil roulant ! » « Fils, tu es là ? » Je me sens l'obligation d'insister auprès de mon garçon qui doit se demander dans quel ténébreux espace erre mon esprit. « Ta voix me paraît faible, papa… » Ma gorge est un Gobi. Mon infirmière cambodgienne s'en rend compte. Elle me tend un verre d'eau grise. Je n'ai pas la force de tenir un téléphone tout en essayant de boire. J'attends donc, la gorge en feu, la décision de mon garçon… « T'es malade, papa ? » Ben oui ! Je me meurs, fils en santé à l'autre bout de l'Est américain ! Je t'appelle pour que tu viennes me rafraîchir la carcasse. Tu viendras me sauver, n'est-ce pas ? « Tu veux que je prenne l'avion ? » Dans dix minutes, si tu le peux, mon fils en or ! Télétransporte-toi, comme dans *Star Trek*, pareil à un Roముléen aux oreilles poilues cousin germain de monsieur Spock le Vulcain logico-émouvant ! « C'est que je n'ai pas beaucoup d'argent… Euh, papa… Je t'entends mal, tout à coup… » Pas de problème ! Je règle ça. Dès que je serai un peu plus fort, je téléphonerai à la Caisse. Tous les transferts seront faits. Si tu voulais venir avec ton frère… « T'es vraiment malade, papa ? » Mourant, mon fils, je le suis ! Mais je ne veux pas te stresser avec pareille babiole. Je veux seulement que tu m'apportes une canne ou deux pour que je puisse à nouveau marcher. Que tes bras et ceux de ton frère viennent m'enlacer, m'épauler, me relever. Redevenu vivant, je vous suivrai peut-être dans un dernier sentier de l'Annapurna ou du Chomolungma… si Dieu le veut, comme disent les habitants de Port-au-Prince, dans une Haïti sans bon sens où la pauvreté dépasse celle du Népal.

J'abandonne le portable qui est devenu trop lourd. Je me dis que le prochain appel sera destiné aux financiers de ma belle province. Ma Belle au Bois qui ne dort surtout pas attrape le téléphone et l'enfonce dans l'une des poches de son tablier de nurse affriolante, près de son sein droit. Mon Dieu, mon Dieu, je sais que tu ne m'as pas abandonné! Miss Univers vient de poser contre son sein rond mon fils adulte qui ronronne en se demandant à quel moment je vais pouvoir le rappeler. Je l'ai inquiété, ce fils, mais tout baigne! Bouddha saute sur mon lit, au grand dam du docteur Mohammed qui va le gronder. Mais non… Tout le monde a l'air content. Sacrée belle gang de soignants d'Asie qui paraissent tout à fait ravis de savoir que les fistons du grand malade seront là dans quelques jours, dans quelques semaines tout au plus. On va noliser un avion appartenant à l'armée de l'air américaine. On va effacer les effigies trop évidentes inscrites sur les flancs du Boeing présidentiel. On va affréter un aéronef transformé en hôtel-hôpital. Ah!!!! mais où trouverai-je donc tous les sous pour payer les billets d'avion de mes fils? Je devrai jouer du coude avec la caissière populaire, lui promettre de travailler sang et eau pour la rembourser. C'est que je suis dans la dèche jusqu'au cou, et cette pourriture de microbe qui me rend faible comme une souris boiteuse ne me laisse que le pouvoir de m'endetter plus que jamais. Est-ce que je leur dirai, aux institutions bancaires, que je ne pourrai peut-être jamais rembourser ce que je dois de mon vivant? Shiva, mon bon Shiva, avec ses vieux souliers troués, il n'a rien, mais à ce que je sache, il ne doit rien aux banques. D'ailleurs, ils sont où, mes amis Arpita et Shiva? Ça fait des siècles que je n'ai pas eu de nouvelles d'eux. Mon Bouddha qui sent le patchouli fait bouger mon matelas en branlant ses grosses fesses de prieur, ce qui me donne la nausée. Le docteur Mohammed s'en va. Il ne me serre pas la main parce que je n'ai plus que trois grammes d'énergie, à peine suffisants pour me permettre de délirer dans ma tête. Quel bon médecin, tout de même, ce Pakistanais-là. La belle de Phnom-Penh le suit, le sein droit gonflé. Hé! Je voudrais le conserver, moi, ce portable-là! Je dois téléphoner à nouveau dès que j'aurai retrouvé des forces! Mais la nurse a déjà tourné le coin, aux trousses de son boss. Absam ne descend pas de mon lit. Je m'endors.

Est-ce que je dors vraiment? Je reste affalé sur le dos, protégé par la bonne bouille de mon Bouddha réincarné à qui il a poussé des ailes d'ange. Je flotte entre deux eaux, dans mon corps ratatiné. Je revois mon alter qui gambade dans un champ de marguerites en essayant de semer un Américain loufoque lancé à ses trousses. L'amour les a ravis aux instances de la Raison. L'Américain a perdu la boule. Il bégaie des poèmes en serbo-croate avec un accent yiddish pour tenter de rattraper son amoureuse qui court vers d'autres continents. Mon alter cherche un nouveau cœur à partager, un autre trekkeur à nourrir du ciel de ses yeux qu'elle a plus purs que jamais. Mais ces cieux-là, je dois m'en convaincre si je veux guérir, ils ne me regardent pas lorsque je trottine, mulot à la queue arrachée, le poil tout défrisé. Ces yeux ne me voient plus. Je jette un dernier regard de biais en direction de mon passé juste avant de plonger dans mon terrier pour y lécher mes plaies. J'ai l'âme meurtrie par un amour inassouvi. Mais il faudra bien que je ressorte de ce trou à rat, de ce terrier où fourmillent des lombrics et des mille-pattes dégueulasses! Mes fils! Il ne faudrait pas que mes fils arrivent pour simplement soulever en pleurant le corps bel et bien mort de leur papa d'amour. Ils souhaitent lui dire quelques mots, le rasséréner, lui raconter quelques blagues de nains avec les oreilles décollées et les dents pointues, ces fils blagueurs pas sérieux pour trois sous. Ils souhaitent dérider le front pensif de leur papa qui divague dans des limbes où ses amours volettent, comme des papillons, butinant d'autres fleurs, plongeant leurs trompes de Fallope dans des étamines plus jaunes, plus goûteuses, plus viriles, plus attirantes. Je m'éveille avec la bouche pâteuse. Absam me tend un verre que je n'arrive pas à tenir tellement je suis gaga. Il m'aide à boire. Ce moine était très certainement une infirmière dans une neuvième vie antérieure. Est-ce la pauvreté ambiante qui permet tant de bonté gratuite? A-t-on tout à donner quand on n'a rien à perdre? Qu'attend Absam de moi? Rien, en apparence…

Tout à coup, j'aperçois le doux visage d'Arpita dans l'embrasure de la porte, avec son point d'encre toujours aussi marqué entre les sourcils. Juste à sa droite, Shiva, mon guide, a joint les paumes, comme en prière. Mes amis! Ils entrent sur la pointe des pieds, saluent poliment Absam qui descend de mon lit et reprend sa place par terre, laissant tout l'espace nécessaire aux deux Népalais qui m'ont transbahuté dans les montagnes, qui se sont fait des ampoules sur les épaules, qui ont payé deux jeunes gars repartis je ne sais où, qui m'ont aimé, qui m'aiment encore comme je les aime. Je leur tends les mains avec fébrilité. Caressons-nous les paumes! Nous nous aimons comme de vieux amis, n'est-ce pas? Je vous dois tout. Je vous dois de ne pas être mort encore. Je survivrai, j'en ai rêvé tout à l'heure! Regardez comme je prends du mieux. Mes fesses ne sont plus si molles depuis que j'ai bu de l'eau bénite apportée par Absam. Vous le connaissez, Absam, ce Bouddha en chair et en os envoyé par Sa Sainteté le dalaï-lama lui-même?

Shiva s'approche de moi, laissant Arpita un peu en retrait. Mon guide veut me parler. À sa manière de se présenter, je sais que c'est sérieux, plus que sérieux. Je me disais, aussi... J'ai beau avoir le corps flageolant comme une guenille usagée, mon cerveau, lui, ma cervelle de ouistiti est encore capable de carburer à l'énergie atomique! Mon guide y va de sa requête: «Vous savez, quand vous serez guéri, parce que vous allez guérir, vous savez, c'est une bonne clinique ici, la meilleure de tout le Népal, eh bien, quand vous irez mieux, je me demandais... Je sais, c'est un peu gênant, mais je me demandais, eh bien, si vous pourriez nous aider... Un petit coup de main pour remplir quelques formulaires... Ça fait longtemps que j'y pense, avec ma femme Arpita, nous y pensons tous les deux. Si vous nous aidiez à émigrer dans votre pays? Nous avons beaucoup lu. Ma tante a des livres sur le Canada. Nous allons être heureux au Canada, nous le savons, du fond de notre cœur. Mais sans vous... Vous êtes Canadien... Ma tante dit que le Canada est "le plus meilleur pays au monde". Elle a déjà visité Vancouver. Arpita et moi serions prêts à aller chez vous. Nous savons qu'il neige... Il neige, n'est-ce pas? Mais c'est comme ici, en montagne...»

S'il neige? Il chute des tombereaux de neige dans mon pays! En plus, il y a de la glace universelle capable de vous geler les plantes des pieds jusqu'aux rotules, et pas seulement dans l'Extrême Nord! Mais ce n'est pas le climat qui est le plus détestable. C'est l'absence de sourires dans l'air social ambiant...

Je finis par balbutier ce qui ressemble à: «Euh... C'est que... Il faut voir... Quand j'irai mieux, c'est sûr que...» Shiva me prend les mains et les embrasse. Arpita s'avance et pose ses mains sur nos mains rassemblées. Gros paquet de paumes moites. Il ne manque plus que les menottes potelées d'Absam qui observe toute la scène. Fol espion du KGB népalais! Bonze buriné à la solde de l'Inquisition asiate! Que dois-je ajouter? Je me doutais que Shiva me ferait cette requête. Je sais que les gens pauvres de plusieurs pays espèrent une vie meilleure, au Canada en particulier. Il y a aussi l'Australie, la France, l'Allemagne et les États, les sempiternels États-Unis d'une Amérique prometteuse de la réalisation personnelle des rêves les plus fous et les plus profonds. Mais comment faire comprendre à Shiva, et peut-être à sa femme parce qu'ils sont de toute évidence de connivence — bien que je sente que les raisons d'Arpita diffèrent —, qu'ils ne font peut-être pas le bon choix. Shiva, mon bon Shiva, étais-tu si désintéressé quand tu remuais ciel et terre pour me dénicher des porteurs, quand tu obligeais ta propre femme à forcer sur mon brancard? Dis-moi oui pour que ma naïveté à propos de la foncière bonté humaine ne s'évapore pas complètement.

Shiva, tu me déboussoles, tu me déranges le ciboulot. Je ne sais plus rien. Je préférerais ne rien te refuser. Mais, tout à coup, tu fais feu de tout ton bois sec juste à la bonne place, dans mon cœur qui chavire. Je voudrais vous remettre ce que je vous dois au centuple, à toi et à ta femme, vous remercier de ce que vous avez fait et de ce que vous faites encore, mais je n'y arrive pas. C'est pour apprendre à mieux vivre que les zigotos comme moi viennent marcher dans vos contrées, pour apprendre à sourire à nouveau. C'est sûr que lorsque deux ou trois armées de microbes décident de s'en prendre à la vigueur intrinsèque d'un voyageur, il rit moins ou il ne rit plus du tout. Mais c'est quoi, cette idée de quitter votre Népal, vos pentes fleuries, vos maisonnettes avenantes et vos champs gagnés sur la montagne par des générations de piocheurs et de semeurs de blé? Est-ce seulement à cause de la pauvreté que vous rêvez de partir ? Je me sens idiot tout à coup, moi qui ai les moyens de ne pas crever, pas encore, du moins ! Shiva, je t'ordonne de me prendre dans tes bras et d'apporter mon corps maigrelet dans un champ, hors de cette clinique privée, de me déposer sur une bouse de yack pour m'y laisser guérir tout seul. Sinon, j'accepte de crever. Je ne dois pas rester une minute de plus dans cette clinique de riches. Je dois être comme vous, avec vous, dans l'humide d'un petit lit sans matelas, couché à même la terre battue, à attendre que mon bras cassé se ressoude tout seul, à attendre qu'un chaman vienne faire de la boucane en sautillant à pieds joints de manière à tuer les virus, les bactéries et autres parasites qui me chamboulent la vie. Autrement, si je n'ai pas le courage d'exister comme vous, je suis un salaud.

« Nous ne voulons pas te déranger plus longtemps… », dit Shiva en reculant d'un pas. Arpita a mis sa main sur l'épaule de son mari. Ils ont lu dans mes pensées, les génies, les super psychologues sans cours ni formation. Ils ont compris en regardant mes yeux qu'il ne fallait pas trop insister parce que mon cœur ratait des coups, devenu trop anxieux. Ces Népalais me ramènent à la raison première de mon séjour en Asie. Découvrir ailleurs ce qui manque chez soi… Pourquoi faut-il mourir de faim ou d'une maladie grave pour savoir ce que vaut un sourire gratuit ? Énigme. Puissante énigme ! Je voulais gravir l'Everest, en pensée pour les deux ou trois derniers mille mètres, en acte pour les premiers cinq ou six mille. Mais au fond, j'aspirais surtout à me connaître, moi.

Tout à coup, Absam se lève pour se joindre à mes guides enlacés. Il va se mettre à danser comme un Grec, pareil à un Zorba nouveau genre, aussi crapule que le personnage de Kazantzaki. « J'ai un frère qui vit à Oshawa », lance-t-il en faisant des simagrées. Quoi ! Qu'est-ce qui lui prend d'interférer dans ma vie et de cette manière, ce Bouddha de pacotille enfiévré ? « Mon petit frère a même fondé un monastère bouddhiste. » Et il en remet : « J'ai souvent pensé aller visiter mon frère, lui donner un coup de main. C'est mon métier, n'est-ce pas, de m'occuper des autres ? Mais je n'avais pas l'argent nécessaire… Peut-être que notre ami ici présent — il désigne ma personne avec son gros index boudiné — paiera le voyage pour tout le monde ? » Ah ! le sacripant ! Ah ! le faux-frère ! Absam éclate de rire. Son rire est plus que tonitruant ; il va faire éclater les murs de la clinique en même temps que ma tête enflée. Farceur à la manque ! Ce n'est même pas vrai qu'il a un frère moine qui a ouvert une succursale bouddhiste au cœur de l'Ontario puritaine ! Quoi ? C'est vrai ? Je ne sais plus qui croire ! Mon moine me fatigue. Shiva et Arpita rient de bon cœur.

Ah ! ce fou d'Absam qui faisait plus que sourire quand il a passé la porte, bras dessus bras dessous avec Arpita et Shiva ! Ils avalaient des mouches tellement ils rigolaient, mes amis, sans aucune commisération pour ma personne. Ils se payaient divinement ma gueule d'ahuri. Ah, les saltimbanques, les appauvris de la planète, les perpétuels sherpas porteurs d'eau et de bouteilles de Pepsi, sans rien d'autre que de l'humour plein le cabochon ! Aucune évidence de commisération pour le grabataire. Mais ! Mais évidemment qu'ils riaient pour me rappeler que le rire est ce qu'ils ont de meilleur à offrir à leurs hôtes ! Moi, sans-génie ratatiné dans mon lit, je dois me battre pour sortir de ma léthargie.

Je me bats donc. Je me lève. Je mets un pied devant l'autre. Je me rends aux toilettes tout seul au lieu d'appeler à l'aide. Au secours, les pompiers ! Les médicaments semblent agir parce que mes intestins m'ont laissé en paix depuis vingt-quatre heures. Je ferai un petit pipi d'amour pour me soulager la vessie et la conscience tout en réfléchissant à cette demande de mes amis Shiva et Arpita.

Quelqu'un m'apparaît. Est-ce la plus mirifique Cambodgienne qui, elle aussi, a un formulaire de transfert de pays à faire signer? Je me marie à la bouddhiste la plus sensuelle de Pokhara et nous émigrons en Amérique, tous: mon amoureuse qui fut élue Miss Univers grâce à la beauté parfaite de ses longs cils volants, et puis Arpita enceinte de triplets et puis Shiva, mon guide qui pourrait toujours se dénicher un emploi sur la Côte-Nord. Les Allemands et les Français ont récemment découvert ce nouveau point névralgique du Québec d'aventure. Shiva pourrait y travailler comme guide de pêche ou de chasse tandis que la belle Arpita patienterait dans Natashquan la nord-côtière tout en cuisinant des bines au lard salé, restée seule, seule, seule à s'ennuyer avec sa marmaille pendant que son homme est parti jouer de la musique-à-bouche... Mais je ne veux pas!

On entre dans ma chambre. Est-ce le monstre chauve «scotché» qui titube jusqu'à moi, qui va me faire dire la vérité, toute la vérité en me plongeant la tête dans la cuvette? Dis-moi quels sont tes associés dans cette idée de révolution permanente, très dangereuse pour la loi et l'ordre? D'ailleurs, qui souhaite une révolution au Népal? T'es maoïste, salaud d'étranger? Viens que je t'arrache un bras. Meurs! Meurs donc comme un chien! Hurle de peur et de douleur, vil fomenteur de perturbations pas bonnes du tout pour les affaires! S'il fallait qu'un terroriste abîme ma toute nouvelle BMW!

Mais ce n'est pas l'orthopédiste qui intervient dans le cours de mon résidu d'existence. C'est son assistant. Il me demande si ça va, si je peux revenir à mon lit. Il veut simplement me tâter le poignet plâtré, vérifier son ouvrage savant. Je suis solide, hein ? Je le vois venir vers moi. Quand je m'éveille, il me transporte dans ses bras. Un bisou, mon amour ?

Il doit me trouver plus que bizarre. Entre ses mains, je suis redevenu un gamin. Il me laisse tomber dans le lit. Cela me plaît. Je n'ai même pas mal au cœur. Mes intestins prennent vraiment du mieux. Il n'y a que cette foutue faiblesse généralisée. « Je vais appeler votre infirmière… » Ben oui, appelle-la et laisse-nous seuls ! Je lui montrerai, à cette fille, moi, ce que j'ai comme pectoraux gonflés à la pseudo-testostérone. Ah… mais c'est que j'ai encore envie ! Ma vessie ballonnée va éclater ; la douleur se répand jusque dans mon sexe mou. Pardon, monsieur, vous pourriez me prêter le petit bocal de plastique bleu, là, sur le rebord de la fenêtre ? Le mec n'entend pas à rire. Il m'a transporté et ça lui suffit ! Il a un travail sérieux à accomplir et il ne fait rien d'autre. Il me soupèse inélégamment le bras, puis il s'en va, me laissant seul avec mon envie (et mon désespoir, comme disait le chanteur). M'énerve ! M'énerve à la puissance quatre ! Personnage secondaire ! Sous-fifre à la conscience fluette ! La prochaine fois, laisse-moi donc écrasé sur le plancher ! Des zigotos de ton acabit, je n'en veux plus ! Plus jamais ! Docteur Mohammed ! Docteur Mohammed ! S'il vous plaît ! Viendriez-vous me dire si je vais bientôt reprendre des forces ? J'ai besoin d'appeler chez moi pour organiser une affaire de secours international. Mes fils sont dans le coup. Madame ? Oui, vous, chère dame qui passez…

Une petite vieille entre dans la chambre en trottinant. Elle porte une espèce de fichu violet sur la tête. Ses yeux sont très foncés ; sa peau, parcheminée. Elle est vieille, très vieille, et pourtant, elle frotte le plancher. Je lui demande par signes de me passer l'urinoir. Elle hésite un petit instant, puis comprenant tout, elle me tend la patente comme si c'était un objet de culte. Elle dit quelque chose dans une langue que je ne comprends pas. Mais c'est ma maman à moi, cette femme-là ! Ma Poune de mère à moi qui se trouve auprès de mon corps moribond, ma mère morte depuis dix ans, réinsérée, réincarnée dans un corps de vieille mamie qui fait le ménage et qui est l'affabilité même, penchée sur mon cas avec le pétillement d'yeux noir corbeau qui sont ceux de ma mère, elle qui n'arrêtait jamais de faire des blagues, des calembours et des pitreries. Votre nom ? chère dame de Pokhara reine des plus gentilles femmes de ménage affairées dans les chambres d'abrutis de mon genre ? Moi, c'est Julien, comme Julien Sorel, un type qui existait dans un roman français du XIXe siècle dont je n'ai pas eu le courage de terminer la lecture. La vieille, qui ne se préoccupe plus de moi, entre dans la salle de bains. J'en profite pour uriner à toute vitesse dans mon bocal, si vitesse est possible, vu ma condition. Il me semble que si je mourais tout de suite, je garderais dans mon souvenir la bouille totalement avenante de cette dame-pipi. Mais je ne meurs pas. La dame revient, l'air béatifié, tenant à bout de bras un vaporisateur bleu poudre digne des publicités les plus kitsch de ma télé nationale. Elle a régénéré l'air de la salle de bains, elle a purifié mon environnement, repoussant les miasmes et rendant l'atmosphère quasi stérile, ce qui n'est pas une si mauvaise affaire quand on sait que ce sont les microbes qui nous tuent la santé ! Parasites, virus et bactéries se rient de nos vies et les déménagent dans des cliniques quand on préférerait gambader dans les montagnes à perpétuité, sûrs de l'éternité collée sous nos souliers ! Bravo, ma Poune ! Vive votre courage et votre abnégation ! Vivat pour votre incessant combat contre les moisissures et autres pourritures plaquées dans les recoins ternis des chambres de malades qui parfois guérissent, parfois flétrissent au bout de leurs souffrances et de toutes leurs peines. Le savez-vous, vous qui êtes la réincarnation de ma maman, vous dont les yeux rigolos m'envoient des images de ma jeunesse dorée par des becs sucrés, le savez-vous, vous et votre vadrouille et vos guenilles à la main, pourquoi on n'est pas capable de s'en défaire de ces foutus microbes qui nous blackboulent les intestins? Pourquoi, tout à coup, un mauvais jour, nos défenses ne sont plus assez gaillardes pour nous faire endurer l'absorption de quelques millions de germes? Pourquoi moi, Seigneur! ici même au Népal? Pourquoi suis-je tombé malade quand mon immunité d'homme mûr aurait dû m'épargner tant de souffrances? Auriez-vous l'obligeance, chère dame en santé et en chair malgré votre âge avancé, avant de recommencer à pousser votre petit chariot vers d'autres chambres, de me laver le cerveau avec autant de qualité que vous l'avez fait pour la toilette? Peut-être que votre action serait plus salvatrice que ces antibiotiques que le docteur Mohammed me fait injecter à grand renfort de pulsions intraveineuses et qui paraissent donner quelques résultats, certes, puisque la diarrhée a cessé, mais qui me laissent si faiblard. Je sens mon corps transformé en guenille blême. J'ai le corps mourant, pas «cormoran», chère madame rieuse qui me regardez comme si vous aviez envie de me tapoter le front ou de me pincer la joue. Quand donc reprendra-t-elle du tonus, ma guenille sale? Le savez-vous? Ne partez pas! Ou envoyez-moi le chef-directeur de cette clinique pour que je m'entretienne avec lui, parce que si je ne parle pas dès maintenant, je sens que, dans une demi-heure, je n'aurai même plus la force d'entrouvrir les lèvres. Restera la télépathie. Comme cela se passe entre moi et ma maman qui s'est réincarnée en vous…

La dame s'approche de mon lit et me pince délicatement une joue tout en mimant un bizou. Hou! J'ai quatre ans et je m'en fous! Mon cœur est plongé dans la marmelade, mon esprit, transporté vers mes enfants qui attendent un nouvel appel de leur père. Souffrance-joie qui jaillit de la poitrine quand on sent que c'est l'amour, le vrai, qui mène le monde. Il faut y croire parce que sinon... Il faut croire au véritable amour, pas à l'amour de pacotille. Il faut croire à l'amour-tambouille qui vous chamboule, qui fait qu'il devient impossible de ne pas avoir les yeux mouillés dès qu'il jaillit, amour de fond qui ouvre les vannes du meilleur, amour tout le contraire de l'insignifiance ou des amourettes perdues.

La dame s'en va en me laissant avec un raz-de-marée d'émotions. Je pleure, à chaudes larmes, et ces larmes ne tarissent pas. Je pense à mes enfants comme à ma mère morte toujours aussi vivante, à cause de cette dame qui est venue m'ébranler le pommier. Pleurer fait du bien. Mes larmes sont comme des larmes de peine, avec le même goût salé, mais c'est la joie qui les provoque, une joie de fond qui assure le pleureur que sa vie ne fut pas vaine. Rien de plus horrible que de douter de la validité de sa vie vécue. Raison de plus pour pleurer encore plus, avec souffrance, componction et joie, en hoquetant, en se mouchant toutes les huit secondes parce que les yeux débordent, les larmes prenant la direction de tous les trous possibles alors que la narine se change en œil, elle aussi envahie par des sanglots. Et ça ne finit pas. Ça ne finira jamais. Ça soulage, pleurer, comme ça ne soulage pas vraiment. C'est fatigant, mais extraordinairement agréable. Aucune colère dans les larmes de cet instant, aucune mièvrerie. Seulement la certitude que l'amour cosmique m'a touché droit au plexus solaire, principal producteur de larmes.

Lorsque Arpita et Shiva reviennent, accompagnés du moine le plus loufoque de toute la confrérie bouddhiste à l'est du Gange, j'ai terminé mes pleurs. Absam reprend sa place contre le mur en joignant les mains. Arpita me regarde, attendrie et maternelle. Shiva dit : « Je sais qu'il y a quelque chose qui vous dérange dans l'idée de nous aider à émigrer… Nous ne voulons pas insister… »

Brave homme. Il insiste tout de même en affirmant ne pas vouloir insister. Qu'il se taise ! sinon je recommence à humidifier mes draps. Le docteur Mohammed se pointe, accompagné par son assistante encore plus belle que Diane et Vénus appariées. Il prend mon pouls, fronce les sourcils, fait déguerpir Shiva et Arpita. Il me trouve mal en point, diantrement pâlot. Il m'effraie passablement, mon docteur. Va-t-il annoncer ma mort passée ? Je suis mort depuis quatre heures et je n'ai fait que rêvasser… Le docteur va m'apprendre qu'il n'y a plus rien à faire pour mon sauvetage, mais… mais… mes enfants ! Je veux qu'ils viennent ! Ailleurs, dans mon pays d'asphalte et de centres commerciaux, on me soignerait, on me diagnostiquerait une maladie associée, une hépatite par exemple, je ne sais trop. Allez, docteur Mohammed, votre verdict qu'on en finisse ! « Hum… hum… », fait-il comme s'il se dérhumait d'une sinusite attrapée sur un rafiot dérivant sur les Grands Bancs de Terre-Neuve… Hum… hum… jamais bon, ces hummings d'oiseau-mouche quand le soignant doit annoncer la pire nouvelle qu'un malade entendra dans sa vie… Hum… hum… Envoye ! Crache-le, ton jugement de tremblement de terre dernier, balbutieur incapable de s'exprimer quand vient le temps fatidique ! « Hum… Eh bien… considérant votre état de faiblesse, même si je suis à peu près sûr qu'il y avait une amibiase là-dessous, eh bien, nous devrions penser vous envoyer à Katmandou, par avion peut-être. Il y a là une clinique spécialisée pour les voyageurs. Je vais appeler mon confrère, le docteur Abdullah. Excellent infectiologue! Les résultats sanguins faits ici ne sont pas concluants...»

Le docteur Mohammed me semble pâle comme mes draps. Il devient nerveux. Il voulait guérir à tout prix cet Occidental tombé chez lui, mais les mystères de Paris et les microbes trop bien accrochés à mes organes creux font en sorte qu'il ne sait plus trop... Foutue faiblesse! Étourdissements à répétition! Arpita me fixe avec de grands yeux tristes. Elle se tient près de la porte. Shiva n'est pas là, peut-être en train de faire les cent pas dans le couloir. Je ne sais trop quoi répondre au docteur Mohammed. Ai-je les moyens de me payer un voyage en jet privé vers la capitale népalaise? Pourquoi pas un voyage en classe économique par ambulance ou couché sur un matelas pneumatique à l'arrière d'un vieux camion? Il faut que je fasse un appel de l'autre côté du Pacifique, que j'atteigne ma caissière populaire qui va se délecter en découvrant tout le pouvoir supplémentaire qu'elle prend sur moi, le pouvoir des banques et autres institutions de vous arracher chaque poil avec des pinces à sourcils, jusqu'à ce que vous soyez totalement chauve et exsangue, sans autre possibilité que de passer le reste de vos jours actifs et passifs à rembourser la dette contractée... Un téléphone portable m'est offert par la nurse indochinoise aussi belle de jour que de soir... Douce aimante, vous qui êtes plus que ma survie, vous ne pensez pas que si vous me laissiez en permanence ce foutu portable, vous vous épargneriez une de vos nombreuses tâches?

Je compose un numéro bidon. Je fais semblant de parler à la directrice de la Banque mondiale... Sept cents milliards de dollars AMÉRICAINS nécessaires pour transporter ma carcasse dans une nouvelle clinique plus spécialisée… Il y a des Wizz Quizz Tabouzz au creux du combiné. Les satellites utilisés pour les combines télépho-niaques mondiales se rient de mon essai. Je tente de me concentrer. Il y a beaucoup trop de monde autour de moi. J'entrevois le regard scrutateur mais aimant d'Arpita. Un numéro magique m'apparaît tout à coup au fond du crâne. Je l'essaie. Craquements, bêlements et feulements dans le combiné. Soudain, ça décroche! C'est Amélie! Amélie la caissière populaire qui me racontait ses détresses matri-moniales, qui aimait bien m'appeler tous les six mois pour que je passe dans son bureau import-export afin de m'expliquer les bienfaits des REER autogérés auxquels je n'ai jamais rien voulu comprendre. Si j'acceptais d'investir quelques milliers de dollars par année, je me préparerais une retraire plus dorée. Même si je n'ai jamais vraiment cru aux vertus du capitalisme transnational entre New York, Tokyo, Londres et Shanghai, j'ai pourtant un peu capitalisé sur ma vie en économisant pendant quelques années, plus convaincu par les sourires angéliques et les courbes démoniaques d'Amélie que par ses explications rationnelles, gagné par ce qui dépassait de sexy de ses che-misiers à pois.

Au bout du fil sans fils, Amélie me répond « Oui? » avec des fleurs dans la voix, une voix tout droit sortie de son chemisier bombé. Je n'en crois pas mes oreilles poin-tues! Le docteur Mohammed bat légèrement en retraite, suivi par son infirmière, comme s'ils voulaient me lais-ser de l'espace pour que je puisse me confier avec plus d'intimité. Je m'explique avec ma caissière, en m'étouf-fant à quelques reprises, répétant que mes fils, les deux, ont besoin de billets d'avion, avec retour à ma civilisation. Je n'insiste pas sur mes idéaux cheguévariens, ce qui fait que lorsque j'ajoute que je devrai peut-être payer pour un avion Hercule qui me transportera avec mon lit et mes souliers jusqu'à Katmandou, la belle Amélie ne rechigne pas. Elle comprend, fait quelques calculs, me dit que nous pourrions procéder, bien sûr! Quelques retraits seront nécessaires. Ma retraite sera ainsi à découvert. De fait, je n'aurai plus grand-chose dans mes REER, mais on n'entend pas à rire quand on se meurt à l'autre bout de sa petite planète. «Mais vous n'aviez pas pris d'assurances avant de partir?» demande-t-elle, un peu sorcière. Euh, oui, mais est-ce que ces assurances couvriront les transferts inter-établissements, je ne sais pas, je ne sais plus, je devrais bien les appeler, ces gens rassurants. Or, pour l'instant, j'ai besoin de vos sous, des miens! empilés dans vos coffres-forts. Je ne serai peut-être même plus capable de vous parler dans dix secondes. Pourrions-nous accélérer le processus d'obtention de la monnaie, chère Amélie au poitrail affriolant qui m'attiriez dans votre petit bureau pour me mettre, chiffres à l'appui, devant le fait qu'à mon âge je devais songer sérieusement à mon avenir? En ce moment, il se joue à plein, mon avenir! Je déterre tous mes REER, mes pleurs et mes tremblements. Chère gérante qui me comprenez malgré les interférences WHIZZ AND QUIZZ de plus en plus nombreuses sur la ligne… Vous gonflez mon compte courant. «En courant!» dit-elle, blagueuse. La conversation est coupée. Un satellite relais vient-il d'être abattu par la chasse nord-coréenne?

Mon docteur se ramène à mon chevet en dodelinant de la tête, ce qui me laisse perplexe. Il me tâte l'abdomen à la recherche d'une rate et de ganglions, à ce qu'il dit, tandis que son infirmière tient solidement mon dossier sur son ventre qu'elle a un peu rond. Enceinte? Je n'avais pas remarqué! Encore une amoureuse potentielle qui fout le camp! Quelle déveine! Et moi qui aurais aimé m'installer avec elle à Blanc-Sablon, juste à la frontière du Newfoundland, à Brador plus précisément, cent soixante habitants, le bonheur tranquille assuré pour l'éternité et encore plus longtemps! Guigne! Elle est vraiment enceinte! Je réagis malgré moi à la douleur quand le docteur Mohammed m'enfonce sa paume dans le côté gauche. Ouille! «C'est la rate», affirme-t-il. Et puis quoi? Tordez-moi donc un testicule tant qu'à y être! Mon docteur réfléchit à toute vitesse, ça se voit à son cerveau chauffé à bloc qui produit des étincelles visibles dans ses yeux sombres. Y a-t-il quelques Pakistanais aux yeux verts dans le nord de Karachi comme il y a des Afghans aux yeux émeraude disséminés dans cet Orient métissé par les forces brutes d'Alexandre le Grand, celui-là même qui marcha jusqu'aux Indes lors d'une célèbre razzia qui a laissé des marques qui brûlent encore?

Un transfert à Katmandou parce que ma rate a pris de l'ampleur? Pourquoi pas un ajout au traitement en cours? J'ose proposer un second antibiotique à l'arsenal thérapeutique constitué pour me guérir. Le docteur Mohammed paraît interloqué. De quoi il se mêle, ce patient à la manque? Toujours la même surprise chez les thaumaturges du monde entier, quelles que soient leur culture ou leur époque, quand un malade ose penser par lui-même. Si on doublait la dose, si on associait au premier poisonguérisseur une deuxième mixture afin d'occire complètement tout ce qui grouille de malsain dans les entrailles mal bénites de bibi qui est presque gêné de la réaction du doctoral personnage qui fait la moue, qui étudie la situation, qui glisse un regard vers le dossier tenu fermement sur le ventre légèrement rebondi de la Cambodgienne qui a peut-être mal au cœur de la situation. Ils discutent tous les deux. Le docteur Mohammed se confie à son assistante comme pour se délester d'une trop lourde responsabilité.

Ils glosent, se demandent si tel antibiotique ajouté au premier... Satanée faiblesse généralisée! Et maintenant la rate qui déborde de mes côtes, que je sens encore, six minutes après sa palpation profonde, qui pulse une espèce de douleur sourde jusqu'à mon nombril. Il n'avait pourtant pas la main si gauche, le Pakistanais! Il continue de m'inspirer confiance. Mais faut-il toujours qu'un patient se mette à faire des suggestions à son chirurgien sur la manière de procéder à l'excision d'un appendice? Elle n'est pas sur la gauche, l'appendicite, anatomiste aux limites de ses compétences! Elle devrait plutôt être tout près de mon aine droite, cher chirurgien qui a pratiqué à Bénarès en se servant de gants plus ou moins stériles sous des scialytiques datant de la dernière Guerre mondiale. En plus, sachez-le, je n'en ai plus, d'appendice, on me l'a enlevé quand j'avais treize ans et très mal au ventre. Mon père, à mon chevet, montrait certains airs d'inquiétude... Je lui avais demandé si je mourrais de cette crise. Il m'avait répondu que non, tout irait pour le mieux, je ne mourrais pas. Lorsque le chirurgien était venu pour m'expliquer les choses, je n'avais plus peur. Mon petit papa m'avait rassuré. Dieu ait son âme! Dieu que je l'ai aimé, ce père, ce jour-là en particulier, quand il a su me redonner du courage. Docteur Mohammed, rassurez-moi donc plutôt que de potasser mon dossier tenu en laisse par la belle enceinte de Cadix, autre bourg voisin de Phnom-Penh. «Oui, euh... Je nous donne vingt-quatre heures... Si d'ici là vous n'êtes pas mieux, nous n'aurons plus le choix: transfert!» Le docteur lanceur d'ultimatums sort avec sa suite pleine de poupons guillerets en me laissant avec mes trois amis déconfits. Je me sens plus que fatigué. Amélie retire sa petite culotte et me fait la danse des prêteuses sur gage de la planète Éros. Je grimpe sur une table où dix grosses bouteilles de bière dansent en cadence. La caissière populaire la plus compréhensive du monde entier se déhanche pour moi et nous fêtons ma délivrance. Fou party à des années-lumière de ma chambrette privée. Je dois reprendre des forces au plus sacrant si je ne veux pas être télétransporté à Katmandou. Mais pourquoi est-ce que je n'y tiens pas, à ce transfert dans la capitale ? À cause de ces bonnes bouilles de bonnes bouilles de Népalais acoquinés qui attendent ma guérison pour me parler encore de leur désir de fuir leur pays pauvre ? Peut-être... Je suis si mou... Rumba et salsa chaude avec Amélie qui n'a plus rien d'une financière, qui a lancé ses lunettes sur le bar, qui se trémousse à côté d'un juke-box en faisant des signes séduisants avec un index vibratoire qui m'attire au sommet d'un petit Everest de musique disco en Asie centrale, avec bouzoukis, han ! han ! han ! et galopades érotico-délirantes, les pectoraux enflammés. Je suis le grand Moghol qui s'est fait piéger par une midinette dans la steppe, un chef azari surexcité par la reine des étoiles. Tout s'embrouille ! Amélie ma caissière a des marques sur les fesses. Elle me présente son postérieur qu'elle a bien rond et rouge et chaud et BANG ! tout explose !

⟨⟨⟨

Je me réveille alors qu'Absam ramasse une lampe qui a éclaté. Je suis encore dans les vapeurs de l'état postconvulsif. Absam paraît consterné. Arpita et Shiva ne sont plus là... Mais les revoilà, à la course, tirant par la manche ma Cambodgienne bien-aimée qui accouchera prématurément si elle continue de courir de cette façon ! On m'a enfoncé de force un bâton entre les dents. Mais quoi ? On n'est pas à Abou Ghraïb, tout de même ! Pas de torture, ici! Mon infirmière adorée confirme que la convulsion est terminée. Juste une crisette. J'ai donc récidivé dans l'épilepsie! Je savais que l'imagination débridée pouvait altérer les fonctions supérieures, mais à ce point! Quand ce n'est pas un délire mystique au sommet du Mont-Saint-Michel, c'est une banquière aux seins altiers qui me fait convulser. Ah, là, là! Je suis bon pour Katmandou.

7

Le docteur Mohammed arrive au galop, tout à fait préoccupé par les mille et une complications qui s'additionnent dans mon cas, un cas qui s'avère de plus en plus complexe, qui mérite, selon lui, des éclairages étrangers, des lumières katmandouines, les intelligences d'un spécialiste de la capitale. Le Pakistanais n'est tout de même que généraliste, et avec toutes ces crises et faiblesses et folies que je démontre... Passons à l'acte avant que notre patient ne quitte ce beau monde! Ses fils viendront-ils accompagnés par certains amis des Hells Angels du chapitre de Laval-des-Rapides armés de bâtons de baseball pour montrer au propriétaire-clinicien ce qu'est la loi de l'Omerta chez les Occidentaux en colère? Je sens que le cerveau de mon docteur ébullitionne. Je voudrais le rassurer, lui dire que personne ne lui en voudra, même s'il ne sauve pas ma vie. Dans ma famille, nous ne sommes tout de même pas des barbares! D'ailleurs, élément fondamental, nous n'avons aucun argent pour tenter la plus mini-poursuite contre lui ou sa clinique. Il n'a donc qu'à relaxer, à me laisser casser ses lampes, crise après crise. Quant à ce transfert, je n'en veux pas! Je suis bien, ici, entouré de l'amour infini de mes amis, choyé par mon Bouddha gras qui ne rigole pas pour l'instant, à cause des diableries de mes comportements maladifs, mais qui se remettra sûrement bientôt à faire de belles grimaces. Ly-Haï de Phnom-Penh bat des cils pour m'aérer le front. Elle m'a soufflé son beau prénom fleuri dans l'oreille alors qu'elle me retirait le bâton d'entre les dents, me libérant des actions trop intempestives de Shiva l'apprenti infirmier. Sacré guide ! plus habile dans les montagnes népalaises que comme réanimateur ! Mais je les aime tellement, lui et sa femme et Absam et la mémé réincarnation de la Poune qui viendra probablement ramasser tout le gâchis que j'ai créé, les morceaux de porcelaine éclatée, l'ampoule de trente watts mise en miettes. Ma cervelle doit d'ailleurs commencer à ressembler à cette ampoule. « Il faut le transférer ! » s'exclame le docteur Mohammed en guise de verdict final. Mais il ne m'écoute pas ! Il est vrai que je ne suis plus capable de prononcer deux mots cohérents d'affilée. Mais mon thérapeute n'a rien saisi de mes états d'âme ! Médecin nerveux qui se préoccupe plus de sa survie légale que de mon âme ramollie ! Il m'envoie ailleurs plus par peur que par incompétence. Vous êtes bien capable de me soigner encore un peu, *herr doktor...* Il ordonne qu'on m'administre un nouveau médicament pour empêcher une récidive d'épilepsie qui aurait pour effet désastreux, selon lui, de me faire sortir six cents grammes de matière grise par le nez. Il y a toujours des limites à ce qu'un corps peut endurer pendant une convulsion ! Sait-il que mes crises sont associées à d'extraordinaires rêves et fantasmagories de belles aux courbes nirvaniques qui se trémoussent près d'un juke-box enrobé de sirop d'érable ? Une petite pilule, un petit granule ! Les médecins du monde entier se ressemblent comme jamais, ces années-ci, de l'Occident à l'Orient, libérés des contraintes de l'acupuncture dogmatique, du chamanisme ou de la médecine ayurvédique. Tous, ils croient foncièrement aux vertus des médicaments biochimiquement actifs et mis sur le marché par des scientifiques pour empêcher les éclatements de soleils subarctiques dans le crâne des épileptiques. Et ça fonctionne! Mon docteur veut mon bien, c'est évident. Il s'en fait pour moi. Il ne sait peut-être plus trop à quel dieu se brancher, mais il cherche à m'aider. Voilà ce qui compte! Mais je n'en veux pas de ce transfert dans la cacophonie urbaine de Katmandou l'hyper polluée! Demandez de l'aide à un autre disciple de Mahomet, cher docteur Mohammed! Peut-être que ce soir, pendant votre prière à la mosquée, vous trouverez une nouvelle manière de me calmer les nerfs et la boîte à circuits sans m'envoyer dans les bras d'un Abdullah que je ne connais pas. En prière, humblement agenouillé, on trouve parfois la solution aux pires problèmes. Et puis, ce prénom, Abdullah, ne me dit rien de bon… Quand j'étais jeune, à la télé, lors des matchs de lutte, il y avait un monstre qui se faisait appeler «Abdullah the Butcher»… Est-ce que j'ai envie qu'il m'enfonce son poing dans ma zone de spleen, cet amateur de la prise de l'ours? Est-ce que j'ai envie, moi, avec ma peau moite, avec ma cervelle aux réelles capacités érotiques, avec ma psyché connectée à l'Absolu de l'autre côté du Big Bang, avec ma conscience qui n'est rien quand on la compare à la mer vivante d'images et d'impressions qui sont capables de me faire atteindre l'éternité, est-ce que j'ai envie de changer le rythme de mes hallucinations voluptueuses? Pas du tout! Je le répète dans ma tête enflée: pas du tout! Que mille alterégounes en bobettes m'apparaissent à cet instant même et j'accepterai que d'autres convulsions me fracassent les tibias! Vaut mille fois mieux la folie des rêves érotiques qu'un transfert trop réaliste vers une capitale dont on ne veut rien savoir.

Maman! Elle entre tout à coup dans ma chambre déjà remplie d'amis renfrognés. Elle a l'œil vif, la mamie, même si elle paraît plus vieille que la croûte terrestre, une croûte frappée par cent milliards de ridelles, ridules et rideaux froissés. La réincarnation de la Poune s'approche à petits pas rapides, sans balai ni guenille. De toute évidence, elle ne vient pas nettoyer les morceaux de verre éparpillés. Elle me tend un petit verre de plastique en souriant. « Pang-Lassi », chuchote-t-elle comme pour empêcher une réaction trop vive de la part de mes amis qui gardent la mine basse. Ma maman à moi m'offre le sirop de la guérison! Je n'ai rien à lui refuser. J'ouvre tout grand la bouche. Elle verse. J'avale d'un trait. Absam lâche un cri qui serait un sacre en québécois. Ma Poune veut-elle me tuer? Mais non! Ce n'est pourtant pas ce que mes amis et mon docteur laissent voir. *Manu militari*, ou presque, ils éjectent la petite vieille hors de la chambre. Ly-Haï tente de me faire régurgiter la potion magique en utilisant encore une fois le satané bâton de bois. Arpita, bouche bée, pâlit. Grimpé sur mon lit, Absam a l'air d'un gars qui va me secouer pour me faire vomir. Le médecin donne des ordres, mais j'ai tout ingurgité! La Poune est LA thaumaturge! Jamais une Poune d'amour n'aurait laissé tomber son fils! Ma mère réincarnée a concocté un puissant filtre magique dans sa chaumière décorée de fils d'araignées au cœur de la forêt profonde. Des belles sans petites culottes me collent au visage des senteurs qui sentent meilleur que les roses les plus rosies de tous les jardins d'Éden. « PANG-LASSI! » articule Arpita comme si c'était une formule chamanique capable de faire ouvrir les portes de la caverne d'Ali Baba. Est-ce que je suis en train de me transformer en éléphant volant rose bonbon? C'est quoi au juste, du Pang-Lassi? Je hoquète… Je viens de boire une espèce de milk-shake qui avait un fort goût de yogourt, du yogourt qui aurait passé quatre mois dans un frigidaire débranché, mais c'était

dé-lec-ta-ble! Qu'attendez-vous pour vous détendre, chers
amis? Pensez-vous qu'une nouvelle crise d'épilepsie me
donnera des pouvoirs qui feraient qu'un super-héros, à
côté de moi, aurait l'air d'un bricoleur, d'un fumiste, d'un
comédien? BANG-LASSI! tonne le moine. BANG-BANG-
LASSI! renchérit le bon docteur. C'est qu'ils en ont vu
d'autres, les disciples de la Lumière et d'Esculape réunis.
Pourtant, cette fois, ça semble le boutte du boutte. BANG
ou PANG? Faut se faire une idée et avoir le mot juste,
chers Népalais plutôt faibles en linguistique, sémantique,
onomastique et autres tics nerveux! Mon esprit vibre et
vire à la vitesse du son, produit un BANG! qui m'éclate
les tympans et accélère! WHOU! Des mains soyeuses me
courent le long de la nuque et descendent jusqu'à mes
deux fesses molles. Quatorze femmes fatales me caressent
les lobes d'oreille, formant une chorale de sopranos en
extase qui entonnent d'une même voix l'Hymne à Lajoie,
un type qui composait dans la cave de son bungalow de La
Prairie des chefs-d'œuvre pendant que ses enfants s'amusaient dans la piscine à vagues voisine. Doux chant, parmi
les plus suaves que j'aie pu entendre dans toute ma vie.
La musique change subitement. Le chœur des jeunes filles
amorce un passage langoureux tiré de la *Passion selon saint
Jean* de Jean-Sébastien Bach. Cette musique, j'en fais partie. Je suis dedans comme elle se trouvait dans le cosmos
du XIe ou du XIIe siècle, bien longtemps avant que le can-
tor de Leipzig la saisisse au bond et nous en fasse profiter, à nous, mortels ignares qui ne connaissons que bien
peu de chose des grandes lois de la composition musicale.
Mais ce n'est pas parce qu'on n'est pas muni du même
bagage génétique qu'un génie de l'orgue qu'on doit rester insensible à la musique cosmique! Les hymnes de la
Passion selon saint Jean, ça flotte dans l'éther, ça se meut

de galaxie en galaxie jusqu'à ce que ça tombe sous les sens. Je le jure, j'entends parfaitement une musique livrée par Bach, mais qui existait bien avant que ce père de tant d'enfants musiciens ne la compose. Mes sopranos flottent dans l'air en faisant battre leurs paires d'ailes comme si elles avaient été conçues par la même aïeule libellule. Elles me tournent autour en continuant leur chant, ce qui me fait jouir comme jamais je n'ai joui dans ma vie. Vais-je passer l'arme à gauche? Mon cœur s'ébroue dans la mélasse. Une indicible émotion attend d'être nommée. La joie, la grande joie qui m'exalte me retire toute espèce d'anxiété. Je tente de saisir au vol l'une des sopranos pour me l'approprier plus intimement. Une de ces quatorze nymphettes voudrait-elle m'accompagner *in æternam* et me chantonner toutes les cantates de Bach, toutes, en plus des oratorios de Noël, des Messes en si bémol et des «Donnez-moi des roses» de Fernand Gignac? Ah! sopranos, voix que les divinités de l'Olympe elles-mêmes n'arriveraient pas à copier! Mes accès au ciel, mieux que le ciel, mes portes d'entrée dans le centre gonadique de toutes les étoiles chavirées de l'Univers: vos harmoniques me ravissent! Une joie d'outre-tombe naît de mon occiput pour se répandre jusque dans mon ventre, jusqu'à mon sexe qui se met lui-même à chanter en prenant une voix de baryton.

Deux chanteuses foncent en piqué en direction de mon entrejambe. Vont-elles y faire un atterrissage de kamikaze? Je les attends en pleurant. Mais les agaçantes remontent en flèche pour rejoindre les autres. Je n'ai que des certitudes absolues en cet instant béni de ma vie. La musique a été créée par l'Amour cosmique. Une sensuelle religion, la plus universelle qui soit, nous étreint. Les *sol* et les *la* m'excitent. Cette ligne mélodique est à moi, en moi, sur moi, autour de moi, tout à moi. Que je m'envole à mon tour, métamorphosé en sopranino colorature ! Que ma voix reste le seul éclat de ma vie ! J'aurai tout compris, tout vécu, tout joui. J'éclate !

≈

Quand je reprends conscience, une petite foule rassemblée dans mes alentours s'affaire avec un tube de caoutchouc destiné à ma gorge. On cherche à me délivrer du Pang-Bang-Lassi. Mais cette mixture est sans contredit la drogue de la joie. Ma Poune m'a fourni une arme neuve. Ma carcasse délire autour de son oreiller. Deux sopranos chantent à l'unisson. On les croirait des jumelles identiques ! La plus coquine d'entre elles fonce à nouveau vers mon sexe qui se dresse, la luette à l'air, prêt à hurler un nouveau contre-ut dont seul un haute-contre est normalement capable. Mais qui parle de normalité ? « Pourquoi apprendre à jouer de la cithare puisque tu vas mourir ? » demandait-on à Socrate qui aimait troubler la galerie des notables qui, excédés, finirent par le forcer à boire la ciguë. « Pour jouer de la cithare avant de mourir ! » répondit le philosophe qui savait tourner en dérision même les demandes les plus inquisitrices. Quelqu'un pourrait me demander : « Pourquoi chanter avec une voix de crapaud mal léché puisque tu vas mourir ? » Je répondrais : « Parce qu'il n'y a pas de mort possible quand on chante entouré d'elfes pareils ! » Un *Stabat mater non dolorosa* m'entre dans l'oreille droite. Les belles zèbrent mon ciel. C'est l'apothéose, le grand cirque, PANG BANG ! J'entends quelques mots en provenance de la réalité de ma chambre, puis un *Sanctus Sanctus* magistral. La Mère Marie se crucifie elle-même pour enlever un peu de souffrance à son fils déchu. Elle n'est pas loin, la Poune d'amour éjectée de ma chambre. Je l'imagine, au bout du couloir, un peu nerveuse, donnant l'impression d'avoir vieilli de mille ans, avec des rides plus profondes que celles de Nefertiti dans son sarcophage. Mais elle chante à sa manière, ma Poune. Son âme d'enfant entonne la suite du *Stabat Mater lacrimosa*. Les larmes du monde tombent sur la tête d'un fils qui n'a qu'à bien se tenir. La résurrection est là, toute proche, à portée de glande lacrymale. Merci ma mère, cœur en or, grande réparatrice de salle de bains souillée. Merci de ce Pang-Bang-Lassi miraculeux.

J'entrevois comme dans un rêve, mais ce n'est pas un rêve, mes amis qui s'échinent autour de moi. Je me bats pour empêcher le gros tube de caoutchouc d'être poussé plus loin dans ma gorge. Soudain, j'aperçois le monstre aviné qui tire par les cheveux ma mère elle-même. Un gros centurion vient d'attraper par le chignon Véronique, la sœur de Marie-Madeleine, pendant la Passion du fils magané. Il la traîne en lui arrachant des cheveux parce qu'il l'a prise en flagrant délit de non-culpabilité dans le fond du couloir. Il passait par là, l'orthopédiste avec la langue plus scrotale que jamais. Il l'a attrapée tandis qu'elle surveillait de loin le résultat de ses bienfaits sur ma personne. Jabba the Hutt, le dégoulinant pustuleux, est prêt à casser un bras à ma sauveteuse. Heureusement que le docteur Mohammed calme les ardeurs de son confrère en lui intimant l'ordre de lâcher prise, ce qui vaut une fuite immédiate de la mémé qui court bien plus vite que ses rides.

Le chœur des *bellissimas* chante de plus belle, mais je les entends de moins en moins. Je quitte la zone des sphères célestes pour revenir à la réalité. C'est le grand brouhaha, à Pokhara, autour de moi. Le sinistre spécialiste des os cassés discute ferme en postillonnant des écœuranteries en direction du bon docteur Mohammed à propos de la frotteuse de planchers qu'il faudra assurément mettre dehors parce qu'il est hors de question qu'elle apporte encore à quelque patient de leur clinique privée des décoctions et autres boissons de sorcière. Qu'on cesse cet «astinage» enfantin! Je vais mieux, espèce de pervers polymorphe abuseur de poignet fracturé. Ta gueule! Ce breuvage m'a ragaillardi! Mon docteur le remarque, c'est du moins ce que je souhaite. Je vais tenter de sauter en bas de mon lit. Attendez, je lève un genou, puis l'autre. Mes draps bougent… Mon docteur est content. Pourtant, il ne change pas d'idée. Dans quelques heures, ce sera l'avion en direction de Katmandou! J'ouvre la bouche pour m'exprimer. On a décidé de laisser tomber le lavage d'estomac. L'après-convulsion ou les effets secondaires du Pang-Lassi me rendent amorphe. Je veux dire quelque chose. Des bulles de yogourt me pètent entre les dents. Bulles de guérison! Regardez, mes amis, mes intestins se refont une santé à vue d'œil! Cette potion m'a transformé en Assurancetourix. Laissez-moi vous entonner la mélodie du bonheur à la sauce Bozo les culottes, une partie chantée sur les pentes fleuries de l'Autriche de l'Anschluss et l'autre sur la pointe ouest de l'île de Félix Leclerc le poète! On s'assoit en créant un demi-cercle, les aminches, on pose ses foufounes d'amour par terre, on se calme, on joue au zen et aux dames, et une fois tout le monde tranquillisé, je vous envoûte d'une tite toune bien de chez nous. Même l'*horribilis* tombera sous le charme, obligé d'accepter qu'une vieille au service de la propreté reste en poste, considérant qu'elle est sans conteste meilleure médecin que lui. Les blés sont mûrs et mon lit est mouillé… (sur un air connu). Je retrouve mes forces!

Absam bénit la foule en faisant plusieurs signes de croix. Mais c'est quoi, cet homme? Un bouddhiste converti aux manifestations chrétiennes de la bénédiction paternelle du jour de l'An? Absam me bénit, comme s'il avait été à la petite école avec Jean-Paul II. Ah, le bougre de farceur! Arpita en remet et le bénit à son tour. Il n'y a que le docteur Mohammed qui ne les trouve pas drôles, qui a probablement bien d'autres patients à sauver des intoxications, du choléra, de la misère et de la petite vérole. Il tourne les talons, suivi par le monstre orthopédiste qui a encore des récriminations à lui faire. Si j'étais le boss de cette clinique, c'est ce zigue-là que je mettrais dehors, séance tenante! Pas la vieille Poune qui est partie se cacher dans une penderie et qui n'attend que le moment opportun pour réapparaître à mon chevet avec un cigare bourré de haschisch ou une pleine poubelle remplie d'opium bon marché! Qu'on la laisse sauver le peuple et bibi votre serviteur qui reprend du grand poil frisé de la Bête!

Je reviens de loin. J'ai dans l'œil la lumière du sauvé, l'étincelle de la résurrection, l'éclat de celui qui a vu ce que personne d'autre n'a pu voir. La belle Ly-Haï roulée à l'impériale me tapote une menotte, contente que j'aie réintégré le monde des vivants et des bien-pensants. Elle a eu peur, elle aussi. Serait-elle amoureuse de ma personne? Ben non, elle est enceinte jusqu'aux oreilles, et son amoureux d'origine thaï l'aime probablement avec des yeux perpétuellement embués, mais c'est comme ça, dans l'esprit des grands malades : il s'agit d'un peu d'attention, d'une minute de compassion souriante pour qu'ils s'imaginent un Grand Rut d'éternité avec l'infirmière de leur vie. Ly-Haï dit qu'elle doit préparer mon transfert, en avion ou en ambulance, elle ne sait trop. Elle doute que des avions partent aussi vite que l'a commandé le docteur Mohammed, et puis, elle sait que ça coûte la peau des fesses, une location de bimoteur entre Pokhara et Katmandou, tandis qu'un bon vieil autobus un peu cabossé, sur deux cents kilomètres, ou même une camionnette transformée en ambulance de brousse… Qui suis-je pour oser résister ? Je voudrais toutefois qu'ils comprennent, Arpita et Shiva et Absam et la Cambodgienne la plus sensuelle de la constellation du Bélier, que je n'ai plus besoin d'un transfert ni même de nouveaux médicaments. Je ne convulserai plus, parole de scout, le pouce recouvrant le petit doigt faiblard, parole de malade en rémission, je le sens, ce Pang-Lassi m'a totalement rasséréné. Mais la décision est prise. Shiva et Arpita disent qu'ils veulent m'accompagner s'ils n'ont pas à défrayer les coûts de leur transport. Arpita a un cousin qui habite en banlieue de Katmandou. Ils pourraient loger chez lui. Il est forgeron ou quelque chose comme ça. Mes amis ne veulent pas m'abandonner. Je ne peux vous mettre dans mes poches pour une immigration illégale, ai-je envie de leur dire. Mais qu'est-ce qui me prend ? Ils sont purs comme de l'eau de source, ces deux Népalais ! Je pense qu'ils n'ont pas d'autres idées derrière la tête que d'aider le malade que je suis. Ils ne pensent à rien d'autre qu'à mon bien. Dieu qu'ils prennent ma vie à cœur ! Quant à Absam… A-t-il de nouvelles âmes mourantes à consoler dans d'autres cliniques de Pokhara ou d'ailleurs ? Il ne semble pas vouloir être de l'excursion. Juste avant qu'elle ne quitte ma chambre, je redemande à Ly-Haï le foutu téléphone portable qu'elle devrait accrocher à ma bavette pour que je cesse de le quémander. Je veux appeler mes fils pour coordonner leur arrivée à Katmandou-les-gros-loups. Qu'ils me ramènent dans une bière ou dans une urne, mais qu'ils me ramènent à la maison, même si cette maison est sise dans un environnement criblé de Walmart fondés en Alabama où Noël est la fête de la grande consommation mondiale !

Allô, mon garçon, je vais mieux, une mémé guérisseuse habituée aux tours de passe-passe vaudous est venue me verser dans le gorgoton une potion qui m'a fait pousser une moustache blonde et des tresses de Gaulois. Je pète le feu et mon intestin est plus tranquille que jamais! Allô, mon fils? Quoi? Tu fais déjà tes bagages?

On part, petit papa Noël des Walmart en furie. On se réunit dans Morial la centrale. On prendra bientôt un Airbus en direction de Bangkok, puis de Katmandou. Tout s'arrange. Mon frérot a trouvé du fric chez un commerçant de bicyclettes usagées. Il lui a vendu son vélo de montagne tout en titane et il a pu payer une partie de son billet. La gérante de la Caisse populaire nous a dit qu'elle t'aimait beaucoup, que votre mariage était organisé et que vous comptiez convoler en justes noces à ton retour. C'est une de tes fans, mon papa. Quelques billets verts ont virevolté dans la bonne direction, c'est-à-dire dans nos poches, mais tout de suite vidées pour le paiement des tickets. Nous prenons Air Granada pour flyer au-dessus de la moitié de la boule bleue. Nous te rejoignons donc. Tu seras où? Tu ne sais pas? On t'envoie à Katmandou? Tu ne seras donc plus à Pokhara? Quoi? Parle plus fort, la ligne est brouillée. La téléphoniste se fait cuire des œufs au bacon... Quoi? *Népal plus fort...* Tu dis que tu laisseras un message sur ma boîte vocale pour m'indiquer à quelle clinique de Katmandou tu as fini par aboutir? Mais à Pokhara, ils sauront bien où ils t'ont expédié? Nous leur téléphonerons. T'inquiète pas, petit papa pas de pets, nous te trouverons. Nous avons vingt ans et le Népal n'est pas si grand. Guéris encore un peu pour être capable de parler plus fort la prochaine fois. Je te laisse. Il y a un taxi avec une chauffeuse aux lèvres avenantes qui m'attend en bas de l'escalier. Je dois m'acheter quelques babioles de dernière minute, dont un sac à dos neuf parce que le mien a été mangé par les mites. Tu crois que nous pourrons faire un ou deux treks quand tu seras en sécurité ? Tant qu'à nous rendre au Népal, pourquoi ne pas faire d'une pierre deux ou trois coups ? Mon frère aime tâter des hauts sommets, tu le sais ! Ça nous excite passablement, lui et moi, de partir en grand sauvetage de l'émule de Cousteau le plongeur des sept mers. Car notre papa, c'est le montagnard des sept continents ! Il n'est pas allé bien loin cette fois-ci, mais ce n'est que partie remise, n'est-ce pas ? Je suis content que tu reprennes des forces. Tu nous présenteras ta mémé magique. J'ai une amie qui a une verrue qui lui complique la vie depuis onze ans, entre les deux derniers orteils du pied gauche... peut-être que la prêtresse vaudou aurait une pommade miraculeuse à lui proposer... Je blague. Je t'aime, mon papa. Bon voyage vers Katmandou. Bisou.

Hou ! J'ai la gorge prise dans un motton de laine, dans un paquet de fil à pêche indémêlable. J'ai le cœur comme une pizza qui se serait fait bardasser dans sa boîte à l'envers un samedi soir de party du jour de l'An. Cher fils sauveur du monde et de mes intestins malades ! Cher amour qui comprend tout, qui montre à son père plus de force intelligente que tous les paternels fatigués de la vie réunis !

Ly-Haï revient dans ma chambre tout excitée pour me dire qu'elle est mandatée par son directeur pour m'accompagner vers la capitale. Elle s'est maquillée les cils qu'elle a plus faramineux que jamais. Il me semble qu'elle a appliqué du pourpre sur ses joues, à moins que ce soient les courses folles dans les corridors de la clinique qui lui donnent de si affriolantes couleurs. Elle est heureuse d'aller passer quelques jours dans les rues d'une autre ville du Népal. Je fais donc le bonheur de tout le monde. Elle me dit que nous ne partirons pas en avion : trop onéreux.

De toute manière, il n'y a aucun aéronef disponible pour l'instant. Le docteur a réfléchi. Il juge que je peux survivre dans une boîte de camion, dans la mesure où je me coucherai sur un matelas et qu'une bâche recouvrira nos têtes. Arpita et Shiva seront de la partie. Ils sont allés préparer leurs bagages, deux petits sacs de plastique contenant leurs effets personnels, tout ce qu'ils ont accumulé depuis treize ans. La pauvreté matérielle n'a pas que des défauts : quand vient le temps d'un départ, tout peut être prêt en vingt secondes ! Youhou ! J'entrevois tout à coup Katmandou d'un autre œil. Mes fils s'y poseront dans quelques jours, une semaine tout au plus, je l'espère, je prie, je le sens… je ne sais plus. Je sais par contre que mon état n'a jamais été aussi bon depuis des lustres. Pang-Lassi bénit, il me faut cette recette à tout prix ! Je m'ouvre un magasin au coin de Saint-Denis et de Mont-Royal dans Morial la grisonnante et je fais fortune en revigorant les Montréalais qui sont rongés par deux ou trois cancers en phase terminale. *O fortuna !* Commerce illicite du Pang-Lassi qui finira par remplacer le Coca-Cola. C'est comme ça, l'*American Dream* : on arrive dans un pays avec vingt dollars, mais la tête bourrée de bonnes idées. On travaille dur, on persévère, et après deux ou trois décennies, on devient le Warren Buffet de la liqueur magistrale, le King de la bouteille ambrée à 19,95 $, l'inventeur du profit à grande échelle. Au-dessus de son bureau ovale au cent quarantième étage d'une *Tower* sise dans New York la Grosse Pomme, on place bien en vue le portrait de la mémé du siècle à qui on a acheté son produit pour 10 dollars. Capitaliste ! Rêveur invétéré ! C'est comme ça qu'ça passe quand on vit l'*American Dream*… Mais pourrais-je jamais faire un coup pareil à ma sauveteuse ? Non ! Je la nomme plutôt présidente de la division asiate de l'entreprise panglassienne la plus profitable du monde. Elle fonde un petit village de Népalais heureux sur une île paradisiaque du Pacifique Sud que nous avons acquise grâce à nos profits faramineux. Et la maman la Poune n'est plus jamais obligée de passer le balai. Qu'est-ce qu'elle fait sur son île dorée où elle finit par prendre sa retraite? Elle se nourrit de bains de soleil, elle boit des daiquiris, elle reluque les serveurs en string qui lui apportent des boissons de plus en plus enivrantes, puis elle finit par déprimer, ses rides devenues plus profondes que les canyons du Colorado. Donc, que fait-elle sur son île de noix de coco et d'inaccessibles éphèbes? Elle a le cafard. Elle se meurt d'ennui parce que sa vie heureuse à elle, c'était de frotter les salles de bains d'une clinique pleine de malades étrangers tout en cherchant les moyens de mettre en évidence ses talents de guérisseuse. Mais peut-être que cette potion n'était que du banal yogourt? Peut-être que c'est un effet placebo qui m'a remis sur pied, l'effet placebo proportionnel à l'amour d'une mémé-réincarnation de la Poune?

Laissez-moi enfiler tout seul ces pantalons qui sont les miens, chère nurse. Je crois que j'en ai la force. Je me lève. Oh l'étourdissement! J'ai été malade trop longtemps. Laissez-moi m'appuyer sur votre épaule qui sent bon, qui embaume le savon et le parfum d'ylang-ylang, chère beauté tragique! Savez-vous que vous n'avez qu'à exister pour améliorer la qualité de vie de vos malades? Je laisse tomber mon nez dans votre cou, histoire de vous humer à fond. Doux, doux, doux. Je me recouche en attendant les brancardiers. Partons! la mer est glorieuse!

8

Je ne me souvenais pas que la rue pouvait sentir si bon. Peut-être pas les fleurs ou le parfum de nurse adorée, peut-être pas l'ylang-ylang ou la fragrance des chevaliers de la nuit, mais bon, la senteur de la rue est vivifiante, roborative, bonne comme les yeux ronds de ces deux gamins qui jouent avec des pierres polies sur le côté du chemin. Ils me regardent. Je suis peu fier de ne pas être debout. J'aurais voulu marcher jusqu'à la pseudo-ambulance pour bien montrer à la face du monde que le Pang-Lassi a vraiment des vertus miraculeuses. Mais il y avait des limites à me servir de la nuque embaumée de mon infirmière adorée pour rester à la verticale. Recouché presto, on m'a ensuite étendu sur la civière qui est actuellement transportée par un jeune homme que je ne connais pas, jardinier de la clinique, je crois, parce qu'une espèce de sécateur pend de sa poche arrière gauche, et par Shiva aux puissants biceps. Ils me charroient jusqu'au véhicule stationné devant la porte de la clinique. Les gamins pensent-ils : « Un autre étranger transféré dans la capitale ? » Ou ne pensent-ils rien ? Ils me dévisagent avec gentillesse. Ce qui m'émeut, c'est la candeur dans leurs prunelles. Ils s'amusaient tout simplement, accroupis dans la poussière, avec des pierres qui ne coûtent tellement rien qu'elles sont plus utiles pour les joies de l'imagination que tous les jouets créés dans tous les

ateliers malais ou taïwanais de la planète. Avec des pierres
pareilles, les petits garçons s'inventent des guerres entre
Indiens et cow-boys, ou plutôt non, on n'est pas en France
ou en Italie, ici! Le Far West américain n'a pas eu tant
d'importance au Népal. Mais à quoi peuvent bien jouer
les gamins de neuf ou dix ans, à Pokhara, quand ils font
des bruits avec leur bouche en poussant des cailloux sur
les trottoirs de la Fifth Avenue? Mais les p'tits gars d'ici qui
ont du bonheur dans les yeux ne pensent pas à la Grosse
Pomme et à Mary Poppins sur Broadway. Alors, c'est
quoi, leurs références? *Star Wars* le film? Connaissent-ils
la bedaine de baleine bleue de Jabba the Hutt? Savent-ils
que le vrai monstre de l'histoire est un orthopédiste? Je me
rends compte que je ne connais rien de l'esprit joueur des
gamins du Népal, non, rien de rien, et je regrette ce rien.
Je suis un cancre de la petite enfance népalaise. J'aurais dû
pousser mon enquête quand j'étais encore en santé plutôt
que de rêver escalader le Kala Pattar. Un beau matin de
printemps fleuri, je leur demanderai, à ces enfants de la
rue: «Hé, c'est quoi, pour vous, la joie de jouer, le paradis
des libertés?» Je le ferai, juré, craché! quand j'aurai repris
toute la fourrure de ma Bête, quand mes poils frisés se
seront redressés tout partout. J'irai m'accroupir sur le bord
d'un caniveau avec deux ou trois p'tits gars pour leur faire
comprendre que, malgré mes allures de vieillard, je suis
resté ti-cul moi aussi. Qu'ils me confient quelques secrets,
dans quel univers ils aiment faire avancer ou reculer leurs
cailloux transformés en chariot de feu ou en char d'assaut
américain envahissant l'Irak, l'Afghanistan ou la Chine
capitaliste du milieu du XXIe siècle.

Le chauffeur met en marche le vieux camion. Arpita
et la nurse mirifique prennent place à l'intérieur, sur la
banquette unique, tandis que Shiva reste derrière avec

moi, dans la boîte couverte par une bâche imperméable. Trip d'armée. Ma nurse m'a laissé un cathéter fiché dans l'avant-bras gauche, au cas où la convulsion généralisée me retournerait aux érotismes les plus délirants, dans les bras chauds de cent quatorze mille libellules cantatrices, et qu'on devrait me réinjecter une substance apaisante pour éteindre les grands feux de mon ciboulot transformé en loterie sexuelle. Sur le pas de la porte de la clinique, le bon docteur Mohammed a rassuré sa nurse collaboratrice en lui disant qu'à son avis, avec toutes les substances chimiques qui m'ont été administrées, il n'y a pas grand risque de récidive. Folie dans ma boîte crânienne quand les neurones font des flammèches et deviennent furax en s'entrechoquant, ce qui est loin d'être choquant si les hallucinations visuelles et olfactives me font découvrir des petites culottes d'ange à l'odeur de framboise céleste. Ah, que je convulserais encore un p'tit coup avant que le chauffeur n'embraye! Le docteur Mohammed m'a touché la main comme s'il voulait me la serrer, mais il ne l'a pas serrée, peut-être un peu gêné par cet ultime attouchement, parce que les relations entre soignant et patient se doivent de rester dans les limites des conventions professionnelles. Il m'a toutefois dit que tout allait bien se passer, puis il a viré de bord en direction de ses travaux, de son devoir et de ses malades de chaque jour.

Une grosse fumée noire nocive sort du tuyau d'échappement du camion et vient nous envelopper, Shiva et moi. Je perds de vue les deux gamins. Ils réapparaissent à mes pieds qui dépassent de la civière, qui leur sont accessibles parce que Shiva n'a pas encore rabattu le hayon. Le plus petit des deux me tapote le gros orteil, comme s'il était en train de décider de quelle manière il allait me chatouiller. L'autre tient dans chacune de ses menottes un caillou blanc, des fusées spatiales, des soucoupes volantes téléguidées par les forces de Darth Vador ou de Luke Skywalker. J'aimerais en savoir plus à propos du cœur des tout-petits qui ont la chemise déchirée et sale, mais qui chatouillent gentiment le gros orteil d'un étranger comme pour lui signifier : Tiens ! un orteil pareil à celui de mon grand-père, avec un oignon passablement enflé qui rend son pied difforme ! Pauvre papy qui boite à cause de son oignon géant. Le monsieur qui est couché là, dans le camion, il doit être comme mon aïeul, tout gentil puisque l'aïeul, parfois, il m'achète des bonbons. Bonjour, monsieur-malade ! nous espérons que votre camion ne s'abîmera pas après une grand-courbe dans une coulée profonde causée par un glissement de terrain.

Shiva rabat le hayon. Les gamins font deux pas en arrière et m'envoient la main. Je leur envoie la mienne. Mes doigts gourds jouent du piano en faussant, mais c'est toute une sonate de Chopin que ces enfants népalais entendent dans leur imagination en perpétuelle émotion, du Scarlatti hyper sophistiqué, du Rachmaninov de grand amphithéâtre, du Céline Dion tiré de son répertoire le plus las-végassien.

Le camion tourne le coin à basse vitesse. Qui est-ce qui bondit tout à coup dans la boîte, preste comme un lévrier, souple comme un jaguar, extensible comme une cuisse de kangourou ? Le gros Absam, qui a sûrement dû prendre des cours avancés de lévitation chez ses confrères tibétains pour être capable d'un tel bond, véritable exploit de saut en hauteur digne des Olympiques d'Athènes, lui qui a tout de même un sérieux excès de poids ! Dix centimètres au moins par-dessus la ridelle ! Absam me bénit, puis s'assoit à la Bouddha, tout méditant, un sourire en coin. Ah, le saltimbanque ! « Nous allons faire… faire un beau voyage, rien que nous deux, comme des amoureux… » (air connu).

Le camion accélère. J'aperçois trois jeunes filles qui se déhanchent avec une élégance rare, chacune étant chargée d'un grand seau coloré posé sur sa tête. L'ambulance de brousse les dépasse, ces trois belles en sari, leurs cheveux d'ébène tressés jusqu'au milieu du dos. Ce n'est pas de simples porteuses d'eau potable que j'admire, c'est Paris et la mode de Versace, c'est la grâce de la top modèle jamais dépassée dans aucune salle de bal. Tout à coup : stop ! Absam se cogne la tête contre une barre de fer. Shiva, déséquilibré, passe à un cheveu de me tomber sur le corps. Il s'excuse. Qui a-t-on écrasé ? Personne ! C'est la Poune elle-même qui bloque la route. D'un signe de tête, elle indique quelque chose au chauffeur qui semble parfaitement la reconnaître, qui descend de son siège et la prend dans ses bras pour la hisser près de moi. La Poune me pince gentiment une joue. En une fraction de seconde, je lis deux mille contes abracadabrants dans ses yeux qui sont des écrans de télévision haute-définition. La Poune d'Asie ne dit rien, se contentant de me signifier autrement que par la parole son amour infini. Je balbutie un merci, merci bien ! Elle me prend les mains et les joint, comme n'arrêtent pas de faire les Népalais quand ils prient ou veulent être polis, puis elle s'en retourne dans les bras du chauffeur qui la remet dans la poussière du chemin. Mais c'est qui, cette sacrée Poune de Pokhara ? Qu'est-ce qu'elle fabrique vraiment dans la vie ? Est-elle une fée, agissant au cœur de mon destin, une espèce de sorcière, mais une bonne sorcière de la famille des plus tendres, pas une sorcière avec un grand chapeau pointu et les dents pourries qui ricane en imaginant le pire pour ses victimes ? Ma sorcière bien-aimée, elle a beau avoir des rides de sécheresse pareilles à des craquelures du fin fond de cratère dans un désert de l'Arizona, elle est la bonté magnifiée. Elle s'est occupée de moi, comme si elle était parente avec le grand Mahatma Gandhi qui apaisa le sort du sous-continent indien pendant plusieurs décennies en déclarant que les grèves de la faim représentaient des moyens de contestation infiniment supérieurs aux bombes atomiques. Il me faudra cent dix soirées autour du feu pour raconter cela et personne ne me croira. La Poune disparaît de mon champ de vision, mais pas de mon cœur où elle restera pour l'éternité et même plus longtemps.

Le camion redécolle. Les trois jeunes filles aux seaux bleu, rouge et jaune qui nous ont dépassés se métamorphosent en larges sourires. N'est-ce pas la terre entière qui sourit en ce matin de départ ? Sourire de toute une ville qui me salue. Je guérirai, je guérirai, gentes dames et gentils conducteurs de camion, puis j'écrirai une histoire d'amour à votre sujet.

Deux vaches sacrées font du surplace avant de mouvoir avec lenteur leur postérieur maigre et carré, juste ce qu'il faut pour ne pas être écrasées. Le chauffeur ne donne aucun signe qu'il veut encore une fois ralentir. Shiva se penche vers moi et remet la couverture sur mes orteils qui refroidissaient. Dans quel autre pays du monde tant de gens s'occupent-ils avec une telle compassion des purs étrangers ? Sur quel continent les gens sont-ils capables de gentillesses apparemment aussi gratuites ? Faut-il n'avoir rien d'autre à faire pour si bien s'occuper des indigents ? Y a-t-il quelque chose que je ne comprends pas, à cause de mon innocence ? La bonté est-elle la conséquence de la pauvreté matérielle, tout simplement ? Dans l'affairement des jours, des semaines et des années, dans mon pays où tout est solidement planifié, une mamie tombée en pleine rue, l'hiver, c'est la catastrophe ! Oh, non ! pas une vieille épileptique qui s'est encore démanché une épaule en se barrant les pieds dans un motton glacé! Pas le temps de m'arrêter dans le trafic pour m'en occuper! J'ai les enfants à aller prendre à la garderie et l'épicerie à faire pour l'anniversaire de mononcle Paul! Aucun temps pour secourir une petite vieille qui refroidit dans la sloche. De toute manière, les pompiers volontaires vont bientôt se pointer. C'est organisé, ici, dans cette société de haut pragmatisme! Un monsieur qui passait de l'autre côté du chemin a tout de suite composé le 911. Les secours s'en viennent. Une vraie ambulance avec des ambulanciers patentés remplaceront les pompiers volontaires ou involontaires engagés ou non par la municipalité. Pourquoi se faire de la bile et stationner son auto bondée de paperasses, de colifichets, de contraventions impayées et de listes d'achats divers quand toute une équipe hautement mandatée par la société elle-même a été formée pour intervenir? Pas le temps, pas le temps! Jamais le temps dans les pays richissimes producteurs de pétrole et de biens manufacturés et de morosité profonde! Pas le temps de soigner des éclopés tombés au champ d'honneur en pleine sloche de mars! Tandis que chez les pauvres du Népal, où il faut parfois marcher deux bonnes heures pour simplement ramener un baquet d'eau à la maison, c'est différent. Mais certains de mes accompagnateurs n'ont-ils pas des idées de rentabilité et de charité bien ordonnée derrière la tête? Absam, le bonze, semble tout à fait libéré des contraintes de la vie domestique... Mais ne m'accompagne-t-il pas pour profiter d'un voyage gratos, pour aller baguenauder dans les ruelles de Katmandou? Et ces trois jeunes Népalaises à qui le chauffeur a lancé une plaisanterie d'allure grivoise... Souriaient-elles parce qu'au cœur de cette foutue pauvreté népalaise, si on ne possède pas le sourire, on ne possède rien, rien de rien?

Les dernières maisons de Pokhara s'effacent pour laisser place à de grands arbres bordant chaque côté de la route. La forêt devient plus dense. Des enfants et des jeunes filles aux longues tresses, porteurs de charges diverses, mais aussi des hommes qui tirent ou poussent des charrettes, vont et viennent entre les bœufs, les vaches, les ânes et les chèvres. Le chauffeur doit klaxonner à tout moment pour se frayer une voie. Plusieurs personnes nous saluent gaiement, comme si j'étais moi-même le Bonhomme Carnaval, comme si j'occupais le char allégorique le plus prestigieux. Salut Bonhomme! Salut Bonhomme! Je ne lève pas la patte bien haut, c'est vrai! Je n'ai pas de micro intégré dans mon casque à la coiffe rouge, c'est vrai! Je ne suis qu'un grabataire brassé par mille et un cahots, c'est encore plus vrai! Mais quel accueil, tout de même, et bien mieux que carnavalesque!

J'arrive à tout voir ce qui se passe autour de moi grâce à de larges espaces entre les planches à claire-voie des ridelles. Tout à coup, mes compagnons, assis l'un en face de l'autre, commencent à jouer aux cartes! Une partie de bridge, mon ami? Je ne connais à peu près rien aux cartes. D'ailleurs, les cartes asiates me semblent passablement différentes des cartes avec lesquelles jouait ma tante Georgianna, elle qui vouait un culte quasi religieux aux jeux du hasard et du samedi soir quand elle recevait mes parents avec une grosse bouteille de gin. Mon père me couchait sur le divan du salon tandis que, dans la cuisine, ça commençait très vite à hurler, à chanter, à déchanter et à sacrer, selon les bons ou mauvais coups des uns ou des autres. Je ne voyais rien, mais j'entendais tout du brouhaha, jusqu'à ce que mon père, qui n'aimait pas perdre, mais pas du tout, décide qu'il fallait que nous sacrions notre camp au plus sacrant! Ma mère rigolait.

Absam distribue les cartes comme un véritable croupier. Shiva paraît beaucoup moins virtuose dans l'art de bluffer. Je sens que mon guide va se faire plumer. Il n'y a pourtant aucune monnaie étalée au centre de la table imaginaire entre les deux joueurs qui se font face, hypnotisés par leurs cartes et le jeu, ce capteur d'angoisses humanoïdes. Il fait doux dans ce camion qui me secoue juste assez pour que j'aie envie de dormir. J'entends des voix, celles des gens que nous frôlons, qui forment des files sur le bord du chemin, des personnes de tous âges, des bébés encore au sein comme des vieillards qui avancent grâce à des cannes.

Les branches des arbres défilent comme dans un film. J'aimerais voir le ciel, mais la bâche me le cache en partie. Ça brasse moins maintenant. L'asphalte des alentours de Pokhara a été réparé. Ça deviendra beaucoup plus rude dans quelques kilomètres, si ma souvenance est bonne. Il y aura du rodéo. Je suis prêt. Je m'en vais rejoindre mes fils et je me sens mieux. Je pourrais m'asseoir si je le voulais. Arpita et Ly-Haï paraissent toujours en grande conversation dans le camion. Belles têtes népalaises. Quel bonheur, tout de même, d'être entouré de telle façon! Je m'endors. Je pars. Je rêve à qui, à quoi? À ma vie future en compagnie d'une bouddhiste aux hanches magnifiques qui me parlerait de philosophie et de réincarnation tout en me caressant l'hippocampe à grands coups d'iris incandescents? Attend-elle de moi le ciel et la lune tandis que j'attends d'être gratifié d'une douceur féminine nouvelle? Absam grommelle. Shiva siffle entre ses dents. J'ai cinq ans. Il s'agirait d'un cri suraigu de la part d'un de ces comparses pour que je sois transporté sur le divan de matante Georgianna dans mon pyjama à pattes. Il suffit d'un paquet de cartes, parfois, d'un peu d'imagination réactivée à partir d'un souvenir d'enfance et paf! c'est le retour dans les bras de son père pendant que sa mère rigole. Le bonheur…

Le bonheur est un mystère, quelque chose qui dépend du passé et de l'avenir, mais rarement identifiable au moment où ça se passe, à moins qu'on se trouve dans un état bien particulier, mourant ou tout à fait entraîné par certains préceptes comme ceux de Danny Lamothe, la célèbre réincarnation d'une des saintetés du Tibet bouddhiste, né à Saint-Tite-des-Caps, mais qui passa sa vie à commenter les rodéos de l'autre Saint-Tite : Oyez! Oyez! mesdames et messieurs! Voici le plus gros bœuf de l'Ouest qui vient de faire pirouetter un cow-boy de Shawinigan. Celui-ci a failli se rompre le cou en chutant dans la boue. Heureusement qu'il y avait de la boue! Des balles de golf signées par quelques politiciens véreux roulent dedans. Péniblement, le cow-boy se relève. Il a été ébranlé. Il cherche à reprendre les balles précieuses échappées de ses poches, histoire de sauver sa mémoire et sa réputation de renard machiavélique. Mais le gros bœuf de l'Ouest charge à nouveau, et à toute allure. Il s'en va bousculer le postérieur du cow-boy, l'encorner peut-être, ce qui pourrait être fatal. Oh, mesdames et messieurs, mais c'est Ti-Louis de Sainte-Béatrix qui sauve la situation grâce à son bronco lancé au grand galop. Il fait dévier la course du taureau et se rend jusque dans la constellation du lynx. Wô! foule en liesse! Danny Lamothe, votre commentateur du festival de Saint-Tite, vous rappelle que dans l'art du bonheur il y a tout un chapitre sur la manière d'échapper aux assauts des taureaux furieux! Et n'oubliez pas, ce n'est que le lendemain, ou le surlendemain, que tout un chacun se souvient du bonheur d'avoir pu récupérer d'un flip-flap arrière, la tête dans une bouse, après avoir été éjecté de l'épine dorsale d'un taureau de l'Ouest. Ah, l'art du bonheur…

Un nid-de-poule, plutôt un nid d'émeu ou de ptéro-dactyle, me fait planer à dix centimètres au-dessus de mon matelas. Je roule sur le plancher d'acier du camion qui penche dangereusement sur le côté. Les cartes s'affolent, se dispersent en tous sens. Les joueurs devront recommencer leur partie, mais ça ne fait rien. Ces joueurs-là ne sont pas compulsifs. Shiva m'aide à retourner à ma place. Il voit bien que je retrouve des forces. Je suis capable de me pousser moi-même. Même que je me lève ! Je ne m'en fais pas pour les innombrables trous dans la route. Nous nous sommes éloignés de Pokhara. Les marcheurs se font plus rares. Il fait beau. Debout sur mes pieds, je hurle les pre-mières mesures de *La Marseillaise*, puis choisis un hymne national moins violent, celui de l'ancienne Union sovié-tique. Vive les hockeyeurs victorieux alignés en sueur sur la ligne bleue ! Vive l'Armée rouge et les forces socialistes de la planète rebelle ! Je reste à la verticale, agrippé à une ridelle. Shiva et Absam ne font rien pour m'en empêcher, bien au contraire ! Voilà qu'ils entonnent avec moi quelques notes de mes hymnes nationalistes. Je respire à plein l'air et la poussière. Chanter me rassérène ! Je hurlerais bien l'hymne népalais, mais je ne le connais pas. J'entonne donc l'hymne américain. Pourquoi pas ! Le chauffeur freine subitement. Me voilà projeté dans les bras du gros Absam qui amortit tout. Qu'est-ce que c'est que cette conduite en état d'appa-rente ébriété ?

La pointe d'une kalachnikov brille devant nous. Shiva devient livide. Oups... Une armée nous entoure. Des petits hommes kakis, des guérilleros à la poitrine bar-dée de ceintures pleines de balles, avec des gueules plus ou moins patibulaires et chaussés de grosses bottes de cuir, nous tiennent en joue. Feu ! Finie l'histoire racontée par un délirant de premier ordre. Serons-nous victimes d'une machination, d'une interception, d'une arrestation? J'attends d'apercevoir l'étoile du béret du Che lui-même ou le profil de Fidel Castro fumant un gros havane. Nous sommes pointés par des fusils et des carabines. Arpita et Ly-Haï, toujours à l'avant, semblent figées. Le chauffeur du camion est le premier qui est mis à mal. Dehors, engeance! C'est ce que je crois comprendre de l'ordre qui est émis par une espèce de sergent gueulard. Le gars capable de faire sourire les plus belles porteuses de seau d'eau ne rit plus, mais plus du tout. Tout tremblant, il lève les mains au ciel. Devrais-je trembler moi aussi?

Des soldats de la force révolutionnaire maoïste d'obédience antiroyaliste nous ont arrêtés en pleine brousse. Je compte une quinzaine de p'tits gars. Plusieurs n'ont pas vingt ans. Pas une fille parmi eux. Il me semble que quelques demoiselles pourraient ajouter de l'humanisme à cette troupe antigouvernementale. Ah, j'en aperçois une, tout à coup, coiffée d'une casquette militaire. Elle porte les cheveux courts, mais c'est indéniablement une fille avec des yeux de castagnettes parce qu'ils clignent sans arrêt. Elle tient son arme pointée vers... vers moi! J'espère qu'elle est myope et que c'est la raison pour laquelle elle cligne tant des yeux! Peut-être n'aimait-elle pas les accents trop patriotiques de mon hymne états-unien? Dans trois secondes, elle va me descendre d'une balle en plein front. Vit-on une espèce d'épilepsie remarquable durant la fraction de seconde précédant l'éclatement définitif de la boîte crânienne? Je le saurai peut-être bientôt. Que va-t-il se passer? Un chef se détache du groupe. Il fait asseoir le chauffeur du camion par terre, les mains derrière la nuque. Pourquoi dans tous les films, dans les romans-feuilletons comme dans la réalité, ce sont toujours les chauffeurs qui écopent le plus rudement? Le chef fait ensuite descendre

Ly-Haï et Arpita. En silence, elles s'adossent au capot du camion. Un sbire nous ordonne de sauter. Il fait bruyamment basculer le hayon. Ayoye! Je ne suis pas si fort pour être capable de descendre tout seul jusqu'à terre, chers gentlemen révolutionnaires plus ou moins bien intentionnés! Shiva explique la chose en népalais. Oui, oui, je suis l'invité, l'Occidental ramené vers la capitale pour être soigné, le malade de service, c'est la pure vérité! C'est moi qui ai la tête d'un Yankee, mais, Votre Gracieuseté, je le jure, je n'ai jamais vécu au sud des Grands Lacs. Un peu de compassion bouddhiste, pour l'amour de Dieu! Shiva tente d'amadouer la troupe. Mais qu'est-ce que je vois? Le gros Absam qui serre le chef dans ses bras. Son beau-frère, son gendre, son propre fils? Ne jamais se surprendre de rien avec un bonze qui a probablement grignoté des miettes de pancake avec la reine d'Angleterre elle-même! Absam demeure le plus hallucinant des prestidigitateurs de la bonne cause! Les carabines ne pointent plus que vers la terre. Même que trois ou quatre p'tits gars ont déposé leur crosse contre des arbres. Soudain, j'entends l'air de *Yesterday*, LA toune des Beatles! crachée en douce par un baladeur de partisan maoïste. Le type porte des verres fumés. Avec ses écouteurs fichés dans les oreilles, il a plus l'air d'un «yo» de métro à Chicago que d'un vrai guerrier. Mais c'est quoi, cette bande de joyeux lurons qui nous entourent, nous questionnent, nous tendent la main? On nous demande 50 dollars pour payer les droits de passage, c'est tout. C'est tout? Mais c'est encore bibi qui va payer! Pourquoi toujours moi? Ben! Parce que c'est tout à fait normal que les riches paient pour ceux qui ne possèdent qu'un sourire, difficilement monnayable contre une boîte de thon ou cinq ou six balles de kalachnikov! Fred, mon ami, s'était fait arrêter dans le Khumbu, lors d'une expédition, par une petite troupe de guérilleros. Une rançon de 50 dollars lui avait été demandée. Payée, réglée. Merci beaucoup! Il est vrai que si on se fait quêter 50 $ par jour, ça peut devenir cher, surtout lorsque l'expédition dure trois mois. Les maoïstes sont adulés par les populations locales parce qu'ils rançonnent à la Robin des Bois, prenant aux uns pour donner aux autres. Les uns sont quasiment toujours des aventuriers trekkeurs touristes randonneurs, heureux de ne pas être molestés dans la mesure où ils coopèrent. L'argent est parfois immédiatement remis à un maire de village ou à une veuve éplorée, mère de neuf petits en bas âge. C'est ce qu'on m'a raconté. Un mythe? Me semble que ça ne se passe pas aussi bellement en Afrique où pullulent les enfants-soldats. Y a-t-il des enfants dans ce groupe de maoïstes? Il y a un p'tit gars, à côté de la seule fille soldate, qui pourrait avoir quinze ou seize ans. Même pas de barbe! Mais doit-on porter la barbe pour occire un ennemi? Bien sûr que non… Chose sûre, personne ne trucide ou ne veut trucider qui que ce soit en cet instant de grâce. Shiva me reçoit dans ses bras tandis que je me laisse choir en bas de ce camion-ambulance de fortune arraisonné sur les bords d'une route où pépient des oiseaux. Trois gamins sortis des fourrés s'assoient à dix mètres, sur une petite butte, pour tout observer, comme s'ils étaient habitués à pareil manège. Cool, gang! Je me couche dans le foin, ayant été pris d'une crise de vertige. Allongé, je reste néanmoins lucide. J'ai pleinement conscience de vivre un moment d'actualité fort trépidant. Absam raconte. Le chef, nommé Ti-Coune, non, ce n'est pas son nom, ce ne serait pas sérieux, j'ai mal compris, Tingoun, formé à Rangoon, dans l'ancienne Birmanie, ordonne à tous de s'asseoir en cercle, à l'ombre des banians, des jacarandas et des bougainvilliers. Des armées de tourterelles en rut, accompagnées par des rossignols d'Asie, chantent les louanges des libérateurs du peuple. Au sein de la population népalaise, on a fini par devenir excédé par les inepties des gens de la royauté à Katmandou. La pauvreté morbide : assez ! Assez, c'est assez ! Les émules de Mao le Grand Timonier sont dans leur droit. Je paie la rançon, tirée de mon porte-monnaie que je ne porte même plus depuis que Shiva s'occupe de mes finances publiques et privées. Un vrai ministre ! Si l'armée gouvernementale ne rapplique pas, alertée par l'un de ces gamins dont le paternel sert peut-être comme colonel dans les forces de Sa Majesté le roi de Katmandou, tout ira pour le mieux dans le plus festif des mondes. Absam et Tingoun pactisent gaiement. Qu'on sorte le saké ! Depuis des années, les morts ont rarement été du côté des civils dans cette guerre larvée opposant maoïstes et forces gouvernementales. C'est d'ailleurs l'une des raisons pour laquelle les grimpeurs de 8 000 mètres ont pu poursuivre leurs excursions au Népal. Ah, les révolutions avec œillets et marguerites au canon ! Pourquoi la grande marche humaine de l'Histoire ne fut-elle pas toujours façonnée de cette façon bénie, à la bouddhiste compatissante ? Pourquoi le Viêtnam fut-il le Viêtnam, bien que quarante ans plus tard, après des centaines de milliers de *boat people*, la défaite de l'armée américaine et l'épandage d'agent orange qui continue de rendre les poupons difformes, le Viêtnam communiste engage tant de professeurs texans pour que leurs enfants apprennent l'anglo-américain ? Cela ne confirme-t-il pas la totale absurdité des guerres, barbares ou civilisées ? Maudite perpétuation des conflits d'horreur depuis Toutankhâmon et bien avant, quand on sait que certaines révolutions, si nécessaires pour rétablir l'équilibre et la justice, peuvent se tramer avec sagesse, grâce à des paroles comme celles du moine Absam qui a commencé à dire une sorte de messe pour ses fidèles, lesquels baissent la tête en se gardant bien de le regarder dans les yeux, sauf le chef qui semble bien connaître mon moine adoré. Quels quatre cents coups ont-ils faits ensemble? Il m'apparaît de plus en plus évident que cette attaque de notre camion se terminera comme dans un film hollywoodien, avec couronnes de fleurs passées autour du cou, accents de violon rouge et baisers d'amour pour toujours. À moins qu'une gigantesque chorégraphie de type bollywoodienne... Mon moine est-il une espèce de pape du bouddhisme népalais qui voyage en catimini? La terre embaume. Des papillons bleu poudre se posent sur les casquettes de la Révolution rouge. Mao jouit dans son petit livre passablement usé.

L'arrivée d'un véhicule rend tout à coup le chef Tingoun plus nerveux. Ses camarades prennent le bois. Lui seul reste en place tout près d'Absam. Au volant d'une vieille Ford datant de la première moitié du xxᵉ siècle, un vieillard à barbichette opine du bonnet en ralentissant puis en accélérant, comme s'il avait tout saisi de la situation. La route est longue pour un véhicule pareil, surtout quand c'est Katmandou-les-gros-loups qui est visé. Les maoïstes reviennent. On fait rôtir trois poulets. On égorge deux agneaux. On sort les coupes. Pourquoi ne pas s'enfiler derrière la cravate un bon porto? *Viva la revolución!* surtout quand c'est le peuple qui en profite! *Na na na na, na na na na, hey, hey, hey, good bye!* Ici, à cinquante kilomètres de Pokhara, on peut dire que personne ne «fait simple». Pas de grands «malavenants» chez ces joyeux drilles de la guérilla junglesque. J'entends tout à coup la musique de *Michèle, ma belle*, en provenance des écouteurs du «yo» aux lunettes noires. Je crois qu'il a beaucoup fumé en cachette, ce guerrier-là. Comme il a l'air absent! Les Beatles ont bel et bien conquis toute la planète en plus de la galaxie d'Andromède avec leurs chansons indémodables. Sans trop m'en rendre compte, je commence à chantonner *Michèle, ma belle.* Euphorie chez la soldatesque! Plusieurs barytons me suivent, et en français par-dessus le marché! Que monsieur l'anglo-saxon mondialisé mette cette vérité dans son casque! Ces maoïstes connaissent les paroles de *Michèle, ma belle.* Même Absam, dont il ne faut plus se surprendre de rien, chante et dirige la chorale! *Na na na na… Na na na na… Hey, hey, hey…* que les Linda et les mononcles qui n'osent pas croire à ce bout d'histoire aillent se coucher! Il est tard! Dodo tout le monde! Bonsoir! dirait Bruno Blanchet, l'homme à la sécheuse désajustée.

Cette musique miraculeuse ajoute de l'affection aux contacts entre le prêtre bouddhiste et le chef de cette troupe de gais lurons des Flandres népalaises. Quand viendra la musique de Metallica, il sera temps de fuir! Les gamins de tout à l'heure, qui se sont rapprochés de nous, tapent dans leurs mains, bien qu'ils ne connaissent apparemment rien des subtilités de la langue française. Aucun soldat progouvernemental ne vient troubler la fête. Arpita et Ly-Haï vont-elles bientôt revêtir quelques voiles transparents pour une double danse du ventre et du nombril mouillé? Ce serait l'apothéose, le nirvana avant la mort, le « boutte du boutte » des partys maoïstes les plus réussis. Ma guérison n'en serait que plus totale. Je trouve assez de force pour m'accoter contre un tronc d'arbre. *Michèle, ma belle, sont des mots qui vont si bien ensemble, si bien ensemble…* Hyper sympathiques, ces Népalais armés jusqu'aux oreilles qui se trémoussent les orteils dans leurs babouches en plastique bleu. C'est la trêve de Noël entre Germains et Français dans les tranchées de Verdun!

L'étoile du berger illuminera tout à l'heure la plus belle nuit de l'année. La fiesta se poursuit. J'avale quelques noix et deux morceaux de banane avec joie. Le soleil se couche. Pour 50 $, les fêtes durent longtemps dans le Népal des bas prix. Il me prend l'envie d'offrir un pourboire à Tingoun, mais je me retiens : tout de même ! Le chauffeur, libéré depuis belle lurette de l'obligation de garder les mains derrière la nuque, a été laissé à l'écart, comme s'il n'était pas vraiment invité à participer au party. Ah, que je ne voudrais jamais être le chauffeur dans aucune des histoires de ce bas monde ! Puis vient le temps des embrassades et des accolades, comme si j'avais été à la petite école avec Tingoun qui a la prestance d'un comédien, qui aurait tout le talent pour jouer dans une télésérie du genre *Le temps d'une paix*, fils de la mémère de service, d'une Poune asiate morte de rire après avoir lancé une grosse blague salace en direction de son révolutionnaire de fils, éberlué, tandis qu'elle continuerait à se bercer tout en sirotant un fond de délicieux Pang-Lassi !

Nous reprenons place dans le camion qui démarre au premier tour de clef, comme s'il était le seul avec son chauffeur à vouloir déguerpir. Je me souviendrai. La nuit se fait douce. Des étoiles filent entre les branches d'arbres à la suite des guérilleros qui ont repris le sentier de leur combat, en quête d'autres oboles. Sacré voyage ! Je respire à pleins poumons l'air tropical et subtropical. Des singes aux longues queues recourbées crient leur joie de ne pas avoir encore été mangés par des bêtes plus féroces qu'eux. Nous ne fûmes pas dévorés par les maoïstes qui avaient de la classe, mieux : qui avaient du style et de la culture, culture populaire, certes ! mais quand même ! les Beatles, ce n'est pas de la tarte ! La rencontre fut mémorable. Aucune balle ne fut tirée par la seule fille révolutionnaire à trente kilomètres à la ronde. Rien ne vint faire éclater mes hémisphères en convalescence. Rien ne convulse plus dans ma boîte à pensée. Les libellules aphrodisiaques n'existent que dans mon souvenir. Ah! comme la réalité a le don de facilement remplacer la fiction!

Dans la cabine du chauffeur, j'observe les formes des deux belles à nouveau en train de dialoguer. Que de confidences, que de peurs confiées, que d'envies déclarées, que d'espoirs de famille nombreuse et d'amoureux plus beaux que Brad Pitt aux cuisses d'Achille dans le film inspiré de *L'Iliade*! Mais que sait-on jamais vraiment des propos et affections échangés entre deux femmes qui ne se connaissaient pas vraiment, mais qui deviennent, le temps d'une expédition, des sœurs d'intellect? Dans la pénombre, la nuque et les épaules de Ly-Haï forment des courbes qu'un Fra Angelico lui-même aurait de la difficulté à mieux diviniser.

Le chauffeur compte-t-il poursuivre ce voyage toute la nuit? Shiva et Absam ne jouent plus aux cartes. Les yeux mi-clos, assis comme deux Sitting Bull victorieux, ils somnolent. Il me semble qu'une petite halte dans une auberge avec matelas moelleux et boissons gazeuses... BANG! Un trou de marmotte géante nous a-t-il cassé la suspension? Ou est-ce un commencement de précipice heureusement évité par le chauffeur toujours vigilant? Ou une crevaison? Le véhicule a stoppé subitement.

Tout autour, dans l'environnement, cinq ou six maisons forment une halte routière. J'entends marmonner le chauffeur. Nous avons brisé un essieu. Tout le monde descend! Cet arrêt est synchronique, hautement signifiant. Nous boirons de la sangria chez l'aubergiste! Un chien jappe. Deux clébards courent dans notre direction, des bêtes noires à la gueule dégoulinante, pas sympathiques pour cinq sous. En veulent-ils à nos mollets? La nuit, les chiens galeux de toute l'Asie reprennent leurs droits, c'est connu! Shiva tend le bras, le poing fermé, l'auriculaire et l'index pointés, tel Crododile Dundee, son héros, qui cherche à calmer le buffle aux abois dans le film éponyme. Absam lève subrepticement le pied. Ce moine-là ne se laisserait pas agresser malgré toute sa réelle compassion envers les pervers et autres polymorphes. Quant au chauffeur, prêt à tout, il a ramassé une grosse pierre. Une petite voix, celle de l'aubergiste, fait fuir les chiens. «À table, les enfants!» Une poutine au caviar avec des ailes de poulet, s'il vous plaît! Curieux comme l'appétit me revient! Mon estomac danse la salsa, heureux de reprendre du service.

L'aubergiste du coin s'approche à petits pas. Il est petit, vraiment petit, ne dépasse pas quatre pieds dix pouces, maximum! Mais il a une bonne bouille, ce Népalais. Le chauffeur lui montre l'essieu fracturé, le véhicule bancal. Pas de problème! Son beau-frère est mécanicien. Mais la réparation se fera demain matin, seulement demain! Il est hors de question de déranger un membre de la *familia* si tard. Demain!

On nous loge dans une grande salle. Des matelas pour six sont étendus sur des espèces de lits de camp. Les filles ont des lucioles dans les yeux. Heureuses, les copines, de cette halte-bouffe impromptue! Les maoïstes, joyeux; l'aubergiste, serviable; les chiens de l'enfer, terrés; la nuit, plus étoilée qu'un hall de grand hôtel; ma maladie, vaincue: c'est la joie! Joie de celui qui sait qu'il vivra encore pendant quelques mois, de grandes et petites jouissances et réjouissances, jusqu'à la prochaine chute, jusqu'au prochain virage en épingle, jusqu'au prochain coup de vieillesse, jusqu'au prochain mal de corps ou d'esprit. Vivre! Vivre tout en profitant de l'euphorie collective, de la splendeur des femmes affamées qui reçoivent leur bol de riz pour aussitôt s'empiffrer comme des gamines tout en riant des blagues de Shiva à propos de la binette égarée du « yo » maoïste écouteur de Beatles. Tout le monde s'amuse des mouvements de hip-hop du gros moine qui entonne encore une fois *Michèle, ma belle*. Inimaginable comme le cinéma américain et la musique anglaise du pays de Sa Majesté auront contaminé chaque recoin de la planète pour aboutir jusqu'au cœur de l'Himalaya contemporain ! Inimaginable comme les Népalais en savent plus sur Harlem et la dernière mode des calottes d'ados portées de travers que les New-Yorkais eux-mêmes.

Je vais de mieux en mieux. J'ai envie de toucher à ce riz agrémenté de pois chiches. J'ai le cœur à m'en mettre plein la bouche comme le font tous les convives et surtout Arpita et Ly-Haï qui ont dû dépenser une bonne partie de leur énergie vitale à jaser avec autant d'ardeur dans le camion, à tout se raconter, puisqu'elles en redemandent à l'aubergiste qui s'est trouvé une associée, sa femme. Celle-ci, qui le dépasse d'un bon pied, a d'énormes seins. C'est bien la première fois que je croise une Asiate avec une poitrine si garnie ! Quel couple dépareillé, tout de même ! Mais la matrone obéit au doigt et à l'œil à son mari quand il décide qu'il nous faut un petit pot d'eau fraîche, ici, sur le bout de la table autour de laquelle nous sommes réunis, ou un pot de chambre, là, au fond de la salle où nous dormirons. Et moi, et moi, les visages épanouis de mes fils sauveteurs dans la tête, je me dis que les deux gaillards qui se trouvent actuellement quelque part dans le vaste ciel viennent peut-être inutilement à ma rescousse puisque ma santé s'améliore à vue d'œil. Mais bon ! Nous partirons tous les trois en direction du Cho Oyu… Mon corps reprend vraiment du pic. Mon infirmière privée a même retiré le tuyau de plastique qui était fiché dans mon avant-bras. Il pendouillait. L'aiguille acérée me blessait. «Plus nécessaire!» a-t-elle décrété. Que ce patient se nourrisse dorénavant de riz! Hourra! pour les nurses adorables et adorées du monde entier quand leurs patients reprennent vie, patience et beauté, quand la maladie sacre son camp pour aller se terrer dans un fourré plein de piquants.

Je ne me couche pas tout de suite. Les uns et les autres retirent leur chandail ou leur casquette ou leur bure ou leur soutien-gorge. Un peu vacillant, je sors pour respirer l'air de la nuit, tentant d'aspirer un petit point scintillant, une étoile nouvelle que je ne connais pas. Mes connaissances en astrophysique demeurent trop restreintes pour que je puisse nommer quoi que ce soit dans ce ciel d'Orient. En contrepartie, je peux me servir de ma non-connaissance pour inventer des nez de Cyrano ou des moutons avalés par des pythons. Il me reste la foi vive en l'Absolu de l'au-delà, cet Absolu que je pressens à des trilliards de trillions d'années-lumière. Absolu qui m'est accessible par l'esprit. Absolu de l'Esprit qui se trouve instantanément dans mes poches, car le Kosmos et moi, nous ne faisons qu'Un, fondus, reformulés dans une Grande Musique cosmogonico-délirante, là où *Michèle, ma belle* se confond avec les Requiem de Mozart, de Brahms et de Fauré.

Nuit d'Asie comme une nuit d'Afrique dans un roman de Karen Blixen où l'on comprend pourquoi une Scandinave trouva tant de sens à son existence dans les parages du Serengeti. Nuit d'Asie quand le corps accepte de ne pas se laisser convulser pour une énième fois, emporté par un dernier voyage. Demain, après la réparation de dix ou trente essieux, il sera bien temps de recommencer à laisser mourir ce corps qui est le mien. Mais, en attendant... ô joie de goûter l'air des étoiles qui pleuvent entre les palmiers entourant l'auberge!

9

J'ouvre un œil. Il me semble que la lumière qui règne dans la pièce est une lumière surnaturelle. C'est l'aube, ou plutôt non, c'est l'heure bleue. Normalement, ce sont des chants d'oiseaux qui auraient dû me réveiller, nous réveiller tous. Mais à la place, on entend de grands cris dans la salle commune, des cris suraigus provenant de la zone franche séparée du reste de notre espace par un petit paravent qu'a installé l'aubergiste, la veille, de manière à laisser un peu de pudeur aux deux beautés du groupe. Ly-Haï la mirifique et Arpita la compagne de mon guide dormaient à l'abri des regards possiblement lubriques des hommes, moines ou moinillons. Or de grands cris de femme fâchée brisent l'heure bleue. Tous, presque apeurés, tendent l'oreille en se demandant quel crime a bien pu se produire derrière ce paravent qui bouge, qui oscille, qui laisse tout à coup émerger la bouille de notre aubergiste qui tente de se protéger le crâne des coups de soutien-gorge de Ly-Haï qui hurle, dans une langue d'Asie du Sud-Est pleine de véhémence, des expressions peu difficiles à décoder, genre cochon de vicieux d'énormité de salaud de pervers à jeter aux poubelles ! La belle Ly-Haï n'y va pas par quatre chemins. Elle hurle tout en cognant à qui mieux mieux sur toutes les parties accessibles de l'aubergiste qui cherche une porte de sortie, la voie de l'exit final, qui me jette un coup d'œil furtif, pareil à celui d'un caribou acculé au pied du mur indiquant à son prédateur que l'heure est venue. «Que le sort en soit jeté! Abats-moi! Qu'on en finisse, maintenant que tu as gagné la partie! Ma fuite n'est plus possible! Tire! Mais tire donc!» Voilà ce que laisse voir l'œil de cet aubergiste qui n'a même plus les moyens de fuir une nurse devenue tigresse grande donneuse de coups et d'injures. L'irruption d'une femme à la poitrine pleine de rebondissements fait reculer Ly-Haï qui poursuit néanmoins ses formelles accusations. Cet affreux nabot a voulu me tripoter les organes nobles et moins nobles pendant mon sommeil! Je l'ai surpris en flagrant délit! La dame aubergiste reprend le flambeau de la vengeance et là, là! alors que nous commencions à rigoler, là, là! c'est l'apocalypse pour le pauvre petit qui ne survivra pas, l'épousée rageuse ayant trouvé mieux qu'un vulgaire soutien-gorge pour punir le coupable. Armée d'une longue baguette de bambou, elle fouette violemment les épaules et les mains du gnome qui cherche à sauver son crâne. Ô Absam, interviens, sinon nous assisterons à un enterrement avant même que le plus petit des essieux ait pu être réparé.

Absam s'avance, rieur. Il éclaterait de rire, le psychanalyste bouddhiste de la cause matrimoniale viciée. Évidemment qu'il en a vu d'autres, beaucoup d'autres, des rixes et des chicanes de couples, le loufoque! Taperait-il lui aussi un ou deux coups de baguette sur les testicules surexcités de cet aubergiste moliéresque? On se croirait en effet en pleine farce du malade imaginaire. L'aubergiste, maintenant à genoux, implore la clémence du monde entier, mais surtout celle de sa femme. La belle Ly-Haï s'est rapprochée de son amie Arpita, comme si elle cherchait à se rassurer à propos du bien-fondé de ses accusations. A-t-elle la chemise de nuit déchirée, la belle de Phnom-Penh? Ben...

non… Mais on n'a pas besoin d'avoir les vêtements mis en lambeaux pour avoir senti que le viol allait avoir lieu! Les secondes passent. La furie d'épousée cogne et fouette et rage contre le cancre sexuel qui n'en peut plus, qui implore son pardon, qui s'apprête de toute évidence à baisser les bras pour offrir son coco à l'ultime coup de baguette, le mortel! C'est à ce moment qu'Absam intervient: il n'a besoin de rien d'autre que de sa prestance en plus d'un petit coup de regard doux: tout cesse. La femme de l'aubergiste s'en arracherait les cheveux. On sent qu'elle aurait encore donné trois ou quatre bons coups. Elle ne nous le dit pas, mais cent fois depuis trente ans, elle a surpris son mari en flagrant délit d'hypersexualité moribonde, son cerveau étant contenu tout entier dans son gland. Il pleure, le petit d'homme, avec des larmes à ce point apparentes que, tout à coup, c'est sa femme qui montre son cœur en bouillie. Sans crier gare, la baguette de bambou rejetée dans un coin, l'épouse éplorée, contre toute attente rationnelle, prend son mari dans ses bras et le serre, le petit, elle le serre si fort que l'homme en perd le souffle tout en s'éga-rant dans sa poitrine comme s'il était pour reboire à la source. Touchant! Clownesque! Trois secondes plus tard, un immense éclat de rire, le rire de l'heure bleue, ébranle tout le lieu. Même des passereaux qui ont l'air d'avoir joué dans un film de Walt Disney, venus se poser sur le rebord d'une fenêtre, rient avec la gent humaine. Tous, oiseaux et humanoïdes, ont besoin de blagues pour survivre avec un brin de légèreté à cet infini combat pour la survie que commande l'existence. Ly-Haï elle-même commence à trouver plus drôle ce qui vient de lui arriver. On se croirait dans un campement innu de la Basse-Côte-Nord, après une grosse journée de portages, lorsque l'essentiel, après le repas du soir, se résume à rigoler, rigoler de tout et de rien. Nous voilà tombés chez l'un de ces peuples bon enfant de la terre qui sait que par-dessus toutes les inepties, les souffrances et les morts, il y a le Grand Humour, celui de Dieu et du Grand Manitou, celui de la blague salée qui permet d'effacer tout le reste, même les gestes les plus imparfaits, même les actions les plus déplacées, comme le geste d'avoir osé se glisser en pleine nuit jusqu'au lit de camp d'une belle endormie pour lui effleurer la cuisse légère. Quel instinct malade a donc poussé cet homme à croire qu'il pourrait obtenir quoi que ce soit d'une inconnue sans que soient déclenchés l'esclandre, le total délire ? Ô Grands Énervements Érotiques chez certains petits hommes en mal d'amour perpétuel !

L'aubergiste est amené dans ses appartements par sa femme qui continue de le serrer très fort contre sa poitrine, au point où on se demande s'il ne perdra pas conscience, totalement suffoqué. La petite foule que nous formons, hilare, reste en liesse.

Bientôt, deux gamins d'une douzaine d'années nous apportent du thé. Mais qui donc se chargera de contacter le mécanicien réparateur d'essieu cassé si les tourtereaux réconciliés disparaissent toute la semaine pour aller fonder une autre famille ? Le chauffeur semble un peu préoccupé, bien que ce soit lui qui ait ri le plus, plus que tous les autres, comme s'il avait eu besoin d'exorciser sa peur bien réelle d'être occis la veille par un ou une maoïste. Il part à la recherche dudit mécanicien qui pourrait nous ressouder l'essieu et faire en sorte que le voyage ne s'éternisera pas dans un bourg où la sécurité des belles n'est plus assurée. Pendant ce temps, nous avalons des biscuits chinois avec du thé vert, sans y trouver les habituels petits papiers où on annonce au dîneur que celui qui travaille bien finit toujours par trouver la fortune. J'avale trois biscuits en constatant que mes intestins sont restés en paix avec moi-même, ayant renoué avec l'ensemble de mon être. Ô joie de l'harmonie corporelle retrouvée! Ô joie de l'amour du monde qui permet le redéploiement des forces de la nature! Et parlant de joie et d'amour, quel est ce miracle qui fait que Bobonne a pardonné si vite à son mari? Mystère! Le moine Absam lui-même admet ne pas tout connaître du puits sans fond dans lequel sont contenus ces mystères de la galaxie que sont l'Amour humain, la Lubricité et l'Absolu. Lire dans les yeux d'un sergent maoïste ce qu'il faut dire ou ne pas dire pour avoir droit à son obligeance est finalement cent fois plus simple que de déterminer par quel curieux détour une épouse qui bave de rage en arrive si vite à déposer les armes, conquise par les larmes, même si elles sont crocodiliennes, de son pervers de mari.

Un des gamins qui nous avaient servi le thé nous apprend que l'essieu va bientôt être réparé. Dehors, un soudeur fait jaillir tous azimuts des étincelles, signes de la solidification de l'essieu brisé. Le chauffeur, concentré, lui donne un coup de main. Le mécanicien du hameau a relevé le camion avec un cric tout ce qu'il y a de neuf et clinquant. Qui l'eût cru? Y a-t-il une succursale du CAA hyper efficace en pleine brousse népalaise à mi-chemin entre Pokhara et Katmandou? Le mécano frappe à grands coups de marteau sur sa soudure, faisant remarquer que, juste à côté, il existe une ancienne cicatrice, comme si cet essieu avait déjà essuyé bien des avaries. Je n'en reviens pas. L'équipement du soudeur est digne d'un garage huppé de mon pays, avec petit local Internet réservé aux clients en attente d'un changement d'huile pour leur véhicule. Paradoxes de la vie dans un pays de pauvreté où, parfois, des serviteurs de la bonne cause possèdent des moyens hautement sophistiqués pour réparer les bris les plus divers. Miracle de la compétence d'un mécano-soudeur népalais qui achève de retirer les crics et les claques sous notre camion, à nouveau prêt pour un grand départ.

Par une fenêtre de leur maison, nous apercevons les mines ravies de notre aubergiste et de sa femme, enlacés. On dirait que la poitrinaire tient plus fort que jamais son homme par le bon bout de son anatomie. Dorénavant, il n'obtiendra aucune corde pour se pendre ni nulle permission pour quelque escapade que ce soit.

Je retourne à ma place, sans aide, dans la boîte du camion, même si mon infirmière a eu la gentillesse de m'offrir son siège à l'avant, entre Arpita, qui aurait pu me parler de sa petite enfance dans un hameau himalayen, et le chauffeur qui pense devenir vedette tellement il est chauffé à bloc par les péripéties d'un voyage de moins en moins anodin. Que va-t-il se passer maintenant ? Une avalanche de neige issue d'un tremblement de montagne à 6 000 mètres ? Un trou géant dans lequel nous allons nous engouffrer avec le camion en y trouvant une brève sensation de montagne russe juste avant de sombrer, tous écrabouillés, fracturés de tous bords tous côtés ? Ou une autre attaque des partisans de Robin des Bois, d'un groupe paramilitaire influencé par la philosophie d'Hugo Chavez, nouveau porte-parole de la cubaine révolution, convaincu de la nécessité du combat vitupérant contre les forces impérialistes ? Qui sait ? Rien ne me dérange vraiment. Je suis heureux. Je voudrais que ce *road trip* dure l'éternité. Il me semble que mon vrai voyage ne fait que commencer. Il me fallait quasiment trépasser dans le Khumbu, puis sur la route de l'Annapurna, pour enfin trouver un sens à cette idée d'aller marcher jusqu'au camp de base de l'Everest. Pourquoi partir de chez soi ? Pourquoi risquer sa vie et sa santé et ses gonades et la perte de ses amours quand il serait tellement plus sécuritaire de rester dans sa chaumière, peinard, à regarder un passionnant téléroman offert par un télédiffuseur privé ou d'État? Pourquoi partir, nom d'une semelle usée? Réponse : pour se retrouver debout dans la boîte d'un camion en marche, dans la fraîcheur d'un matin tiède, non loin de filles qui se sont remises à se conter fleurette et mille abracadabrances dans la cabine de pilotage, pour le plus grand plaisir du chauffeur qui n'en rate pas une, qui se dit que son rôle n'est peut-être pas si ingrat puisque, d'une certaine façon, il est le pilote du vaisseau de l'histoire, l'Unique à pouvoir profiter du parfum des belles de jour.

Ce matin, je me sens. sniffeur d'odeurs exotiques, inspiré par des joies nouvelles. Voyageur, j'ai retrouvé l'allant de mon nomadisme intrinsèque, en plus d'avoir le bonheur de me déplacer avec des Népalais devenus des amis, des intimes avec qui je voudrais chanter autour d'un feu de camp, ce soir, oui, ce soir! hurler des tounes de Gilles Vigneault, le Nord-Côtier, et de l'Abitibien Richard Desjardins.

Je me mets à espérer que le périple vers Katmandou prendra plusieurs jours, que nous n'arriverons pas trop vite dans la nouvelle clinique où je dois supposément subir des examens supplémentaires. Ai-je encore besoin de tant de soins? Quelques antibiotiques par la bouche, peut-être? Convenons que le traitement instauré par le bon docteur Mohammed fut efficace, bien que le Pang-Lassi de la Poune d'amour ait été sans contredit l'élément déclencheur de ma plus réelle guérison. Même ma fracture ne me bâdre plus vraiment, bien stabilisée dans son plâtre, patentage blanchâtre qui me monte en haut du coude, qui me fut cependant prescrit par un monstre... Je l'avais quasiment oublié, cet antihéros de la portion sordide de mon séjour hospitalier.

Ô joies de la mémoire sélective! Ô belles euphories de l'existence, permises par ces tours de passe-passe de la cervelle qui accepte, parfois, de ne se souvenir que des moments joyeux, bien que, lorsque par malheur les mauvais coups ont été trop fréquents ou assénés de façon trop perverse ou trop tôt dans la vie, aucune réelle euphorie de vivre ne soit plus jamais possible. D'où la tristesse pérenne dans le regard des grands abusés ou de la plupart des violentés de la petite enfance, quoi qu'on puisse dire ou penser ou enseigner à propos des vertus de la résilience, tristesse qui empêche la libération des mauvaises humeurs qui finissent inévitablement par s'accumuler, dans le cœur comme dans la rate.

Je regarde défiler le paysage en jetant souvent des coups d'œil à mes compagnons, au gros Absam qui roupille, dans le coin avant gauche, les épaules calées dans un sac de jute qui a l'air mou, qui contient peut-être des céréales. Shiva tripote un jeu de cartes en ayant l'air de s'inventer une manière de donner le coup fatal à son adversaire. Les yeux fixés sur des dessins ésotériques, il semble s'escrimer avec un Hasard lui-même dirigé par des forces organisationnelles cosmiques. Il me semble que je ne lui ai jamais parlé à fond, à ce jeune homme qui osa sauver ma vie, qui continue de m'accompagner jusqu'à Katmandou. Je sais qu'il va bientôt revenir à la charge en demandant mon aide pour immigrer en Kanada avec Arpita. J'y réfléchis. Je veux et je ne veux pas. Mais je le regarde et je l'aime, ce grand garçon. Je l'aime avec le cœur en petite marmelade parce que je le considère chaque jour un peu plus comme un grand ami. Même le chauffeur, dont je n'aperçois que le derrière de la tête et les épaules sauteuses à cause des innombrables cahots, je l'apprécie. Je réalise que je ne connais pas son prénom. Je lui demanderai à la prochaine halte. Ce bon capitaine mène sa barque contre vents et marées. À tout moment, il tourne la tête en direction des beautés qui placotent, qui parlotent, qui jasent et jasouillent sans arrêt. Belles merveilles de la nature asiate. Ly-Haï est LA beauté, du bout des orteils jusqu'aux oreilles qu'elle a remarquablement symétriques. Arpita, quant à elle, représente la grâce tranquille, une beauté moins parfaitement plastique, comme si c'était son âme qui imposait des étincelles à ses yeux. Belles… Belles comme des cathédrales dont les toits seraient faits de branches d'arbres qui se touchent au-dessus de nos têtes, formant une allée cérémonieuse pour notre passage.

Nous approchons d'un village. Des gens réapparaissent, de plus en plus nombreux, des jeunes femmes transporteuses de baquets d'eau, des hommes pousseurs de charrettes, des adolescents courailleurs dans tous les sens. Un vieillard, assis sur une caisse vide, près d'un grand arbre, observe tout le monde, silencieux. Un petit garçon, qui conduit une colonne de chèvres à la queue leu leu, nous envoie la main au moment où nous le dépassons. Il crie quelque chose qui a l'air joyeux. Le chauffeur klaxonne pour le saluer. Bonheur…

Bonheur de la race humaine qui avance même si elle a faim, qui avance et qui sourit, qui permet qu'un gamin de huit ans, va-nu-pieds, habillé d'un simple chiffon déchiré, mais chef d'une bande de chèvres qui appartiennent peut-être à un vieil oncle, que ce gamin ait le goût et la gentillesse de saluer la venue d'un camion déglingué produisant un nuage de poussière parce que dans les coins reculés de ce pays il n'y a aucun asphalte, rien que des cailloux, pas même d'électricité.

Quel est ce bonheur bien réel qui met des sourires d'ange sur les visages des enfants et même des hommes suants et des femmes divines en sari ? Même les vieillards souriraient de toutes leurs dents s'ils en avaient. Je n'en peux plus de rester debout, mais il y a trop de beauté aux alentours pour que je me couche. Je m'agrippe donc à ma ridelle. Des flèches de soleil percent le feuillage, créant un effet stroboscopique. Ça commence à vibrer dans mes oreilles. Je sens comme une odeur de feu de camp. J'entends un son grave, une espèce de bourdonnement. Mes jambes se fragilisent. Je ne sens plus mes pieds. Il fait de moins en moins lumineux autour de moi. Je ferais mieux de me poser le postérieur sur un sac de jute plein de céréales, sinon je vais m'évaporer, ou me ratatiner, ou me souder au plancher, ou m'enfoncer dans la terre. Un fort mal de cœur me surprend. Ça tourne! Ça tourne! Commence la musique du ciel.

J'entends une aria, quelques mesures d'une cantate suivies d'un duo de sopranos. Deux libellules gracieuses piquent du nez vers moi. Ah, les coquines! La plus galopine me donne un gros baiser sonore sur le front, tandis que l'autre m'enfonce un doigt dans la bouche, jusqu'au fond de la gorge! Un sang rouge brun gicle de moi. Hé! Curieuse manière de montrer son amour! Celle qui m'avait embrassé s'amuse avec mon bras cassé. Bien vite, ce n'est plus un jeu. La douleur me tord les méninges. J'ai un bras au complet enfoncé dans la gorge. C'est qu'elles me font mal, les malicieuses! Elles cherchent maintenant toutes les deux à m'arracher le plâtre, à recasser mon poignet! Oh, non, qu'on ne me dise pas que je devrai à nouveau affronter le monstre-orthopédiste! On ne chante plus. Allez, ouste! les vicieuses! Retournez dans votre firmament! J'ai un voyage à terminer, moi, même s'il y a trois minutes, je souhaitais qu'il ne finisse jamais!

Je prends conscience que je ne suis plus beau à voir. La plus menue des libellules avait tout de même un gros poing ! J'ai la gorge en feu. J'ouvre les yeux. Bien sûr, j'ai encore une fois convulsé, et comme il faut ! Le camion ne bouge plus. Ly-Haï a quitté sa banquette pour venir s'agenouiller à mon chevet. Pitié ! Pas de bâton entre les dents, s'il vous plaît ! Je l'ai gravement inquiétée, ma nurse, rien qu'à voir sa mine déconcertée, de même qu'Absam et Shiva, le bon Shiva, toujours disponible. Arpita, dépitée, fixe mon membre supérieur plus fracturé que jamais. J'ai le plâtre qui a subi plusieurs coups répétés contre le plancher. La douleur est exquise.

Ly-Haï n'y va pas par quatre chemins : un petit cathéter dans l'avant-bras gaillard et c'est la substance tranquillisante. Pendant un moment, je suis plongé dans un grand brouillard. Même une imagination délirante comme la mienne ne peut rien contre le biochimique intraveineux. Stupeur… Grand affaissement… Torpeur…

～

Quand je sors de ce coma silencieux et sans images, à l'abri d'une nouvelle attaque de sorcières libellules qui font de toute évidence partie d'une gang ennemie des premières sopranos qui ne voulaient que mon bonheur érotisant, je sais que nous filons vers Katmandou. Pas d'arrêt ! Pas de *popsicles* ni de sucettes pour les voyageurs ! Personne ne prend de vacances ! Le chauffeur a eu la consigne stricte de ne plus s'arrêter, sous aucune considération. La première chèvre égarée au milieu du chemin y perdra la tête. Le chauffeur ne donnera même pas un coup de roue ! C'est la course folle à travers les trous, les nids-de-poule sans poules parce qu'elles ont toutes été écrabouillées, à ce point que Ly-Haï, nouvelle capitaine de l'entreprise ambulancière, doit commander de ralentir, de diminuer la vitesse, sinon son malade ne survivra pas. Roulé à tout instant hors de ma civière, j'y suis ramené par Absam qui me tient les jambes et par Shiva qui s'occupe de mes épaules. C'est la grande panique à bord. Les Klingons sont fâchés. Ils poursuivent le vaisseau du capitaine Kirk. Docteur McCoy, où êtes-vous? Il faudrait un Jean-Luc Picard avec plus de charisme que d'habitude, qui aurait peut-être troqué sa calvitie pour une moumoute rousse frisée. La situation bien en main, il laisserait à son robot de service le volant intergalactique pendant qu'il chercherait à calmer les humeurs de sa Ly-Haï affolée. Les ordres fusent: Moins vite! Plus vite! À gauche! À droite! Ce n'est plus une poule que nous allons écraser, c'est un bœuf musclé qui nous fera faire le grand stop final, avec le radiateur défoncé et le chauffeur éjecté à travers le pare-brise. Wô les moteurs! hurlerais-je si les médicaments coulaient à moins grand débit dans ma petite veine d'amour. J'ai l'impression que c'est du scotch à haute dose qui me givre les gencives… On modère ses transports, les aminches!

Que peut un grand malade contre sa décomposition soudaine? Que peut quelqu'un qui se met à aller très mal dans son corps, sinon quelques regards éperdus lancés ici et là dans l'espoir que les uns et les autres accepteront encore de jouer le jeu des soins? Affaire d'altérité et de solidarité. À moins que ce soit d'abord une affaire de job et de responsabilité, comme c'est souvent le cas dans les sociétés riches, souvent plus nordiques que sudistes, là où les conditions climatiques ont obligé depuis des lustres les habitants à un pragmatisme qui rend leurs services ambulanciers efficaces, qui fait que c'est parfois en hélicoptère qu'on transporte d'urgence les convulsifs fatigués de l'existence — non pas dans une vieille brouette à moteur sans suspension. Mais plus on se trouve chez les pauvres et plus les moines sont présents pour accompagner facilement les grands malades (comme s'ils n'avaient pas d'autres zouaves à soutenir spirituellement), plus les guides et leur femme suivent les pas des marcheurs sans jambes agonisants, plus des nurses sous-payées font de longs voyages vers la capitale parce qu'elles rêvent de cette petite jarretelle d'amour dont elles ont entendu parler par l'amie d'une cousine d'une grand-tante, jarretelle rouge sang qui se trouve dans une boutique à la mode du centre-ville, pièce maîtresse dans l'art de continuer à charmer leur amoureux transi.

Notre chauffeur, échauffé par la panique, a de toute évidence perdu le contrôle de son véhicule. Nous zigzaguons. Les arbres veulent nous embrasser, nous enlacer, nous donner le grand baiser de la mort. Notre course finira par tuer quelqu'un, un marcheur, un p'tit gars qui ramassait des fruits trop près de la route. Que le fier pilote intergalactique se montre capable de contrecarrer les ordres de Ly-Haï l'affolée! J'aperçois dans le ciel une binette de Morulien originaire de la planète Atlas, dans la constellation de la Lyre. Je vais mourir. Nous allons tous mourir. Freine! mais freine, mon chauffeur! J'ai le bras blessé qui cherche à s'arracher de son coude en envoyant des signaux furieusement douloureux à mes zones cérébrales encore intouchées par le médicament qui n'y peut rien! Ouille, maman la Poune! Viens chercher ton ti-gars! Chauffeur fou, faut pas tant peser sur la pédale de l'accélérateur pendant qu'on transporte un malade, bien au contraire, il faut de la douceur, une petite vitesse tendre car, s'il faut mourir, aussi bien mourir sans trop de grincements de dents! La belle Cambodgienne ne sait plus où donner de la tête. Elle a de l'effroi dans l'œil. Elle va éclater en sanglots. Heureusement que le sage du groupe fait un homme de lui. STOP! ordonne Absam. On se calme le champignon! Ce malade-là trépassera peut-être, mais ce ne sera pas parce qu'un chauffeur aura suivi des ordres trop délirants. STOP! grogne à nouveau Absam. Effet immédiat! L'arrêt subit me recolle quasiment les morceaux déboutés. Absam se penche sur moi pour imposer ses mains sur mes blessures. Cet homme d'Église siddhar-théenne a-t-il été brancardier avec Ernest Hemingway sur les grands champs d'horreur de l'Italie pendant la Seconde Guerre mondiale? On aura tout vu tout entendu avec ce brasseur de cartes gagnant! Infirmier en plus d'être moine et tricheur aux jeux du supposé hasard! Ly-Haï, libérée du stress des commandes, pleure à chaudes larmes, ce qui la rend encore plus belle. Elle a eu peur, pour moi en tout premier lieu, puis pour elle quand le chauffeur s'est excité les orteils sur sa pédale d'accélération. Maintenant, elle a un peu honte. Arpita la serre dans ses bras. Shiva, ému, observe toute la scène. Je suis ému moi aussi. Et la foule dans ma tête de *Witzelschust* qui s'écrie: Vive Zému!

Je ne convulserai plus, promis! Ly-Haï décide de cesser de me droguer. Mon cerveau va pouvoir se remettre à réfléchir à la vitesse nécessaire pour gober des chapitres entiers de la *Critique de la raison pure* d'Emmanuel Kant. L'arrêt du tranquillisant me redonne du pep imaginatif. C'est peut-être essentiellement mon imagination en perpétuel nomadisme qui m'a rendu le cortex si fragile, qui me fait convulser? Peut-être n'y a-t-il aucun petit microbe dans ma boîte crânienne? Peut-être n'y a-t-il aucune trace de quelque parasite que ce soit? Je convulse comme un peintre fou d'amour qui aurait passé cent quatorze heures d'affilée sans manger au pied de son chevalet en train de contempler une belle nue totalement frigorifiée. Je convulse comme une espèce de Réjean Ducharme déchaîné qui aime voir convulser des mots d'origine volcanique dans les plus puissants blizzards de ses hivers de force. Je convulse comme un danseur de tango qui aimerait gagner le concours Guiness de la plus longue danse lascive et qui s'écroulerait, raide sec, avec sa partenaire, après six cent treize heures de sparages érotiques, tous les deux déshydratés parce que même l'eau n'était pas permise. On achève bien les danseurs compulsifs ! Je convulse pour des raisons d'illusion plus que pour de réelles causes physiologiques.

Je me calme donc toute la cervouille ! Je me tranquillise la psyché ! Je me mets en méditation suractivée, au point où je me sens me transformer en petit point blanc zen issu de l'asthénosphère. Je respire par les trous de mon nez que j'ai bien en face. Relaxe, mon malade !

Absam rassure lui aussi la belle qui pleure comme une Marie-Madeleine dans les bras d'Arpita, les cheveux dans le visage, les orteils oints d'huile de noix de coco. Notre Absam national est toute bonté, belle figure christique dans ce no man's land népalais où il n'y a bizarrement aucun badaud qui traîne dans les environs. Et moi et moi ! J'ai encore une fois dérangé tout le monde ! Je ne convulserai plus jusqu'à bon port, je le jure. Merci, merci, belle gang d'amour. Repartons donc au petit trot, le chauffeur ayant retiré ses grosses bottes pesantes pour chausser de minces sandales. Que sa pédale à gaz reste légère ! On démarre. Pout-pout !

Il est moins dur de souffrir entouré de Shiva qui s'est remis à jouer aux cartes avec l'infirmier-moine sous l'œil dubitatif de la belle du Cambodge qui reprend du poil de la bête. Elle a choisi de demeurer auprès de son patient. Arpita a rejoint notre chauffeur qui avait probablement besoin de poursuivre la jasette déjà amorcée. Et vogue notre galère qui devrait bientôt atteindre Katmandou ! Question d'heures. Mais où sont donc les marcheurs et les vendeurs ambulants, les p'tits gars et les fillettes ? Il devrait normalement y avoir un commencement de foule le long de cette route. Pourquoi un tel désert humain ? Nous ferons-nous défoncer le capot par une roquette lancée par des guérilleros beaucoup moins sympathiques que les premiers ? Que se passe-t-il dans cette espèce de *twilight zone* ? Entrons-nous dans une brume à couper au couteau à la Stephen King ?

Mon imagination s'emballe. Ô convulsion, quand tu nous guettes ! *Mourir, dormir, rien de plus; terminer par du sommeil, la souffrance du cœur et les mille blessures...* Sors de ce corps, fantôme shakespearien ! Suis-je à mon apogée, à mon acmé ? Je suis immobile, mais mes yeux et mon cerveau, ils observent tout. Il me semble que jamais je n'ai été aussi lucide. Pourtant, la mine sévère de mon infirmière indique que je ne vais pas si bien. Mon bras, mon corps, mon être de chair, toutes les pièces de mon casse-tête s'en vont à la dérive, tandis que dans les vapeurs de mon imagination galopante, ça file, ça vole, ça ahane, ça chevauche, ça flotte, ça vaporise. Suis-je prêt pour le grand et dernier voyage ? Absam, donne-moi ta bénédiction bouddhiste. Que le nirvana m'emporte ! Je vole avec vous, chers fils, par la pensée. Peut-être vous posez-vous en ce moment même dans un aéroport plein de travailleurs en espérance d'une vie meilleure au cœur des Émirats arabes tous unis par le pétrole ? Découvrirez-vous dans une morgue puante ma carcasse au bras cassé, chers enfants ? Sachez, sachez cependant, tout en prenant note de ce sourire en coin près de ma joue gauche, que je serai parti en odeur de sainteté, pas chaste pour cinq sous, ayant fait l'amour en toute imagination avec la Cambodgienne la plus hallucinante de la galaxie, penchée sur moi, soucieuse de moi, délicate pour moi, deux de ses doigts me tapotant la tempe qui saigne... Ah... Musique !

Je deviens musique. Chaque molécule de mon être produit un son qui rejoint des notes venues d'ailleurs, à l'autre bout de la galaxie, à l'autre extrémité de l'Univers. C'est dans un état de musique cosmique que je me décompose. Retour aux harmoniques essentielles de ces sphères dont parlaient les Anciens, dont certains parlent encore aujourd'hui, comme quelques chefs d'orchestre jugés ésotériques par les critiques, quelques choristes, des altos allumées qui savent que chaque fois qu'elles arrivent à trouver leur voix propre, au diapason de la musique du monde, elles se fluidifient. Amas moléculaires ayant des aspects de corps! Amalgames parfaits de vibrations prenant forme dans la chair de la réalité. Chanter permet de rejoindre les splendeurs issues du Big Bang lui-même. Alors, dans ma tête, je chante. C'est par un chant que je sombre. *Mourir, dormir…* Ne sors pas de ce corps, créateur du roi Lear!

Amis Shakespeare et Jean-Sébastien Bach, vous avez cru en ces harmoniques révélées par la poésie du monde. Vous m'aidez à y croire moi aussi. Je sais en ce moment que je dors, et paisiblement, ballotté dans un camion qui va son petit bonhomme de chemin sur une route où domine le mystère. Je sais que je me trouve dans un rêve lucide, entre deux eaux, pas encore sombré dans la mer du rêve ni sorti dans le trop vif soleil de la réalité. Je suis endormi, mais conscient de mon sommeil, éveillé en quelque sorte dans cette nuit à laquelle je participe.

En cet instant, c'est la musique du monde qui me fait vibrer. Certains astrophysiciens prétendent que c'est le cosmos tout entier qui vibre en nous et à travers nous. Leur théorie des cordes expliquerait la grande courbure universelle, une théorie faite d'infinis faisceaux cosmiques émettant des sons audibles et inaudibles qui nous transportent. Je tourne dans l'espace autour d'une de ces cordes. Un chant, tout léger, m'aide à mieux vibrer. Douce sensation… C'est dans le sens de l'amour du monde que je poursuis cette conversation. Toute parole prend un sens premier, puis un sens second, puis un troisième sens. Chaque être vivant a le don de devenir vibration et musique. Ressentir qu'on est soi-même musique et que l'essentielle vibration cosmique qui nous a mis au monde fait partie de notre être, grâce à l'Autre qui entend et qui écoute et qui réagit et qui dit et qui ressent et qui note que les couleurs des alentours changent, ressentir cela donne de la joie. Mais à qui suis-je en train de raconter tout cela? Seulement à moi? Est-ce que quelqu'un d'autre entend ce que je pense? Où se trouve l'Autre, si essentiel à ma vie? Ressentir grâce à l'Autre que chaque partie de son être se trouve en état de vibration, de son et de musique, c'est comprendre tout à coup ce qu'est l'*harmonia mundi*… Des sopranos surexcitées s'en viennent-elles encore une fois me briser le bras? Mais non… Je me sens paisible. Je dors face à mes amis qui me surveillent du coin de l'œil. Ah, la musique…

10

Un cri de vieille femme m'extirpe soudain de mon rêve. Il y a ensuite dix cris, cent cris. Des grognements aussi. Une foule en colère hurle des slogans. Notre camion s'est immobilisé. Des milliers de personnes se sont rassemblées pour former une foule compacte. C'était donc ça, l'explication de l'absence de marcheurs sur ces derniers kilomètres avant les faubourgs de Katmandou : il s'est formé un grand attroupement ! Plusieurs personnes montrent le poing en direction d'un barrage de soldats bottés et carabinés avec casques et visières et lunettes télescopiques pour viser le cœur des plus hurleurs. Beaucoup de jeunes gens excitent cette foule bigarrée. Les gars et les filles se ressemblent. Plusieurs ont enroulé autour de leur tête une espèce de foulard coloré qui fait leur marque de commerce, foulard des révolutionnaires pauvres qui en ont jusque-là de l'injustice sociale, qui crient leur indignation, sans autres armes que leurs paroles. Nous vous défions, soldats engagés dans une armée de broche à foin tout de même dangereuse ! Un slogan trop haineux et ce serait la fusillade. Notre camion, qui se trouvait derrière cet agglutinement humain il y a quelques minutes seulement, est maintenant pris en sandwich. Des centaines de hurleurs nous entourent. Tout à coup, un jeune homme très beau — on dirait le frère jumeau de ma nurse mirifique — saute

dans la boîte du camion et commence à enivrer la foule
à l'aide d'un gros porte-voix. Hourra! Hourra! *Viva la
revolución!* On ne porte pas le béret à la Che Guevara, ici,
on affiche plutôt le foulard des maquisards, des maoïstes
et des non-maoïstes, des fatigués de l'oligarchie décré-
pite, des exténués du pouvoir délétère, des écœurés de la
manigance d'un État qui distribue les richesses à vingt
familles quand six cent vingt mille autres souffrent de
la faim et du froid. Hourra! pour le leader qui cherche
à apaiser la foule grâce à des paroles sensées, mais tout
en proposant l'abolition pure et simple d'un gouvernement de fantoches. Les humains de la rue l'écoutent.
Tout à coup, avivée par un hurlement provenant d'une
zone d'ombre près des arbres, là-bas, la grogne populaire
reprend. Que se passe-t-il? Était-ce ainsi quand le Batista
des bordels de richissimes fut mis dehors de La Havane
à feu et à sang? Fidel avec son triomphe a su établir les
bases d'un communisme qui a fait que les Cubains sont
devenus les mieux soignés de tous les Latinos-Américains.
Les États-Unis n'ont jamais bien pu le tolérer. Depuis,
ils tripatouillent les douanes, ils dérangent et sèment la
zizanie, par tous les moyens, pour donner le plus de mal
possible au seul petit État qui ose plus longtemps que les
autres leur tenir tête idéologiquement. Même un diri-
geant comme J.F. Kennedy est tombé dans le panneau de
la Baie des Cochons. Ô véritables héros de notre monde,
n'êtes-vous finalement que des clochards, des bohémiens,
des saltimbanques? Depuis ce temps des grands cham-
bardements, à Cuba, tout le monde gagne dix dollars
par semaine, autant les gynécologues que les chauffeurs
de taxi… Le Népal se laissera-t-il convaincre de toutes
les valeurs d'une révolution sociale, même si elle doit
conduire à un communisme à la Fidel Castro?

Oh! Oh! Dix carabines de soldats gouvernementaux visent en même temps le harangueur juché dans le camion qui est attifé d'une petite moustache faite de trente-quatre poils délicats. Un lieutenant-colonel n'aurait qu'à ordonner et paf! ce serait le bain de sang. Aucun des partisans de la justice sociale ne porte une arme, pas à ma connaissance en tout cas. Mon œil de petit lynx qui pourrait convulser de nouveau à tout moment le garantit. Suis-je fiable? La foule cesse de hurler quand le jeune chef propose à tout le monde de chanter. Dix mille voix entonnent en même temps l'hymne népalais de la paix souriante. J'en frissonne d'émotion, au point qu'une kundalini jouissive me zèbre l'échine de la nuque jusqu'au coccyx! Soudain, pareille à une égérie de roman-fleuve, à une Liberté au ti-casque de la révolution française fraternité-égalité, Arpita la douce, épouse de Shiva mon guide, lève le bras, le poing fermé, en chantant de toutes ses forces pour seconder le beau gosse. Nouvelle femme forte de l'évangile katmandois! Elle s'empourpre. Elle a même changé de tête, laissant ses longs cheveux flotter au vent. C'est qu'elle a du politique dans le sang, la Mère Courage! Quel sein glorieux! Allons zenfants de la patrie, le jour de gloire est arrivé! À bas la tyrannie des soldats du faux roi et de sa clique de nantis suceurs de faveurs! Aux armes, citoyens! Formez vos chants sacrés! Le père des *Misérables* lui-même serait aux anges. Ah, si j'avais la verve de l'inventeur des *Travailleurs de la mer*, j'écrirais une ode de cent trente tercets en l'honneur de cette Arpita exaltée. Observons-la dans toute sa splendeur. Rouge est sa couleur! Ah, si j'avais le milliardième du talent d'Eugène Delacroix, le peintre de l'insurrection légitime qui eut lieu à Paris en 1830, je peindrais une Arpita à la gorge flamboyante. Mijotait-elle son coup depuis longtemps, cette force si douce? Attendait-elle une action populaire concertée qui se tramait depuis des lustres dans les chaumières, à laquelle elle avait ardemment participé ? Ma kundalini sacrale provoque en moi un fouillis de joie surabondante qui se répand de mes cuisses jusqu'à mes oreilles. C'est grand et beau ce qui se passe ici ! Qu'en pense Shiva, le mari de l'égérie ? Il la contemple, il la chérit, il l'écoute, il boit les paroles de sa femme qui participe à l'électrique vibration de milliers de gens qui ont tout à coup foi en la candeur intrinsèque de ces soldats qui ne tireront pas, même s'ils sont de toute évidence plus que nerveux. Tout se terminera-t-il comme en Espagne du temps de Franco ou comme dans la Russie après 1917 quand les Rouges et les Blancs cherchèrent par tous les moyens à s'occire ? Quelle belle jeune fille aux pieds nus viendra déposer un œillet orangé en plein cœur d'un canon de fusil ? Des braves oseront-ils piquer des iris à la place des décorations sur les vareuses militaires ? Ô courage ! peux-tu changer le monde ? Ô petits et grands pays qui aiment voir leur avenir se remettre à chanter ! Tous les peuples de toutes les époques croient à un moment ou à un autre que le bonheur public est possible. Tous les humains aiment avoir foi en la bonté, oui, la bonté qui s'installe même dans la poitrine des soldats pourtant entraînés à exécuter les ordres. Qu'un général à la retraite au képi pourri et à la tête de bois ordonne de mitrailler les innocents… et tout chavire pour le pire. Mais peut-être que des mutins courageux auront la force de dire non. Les humains aiment espérer que le meilleur de la condition humaine n'est pas qu'une illusion ou un simple sujet de roman délirant.

Arpita saute en bas du camion, suivie par le jeune homme au porte-voix. Absam — bien sûr ! — saute à leur suite — je l'avais quasiment oublié, ce moine méthodiquement engagé dans tout ce qu'il y a de bon sur cette

Terre. Shiva lance un petit cri en direction de sa mie qui ne répond pas. Il saute à son tour. Tous mes amis se dirigent vers la palissade des soldats pétrifiés, sauf la nurse figée raide, accroupie dans le camion entre deux sacs, qui a mis son petit doigt dans sa bouche et fait comme si elle était pour se bouffer l'ongle au complet, avec le lit et toute la kératine. L'index bien appuyé contre la détente de leur carabine, les soldats vont-ils tirer ? Je descends moi aussi, malgré les nausées. Que je me casse une patte ou deux s'il le faut ! Que le Nord-Américain de service participe à la plus extraordinaire réconciliation protestataires-soldats de toute l'histoire des révolutions, ou bien qu'il meure d'une balle en plein cœur tout à côté de ses amis sacrifiés pour la seule bonne cause qui puisse donner un sens à l'existence. Nous mourrons tous ensemble ou nous parviendrons à boucher le trou de ces carabines avec des primevères offertes à grandes brassées par des enfants aux yeux caramel.

La foule nous ouvre le chemin. Le chef au porte-voix et sa seconde, Arpita, magnétisent les uns et les autres. La vindicte publique se transforme peu à peu en élan d'amour. Les chants se métamorphosent en prière collective. *Om mane padme om. Om mane padme om...* Tout à coup, je sens qu'on me soulève. Je devais tituber comme un vieil ivrogne. Mon plâtre cassé devait me donner l'air d'un plus-que-réel handicapé. Les gaillards qui m'ont pris dans leurs bras me transportent au-dessus de la foule. Que je meure maintenant ! La mort sera plus extravagante de cette façon, bien mieux que provoquée par de vulgaires microbes invisibles ! Je fredonne *Les gens de mon pays* écrit par l'homme de Natashquan. Cela fait sourire les Népalais. Les soldats sont en sueur. Un sergent, derrière la première ligne, fait les cent pas, visiblement anxieux. Dans trois secondes, je planterai moi aussi dans un canon de fusil une fleur de rhododendron que m'aura donnée une petite fille, faisant fondre la crosse, la métamorphosant en lampion ! Ou je mourrai en vrai révolutionnaire, une couronne de laurier sur la tête.

Tout va bientôt se jouer. Ça va mal tourner. Les soldats déboutés vont tirer, obéissant à un ordre de dément nerveux, un sergent obligé par un lieutenant qui est sous les ordres d'un colonel qui doit rendre des comptes à un général à la solde d'un vieux déboussolé de la capitale. À moins que… À moins que Bouddha, le grand Bouddha, et Shiva en compagnie de la déesse Shakti, en plus de deux ou trois autres dieux hindous, n'intercèdent auprès des humains ici présents. À moins que le miracle se produise, un miracle rare, mais qui arrive parfois. Pourquoi ne pas avoir foi dans les miracles ? Et si Absam allait encore une fois jouer les intermédiaires ? Où est-il, mon moine ? Des marées de fleurs sont pointées vers les canons des armes à feu. Lequel de mes amis deviendra le héros de ce moment ? Arpita ou Absam ? On m'a déposé au pied d'une rangée de bottes soldates. Faut croire que les gaillards qui m'avaient soulevé avaient autre chose à faire que de me tenir dans les airs ! Tant bien que mal, je me relève. Puis-je me servir de cette baïonnette comme levier ? Je perçois des vibrations rares dans l'air. Qui vaincra ? L'Amour ou la Folie ? Arpita se trouve aux côtés du jeune homme qui n'utilise plus son porte-voix, mais dont la parole retentit tout de même. Ces deux êtres d'exception commandent une foule qui répète inlassablement des mantras. Une fillette portée par son papa jette une fleur de magnolia en direction d'un soldat qui la reçoit sur le casque. Un de ses compagnons d'arme prend la fleur et la tient comme si elle était un suçon. Arpita se précipite vers lui en franchissant miraculeusement tous

les obstacles. Elle embrasse le soldat. C'est l'Apocalypse
à l'envers. Le sergent a les yeux exorbités à force de chercher son supérieur pour savoir quelle attitude prendre.
Tous les canons sont obstrués les uns après les autres avec
des pétales et des sépales et de la sueur et de la boue qui
chante. Manifestants et soldats n'ont que des bons mots les
uns envers les autres. Embrassades et rires et chants nouveaux. Il valait la peine que je ne meure pas tout de suite.
Le nirvana, c'est ça : des chants, des embrassades, des rires
à gorge déployée. Ce n'est pas aujourd'hui que l'Histoire
finira mal. Que diront les chefs et les vieux et les abscons
et les rois et les nantis et les officiers de la garde et les
fonctionnaires véreux dans leurs bureaux capitonnés du
centre-ville de Katmandou ? Hurleront-ils qu'il faut passer
à la cour martiale toute une bande de soldats déserteurs
et le sergent et le sous-lieutenant et le lieutenant aussi, ces
officiers qui n'eurent pas le cran de s'opposer à toute une
humanité qui cherchait à envahir les rues et les boulevards
pour bouter hors du pays l'engeance corrompue de leur
gouvernement ? Quelle que soit l'obédience ou l'idéologie
socialisto-capitalisto-communisante, on s'en fout, ce qu'il
faut, c'est que les obèses cessent de manger dans la main
des laissés-pour-compte ! Voilà ! Moi aussi, j'embrasse des
soldats à petite barbe.

Des jeunes femmes sortent d'un boisé — comme si
un metteur en scène leur avait intimé l'ordre : Allez, les
filles, c'est le temps ! — porteuses de grands paniers d'osier
remplis de petits pains, de boules de riz et de gâteaux. C'est
le jour de la multiplication des sushis et des sashimis, des
pains d'orge et de blé. Les soldats sortent leur bavette. Les
plus belles filles leur offrent du vin. On débouche des bouteilles de Châteauneuf d'Avignon et du pape Pie VI, mais
non, on n'a pas de vin de France, ici, mais on a de l'eau

potable en quantité que versent de belles lavandières aux hommes qui n'en reviennent pas de ce qui se passe dans leur vie. Les petits pains se multiplient. Dix mille personnes assises par terre se rassasient. Même moi, j'avale une grosse boulette de riz sans me demander si mon côlon explosera ou si un grain se logera quelque part dans mon cervelet pour me faire entrer à nouveau en crise convulsive. C'est le grand party du jour de l'An, une séquence revisitée de la parabole évangélique. Je n'attends plus que l'apparition du moine Absam métamorphosé en Christ, chemise longue, pieds nus, cheveux au vent, barbichette mal taillée, et les yeux, des yeux tellement doux que le monde entier voudra y plonger. Absam est fort capable de jouer les rôles de Jésus-Christ et de Mahomet simultanément. Même qu'il a la voix d'un contre-ténor et qu'il peut imiter Marie-Madeleine, la nurse du Christ, aussi digne que Ly-Haï qui a fini par descendre de son camion protecteur. Elle n'en croit pas ses yeux, la belle de Phnom-Penh. Elle se fait offrir une place à côté de son jumeau sans porte-voix qui s'est assis tout à côté du sergent qui sourit en montrant une absence d'incisives. On se croirait dans le film *Nanuq of the North* tourné au début du XXe siècle alors que les dentistes se faisaient plutôt rares en pays inuit. Comme quoi les services dentaires ne sont pas fournis dans cette armée népalaise! Et je ne parle pas de notre chauffeur de camion, resté à son poste derrière le volant, muet d'émotion, encore une fois écarté des grandes activités de l'Histoire, mais bon, si c'est son karma!

Aux portes de Katmandou, la multiplication des boules de riz et des petits poissons bat son plein. Des gamins, qui revenaient d'une pêche dans un ruisseau voisin, vendent leurs prises aux gens de la foule qui s'en pourlèchent les babines. Futurs businessmans dignes de concurrencer les gérants de tous les McDonald d'Asie, ils font du négoce. Quand on a sept ans, il n'est peut-être pas nécessaire de croire en la gratuité universelle. On voit un lieutenant sortir un gros billet de sa poche. N'y a-t-il qu'au Népal que pareil miracle pouvait survenir ? Des jeunes hommes se mettent à jouer du tambour. Des filles invitent les soldats à danser. C'est la campagne de Russie. Les forces napoléoniennes se sont fait battre à plate couture par des Cosaques soûlés de joie grâce à des filles qui aiment se trémousser tout en relevant bien haut leur jupe près d'un Don fort peu paisible. C'est la fête ! *Attention mesdames et messieurs, dans un instant, ça va commencer, cinq, quatre, trois, deux, un, zéro : partez !* Dix mille gigueurs dansent n'importe comment, des boogie-woogie mêlés à des fox-trot, stimulés par les tams-tams d'une dizaine de bohémiens qui ont pris des cours au Bénin ou à l'île Maurice. Fusion de la joie de deux continents séparés par de vastes mers et l'Amérique. Oui, mais *l'Amérique, l'Amérique, l'Amérique peut bien crouler, mon amour…*

Quand tout a été mangé, les paniers débordent encore de victuailles. On s'agite les fessiers pour faire descendre toute la mangeaille au plus profond des intestins. Il y a encore des pains et des poissons. Des saltimbanques font la grimace aux soldats pour les faire rire. Les gens de l'armée fraternisent avec les révolutionnaires. Ah, comme le mahatma Gandhi serait fier d'assister à cette scène de non-violence, lui qui professa toute sa vie sa foi en la paix, bien qu'il soit tombé sous les coups rageurs d'un fou de Dieu et de l'hindouisme. Mais il avait eu le courage de montrer à la face du monde que malgré tout, malgré les violences instinctives et inhérentes et ataviques et collectives et individuellement défendables, il n'y a que l'Amour, toujours l'Amour, qui puisse empêcher l'expansion des Grandes Ténèbres.

J'assiste à un véritable feu d'artifice d'émotions. Qui aurait pu croire que le pire pouvait être évité? À ce moment béni de l'Histoire, des soldats vont choisir la vie de moine plutôt que celle de guerrier. La réalité dépasse la fiction. Le Christ est de toute évidence ressuscité. Un lieutenant, celui-là même qui a sorti un gros billet pour payer les poissons des gamins, prend la main d'une jeune femme admirablement belle. Elle a des yeux perçants, cette jeune femme, d'un noir de commencement du monde juste avant la Lumière. L'officier gentleman lui tapote la menotte, sûr que leur trajectoire existentielle commune vient de changer. Ah, n'est-ce pas tout simplement charmant, cette idylle nouvelle, peut-être pas chaste pour longtemps, mais bon, les frivolités sont permises quand il y a carnaval.

Des jeeps de l'armée arrivent tout à coup et perturbent le décor. Je vois le lieutenant qui abandonne la main de sa dulcinée du Toboso. Désemparée, elle se sauve, comme bien des manifestants qui ont l'intelligence de ne pas défier deux fois de suite leur chance devant une armée de grognards. Les nouveaux soldats mettent pied à terre. Ne reste bientôt qu'une poignée d'irréductibles, dont Arpita, cramoisie. Son bon Shiva la tire par la manche pour qu'elle prenne avec lui la poudre d'escampette en direction d'un bosquet tranquille… Non! signifie Arpita qui cherche à tout prix à défendre son honneur et ses idées. Elle tempête. Pour l'instant, l'altercation existe entre deux groupes de soldats rivaux. Le lieutenant qui était tombé raide amoureux postillonne dans le visage d'un autre lieutenant nouvellement arrivé. Les deux malabars en viendront-ils aux coups? Arpita vocifère elle aussi dans une langue qui m'est incompréhensible. Elle lance des imprécations qui aiguisent la colère de certains soldats qui montrent des canines dégoulinantes. Ils ne vont en faire qu'une bouchée, de cette petite, dès que leur lieutenant en aura donné l'ordre, dès que l'autre lieutenant, celui à la main amoureuse, aura été occis d'une balle de revolver en plein front. On se croirait sur le plateau de tournage d'un film de guerre comme aiment en créer les *majors* hollywoodiens.

Mais qui vient une fois de plus sauver la situation en faisant taire Arpita qui ne se trouvait plus qu'à trois centimètres de l'oreille du mauvais lieutenant ? Absam ! Maître conseiller, il la retire de la zone de combat. Elle le suit, docile. Elle était sans conteste à deux doigts de se faire embarquer, sinon de se faire étrangler par un sbire. Quelle force spirituelle il a, ce moine !

Libérés d'une furie qui ne faisait qu'envenimer l'atmosphère, les deux lieutenants finissent par s'entendre. Ils nous laissent partir, tous, sans autre forme de contrôle. Le jeune homme au porte-voix, en retrait, fait ses adieux à Arpita en la serrant tendrement dans ses bras. Notre chauffeur de camion, rasséréné, fait redémarrer son engin. Je remonte à ma place, fier de ne pas être tombé à genoux, fier de mon corps qui me porte jusqu'à mon grabat qui me servira de reposoir parce que mes jambes sont maintenant de la flanellette. Ly-Haï s'assoit près du chauffeur. Arpita monte à ma suite, accompagnée par son amoureux qui tremble comme une feuille. C'est qu'il a eu très peur pour elle. Absam bénit les soldats en leur recommandant d'attendre dix ou douze minutes avant de déclencher un prochain combat fratricide.

Apparaît Katmandou. Où se trouve l'hôpital où on me piquera peut-être des électrodes partout sur le cuir chevelu pour savoir si j'ai la tête d'un épileptique ou si je ne fais qu'imaginer tous ces sparages érotico-diaboliques de sopranos aux ailes de libellules ?

Nous croisons des milliers de badauds qui, de toute évidence, ne savent pas que des manifestants se sont opposés à l'armée, à dix kilomètres d'ici, que la fiesta a été mémorable, bien que de courte durée, stoppée par les comportements de soldats plus compulsifs dans les ordres et plus idiots dans l'interprétation des messages de leurs supérieurs. J'observe les Katmandois captifs du trafic dense. Des milliers de véhicules polluent l'air à en étouffer les oiseaux. La lumière est tamisée d'un bleu diesel mal brûlé. Je me dis que la formation des soldats conduit en général, sauf exception, à des lavages de cerveau qui finissent par empêcher toute forme de remise en question de ce qui, souvent, n'a aucun bon sens. Par quel mécanisme les esprits humains sont-ils si malléables aux ordres des fous furieux ? Je n'ose trop penser à la tuerie, peut-être, qui a lieu en ce moment même, les soldats d'un groupe n'ayant pas accepté d'être amenés à Katmandou les fers aux pieds, le cou tendu sous le couperet de la cour martiale...

Notre chauffeur — il s'appelle Kamir, j'ai fini par le saisir — se faufile adroitement dans une circulation folle dingue, à travers rues et ruelles. Je lui rends hommage, à lui qui semble tout à fait heureux de se retrouver dans le fatras de milliers de motocyclettes et d'automobiles et de camions gros et petits, comme si l'urbanité le mettait à l'abri des trop grandes excentricités militaires. Il connaît de toute évidence la capitale de son pays, et diantrement. À un carrefour, il donne un coup de roue pour éviter trois vendeurs de fruits qui présentaient des rondeurs orangées salies par le bleu diesel qui suinte de partout. Des oranges venues de l'Inde sudiste ? Tout à coup, le camion stoppe.

Feu rouge. Un des vendeurs se précipite pour s'accrocher à l'une de nos ridelles et nous offre ses fruits avec une immense plaidoirie. Impossible de lui refuser quoi que ce soit. Absam lui tend une pièce. Ce sera bon et juteux. Tout à fait approprié, puisque le soleil tape. On me donne un morceau de fruit épluché. Ça n'arrête jamais, la bonté chez les Népalais? Suis-je le King de toute cette histoire, un genre d'Elvis de plateau de tournage entouré de trente Hawaïennes toutes plus jolies les unes que les autres, ukulélé à la main? *Love me tender... Love me sweet... Never let me go...* Quatre fruits font le bonheur des occupants du camion vagabond qui vient grossir les rangs du trafic infernal. Mais dans ce capharnaüm de bons vivants, notre galère à moteur surfe sur des vagues somme toute harmonieuses. J'aurais pu être mort. Je ne le suis pas. Notre infirmière a survécu à l'agression d'un pervers. Arpita n'a pas été décapitée par un sergent furax. Rien ne va donc vraiment mal après tout!

La population de Katmandou emplit les rues et les caniveaux. Partout, il y a du monde. Grande vie d'une capitale en expansion démographique accélérée depuis les dérangements causés par les maoïstes qui ont poussé des centaines de milliers de Népalais à grossir les faubourgs de la pauvreté. Des manifestants arriveront-ils bientôt pour défier les soldats qui protègent le palais et les édifices gouvernementaux?

Des choses graves se préparent dans ce pays, nul n'en doute. Je jette un coup d'œil vers Arpita, qui rumine quelque chose. Elle est loin d'avoir terminé son mandat de chef de la cause sociale juste et équitable. Dans le camion, elle s'est éloignée de son mari, comme pour mieux réfléchir. Elle rêve de changer son pays, c'est évident. Shiva, lui, rêve de quitter le Népal pour d'autres terres promises.

Dès que je le pourrai, je lui parlerai, je l'écouterai, je serai attentif à ses projets. Mes fils m'aideront peut-être à l'aider. Mais, au fait, où sont-ils, ces garçons? Déjà descendus dans un hôtel de Katmandou? Au plus sacrant, je dois tenter de les rejoindre. Vite, il me faut les appeler, les chairs de ma chair, mes amis intimes, mes tueurs à la Sophocle, mes Œdipiens assumés! Serrerez-vous votre père dans vos bras de jeunes hommes forts quand vous le verrez, le teint hâve, le nez plissé, le front couvert de croûtes, nouveau Job des temps asiates, ou serez-vous plutôt intimidés? Garderez-vous vos distances sans trop oser vous approcher de cet homme qui fut votre père, certes, mais qui sent le petit pipi tellement il ne s'est pas lavé depuis longtemps? Arpita et Shiva assisteront probablement à cette rencontre de nordistes d'Amérique réunifiés par les voyages et les frasques du paternel toujours en danger d'y laisser sa peau. Les fils voudront sûrement faire un ou deux treks dans le pays avant de repartir, tant qu'à avoir traversé la mer! Puis je flyerai avec eux, installé en chien de fusil dans un de leurs sacs à dos. Mais est-ce que je veux vraiment quitter le Népal, malgré toutes les pollutions de Katmandou, malgré l'extrême dénuement des paysans montagnards? Oui et non! Est-ce que je dois acquiescer à la volonté de Shiva d'émigrer en Canada? Oui et non! Paradoxe à résoudre par la voie du *Tao-Tö-King*, ce livre à la sagesse précieuse quand il s'agit de jongler avec d'inextricables antinomies. Je ne veux pas crever d'une infection microbienne qui reprendra du service dans quatre jours parce qu'aucun diagnostic précis n'aura été posé à propos de mon corps amolli et parce que j'aurai été traité si empiriquement que c'est peut-être plus le hasard que les médicaments qui m'aura permis de me remettre debout. Je ne veux pas voir mon cerveau fondre derrière mes yeux fermés en se transformant en marmelade. Mais qu'est devenu ce pays de chez moi que je compte réintégrer pour me refaire une santé? Est-ce que je ne dois pas persuader Shiva de plutôt seconder sa Rosa Luxembourg népalaise tout feu tout flamme en restant ici, chez lui, à se battre pour l'amélioration des conditions de vie de ses concitoyens? Je ne sais pas. Je ne sais plus.

11

Les rues de Katmandou sont engluées par des odeurs à jeter une cow-girl en bas de son palomino. Le tintamarre, incessant, me rappelle que je serais incapable de vivre plus de quelques semaines dans cette ville, comme d'ailleurs dans la plupart des grandes villes hyper bruyantes du monde. Je me dois de rentrer chez moi dans mon nid de silence, dans la forêt boréale, mais avec le plus large sourire possible. Si Shiva doit peut-être assumer le fardeau de sa condition et ne pas quitter son pays, moi, je dois réintégrer le mien en rapportant dans mon havresac certaines des joies les plus vraies que j'aie connues.

Je dégobille un petit ruisseau de bile jaune pâle sur le plancher du camion. Le chauffeur stoppe sous un auvent. Ma nurse quitte sa place près du chauffeur et vient s'enquérir de mon état. N'ai-je pas été passablement courageux depuis le début de toutes nos péripéties ? Ne trouvez-vous pas, chère Ly-Haï qui a du vermillon sur les pommettes, qui n'a même pas les épaules froissées, qui semble plus fraîche que la rosée du matin, ne trouvez-vous pas que j'ai été fort dans ma constante faiblesse ? Je me sens des inspirations à la Orlando di Lasso. L'amour courtois du Moyen Âge et des troubadours me monte à la tête. Que l'âme errante de Pierre de Ronsard s'intègre à moi ! Laissez-moi vous chantonner, chère soignante aux doigts fins qui me nettoient les commissures : *Quelque part que vos beaux yeux par les cieux tournent leurs lumières belles…* Sur cette route du monde où je suis arrivé, qu'il est bel et bon bon bon bon bon d'être réanimé par le souffle parfumé d'une femme qui devrait jouer les divas à la Scala de Milan, oiseau d'or qui devrait s'envoler vers les palaces de Dubaï ou de Monaco plutôt que de servir agenouillée dans un vieux camion népalais. Choisis la vie glamoureuse des gens beaux et célèbres et apparemment en santé, chère Ly-Haï, même si cette vie est souvent rendue totalement insignifiante par les diktats du nihilisme contemporain et par l'absolue légèreté qui finit par embuer les esprits dominés par les lois du rien, du dieu argent et du néant. Pourquoi continues-tu à panser les plaies des éclopés du Népal, chère beauté tragique, quand c'est la gloire d'une diva qui t'attend au détour de ta vingt-deuxième année ? Que ferais-tu des offres surprises d'un agent américain en balade à Katmandou qui rêverait que tu deviennes la première Népalo-Cambodgienne à faire sonner le gong fêlé de Wall Street ? Comment réagirais-tu face à un réalisateur qui voudrait faire de toi la star d'entre les stars à Londres, Paris ou New York ? À moins que… le célébrissime Woody Allen lui-même ne vienne t'offrir de remplacer sa muse Scarlett pour que tu donnes la réplique au sosie de Penélope Cruz dans un film érotico-délirant ? À Woody, oui, à Woody, tu pourrais difficilement refuser quoi que ce soit de cinématographique. À moins qu'une offre de Bollywood… un tournage monstre dans Mumbaï l'industrieuse, avec ses armées de danseurs-chanteurs. Toi, vedette d'une production de grande envergure… Je t'imagine, drapée dans l'une de ces robes moulantes qui ferait que les Indiens de cinquante mille cinémas répartis entre New Delhi et Calcutta hurleraient de joie en tapant dans leurs mains quand tu apparaîtrais au grand écran pour la scène finale, alors que c'est l'amour en apothéose qui gagne toujours. Toujours, l'amour !

Nous redécollons pour emprunter une allée bordée d'arbres, ce qui n'est pas si fréquent à Katmandou. Ma nurse demeure accroupie près de moi. Nous arrivons à destination, ce qui me ragaillardit. Je jette un coup d'œil vers un édifice de deux étages, la clinique spécialisée où je serai soigné, examiné, diagnostiqué, médicamenté, cousu, abreuvé, remis à neuf, ou tué, tout simplement. Peut-être n'y a-t-il que des Jabba the Hutt, des orthopédistes avinés qui règnent en ces lieux ? Soudain, illumination faite de rayons mauves, rouges et bleus : sur le perron de la clinique, j'aperçois deux jeunes hommes au teint un peu pâle, voyageurs d'outre-mer fraîchement débarqués ! Mes fils ! Mes garçons ! La chair de ma chair ! Tout sourire, ils se lèvent comme un seul homme. Pierre ! Mathieu ! Enfants chéris ! Comment avez-vous fait pour savoir ? Débrouillards, va ! Vous avez téléphoné à Pokhara en descendant de l'avion, après avoir trouvé une piaule où vous loger dans cette capitale de tous les miasmes ? On vous a indiqué l'adresse de la clinique où l'on me télétransportait ? Vous voulez une histoire ou deux, des anecdotes à propos de mon périple des derniers jours ? Mais je vous laisse d'abord vous exprimer ! Comment allez-vous ? Comment était votre vol ? Des poches d'air vous ont-elles brassés à 10 000 mètres d'altitude ? Comment était l'attente à l'aéroport de Los Angeles, cette gare de triage où les administrateurs ont été mille fois plus préoccupés par la sécurité que par le confort de leurs passagers en transit ? Ah ! Vous n'avez pas traversé le Pacifique, mais plutôt l'Atlantique, via Amsterdam ! Ah, bon ! Et dans le port d'Amsterdam, les marins tanguaient-ils en sortant de leur bistro, rotant, pétant et dégrafant leur braguette devant l'immensité de la nuit ? Quoi ? Vous me confirmez que, pendant votre traversée, vous aviez dans vos baladeurs les airs de Jacques Brel de même que ceux de Tom Waits! Sacrés fils! Venez que je vous serre dans mes bras maigres! Vous hésitez. Vous semblez incertains, les yeux écarquillés. Vous le trouvez livide et bien vieilli, votre papa d'aventure? Normal. Une accolade, un bisou. Allez, fils sublimes! Faites-moi remonter dans un aéronef géant qui nous ramènera au pays de Maria Chapdelaine, du frère Marie-Victorin et de Gaston Miron le magnifique! Quoi? Vous me dites que je devrais plutôt m'étendre sur ce grabat qui se trouve devant moi, me laisser transporter vers une chambrette obscure où ça sentira à la fois le moisi et le sent-bon! J'ai hâte de tout vous dire. Assoyez-vous à l'indienne, chers enfants, que votre père vous sidère avec deux ou trois historiettes croustillantes! Quoi? Vous êtes troublés, chamboulés par mon allure? Vos yeux sont grands comme des cinquante sous. Peut-être devrais-je demander un miroir afin de savoir de quoi j'ai l'air… Une vieille totalement compatissante viendra-t-elle m'abreuver d'une mixture de Pang-Lassi pour que je ressuscite encore une fois, pour qu'il me pousse une cape de superman dans le dos? Je pourrais alors partir vers le Langtang ou le Dolpo en votre compagnie, vers ces obscures régions du Népal où l'Aventure mène à l'Amour, aux photographies rares et aux plus grands poèmes mystiques. Avec vous seuls, je veux voyager dorénavant, chers petits! Quoi? Vous n'êtes pas si petits? C'est vrai! Deux grands six pieds et quelques pouces! Emportez-moi dans votre hôtel de la rue des Magnolias. Qu'avez-vous choisi comme gîte temporaire à Katmandou? Une auberge dans le fond d'une ruelle où il ne vous en coûte que trois dollars par jour pour un matelas défoncé et une fenêtre restée entrouverte à cause d'un bris? Oui? Non? El Che et Fidel les marxistes seraient fiers de vous! Ne me laissez pas ici, chers enfants. Emportez-moi dans vos bras. Je guérirai cent fois plus vite grâce à votre présence aimante. Déguerpissons tous les trois! Mais quoi? Vous n'êtes pas d'accord?

Ly-Haï, Shiva et Arpita ont l'air découragé. Quant à Absam, il médite, assis sur un bout de pelouse. D'accord, d'accord! Je suis trop faible pour faire autre chose que délirer dans ma tête. Ly-Haï vous salue. Absam se lève pour vous donner l'accolade. Arpita et Shiva vous racontent des bribes de certaines de nos aventures.

Je me laisse choir sur la civière. Kamir, le chauffeur, soulève son bout tandis qu'un jeune employé de la clinique prend les poignées de devant. Mais je ne veux pas qu'on me hisse au deuxième étage de cet hôpital privé. Je veux continuer de jaser un long bout de temps avec les fils spirituels de Jos Montferrand, sinon je m'échapperai pendant la nuit en me servant d'une corde faite de draps que j'aurai moi-même noués. Ni vu ni connu! Hé, Pierre! Ne me quitte pas! Tout peut s'oublier, je sais, mais ne m'oublie pas! Hé, Mathieu! Tiens encore pendant deux secondes la main moite de ton papa! Vous reviendrez dans la soirée, promis, juré, n'est-ce pas?

Mes fils me tournent le dos et repartent d'un bon pas. C'est maintenant que je veux que cette histoire se termine. C'est comme ça dans la tête des personnages quand ils arrivent au bout de leur rouleau! On me décharge sur un lit étroit dans une chambre noire au bout d'un corridor sombre sans rien ni personne pour me tenir compagnie. Tout le monde a eu envie de se reposer en même temps, même Absam. On me laisse seul, flambant seul comme un écureuil dans son banc de neige de février quand il fait un redoux après six jours par -35 °C, seul comme une marmotte perdue entre deux bretelles d'autoroute dans

une conurbation urbaine où ne survivent même pas les
pigeons, seul comme une souris verte qui aurait bouffé du
poison à rat. Cette histoire doit s'achever. Rien qu'à imaginer la présence de mes fils, j'éclate en sanglots, de longs
sanglots longs de Verlaine, comme des violons désaccordés.
J'ai l'âme fendue en deux. Je sanglote, puis j'éclate d'un
pleur qui mouille mes draps sales. J'ai six ans. Quelqu'un
d'important m'a laissé la main au mauvais moment dans
un immense stationnement conçu pour les machines et les
robots, mais sans aucun véritable espace pour les humains
et leurs émotions. J'ai été abandonné et je dis : Assez, c'est
assez! Je ne veux plus être si faible, au point de ne pas
être capable de suivre mes gars dans les rues en diagonale
de cette capitale que j'ai envie de commencer à détester.
Qu'on me donne ma quittance! Je ne veux plus passer de
tests, je ne veux pas qu'on me branche à un antique appareil qui essaiera de savoir d'où me viennent mes impulsions convulsives. Je me sauve, littéralement, et, en vérité
en vérité, je vous le dis, je fais mes bagages. Mes affaires
doivent être quelque part dans le camion ou dans le hall
de la clinique. Je les récupérerai bien à un moment donné,
mais auparavant, je me sauve, je rejoins mes fils et nous
flyons directement vers l'Amérique, là où les docteurs sont
peut-être occupés comme des hommes et des femmes
d'affaires, mais où on ne peut en général pas douter de
leur compétence. À la vue des murs défraîchis de cette clinique, ma confiance s'est évaporée. Où sont donc mes garçons? À l'hôtel du Sentier Lumineux? À l'hôtel de Jade? À
l'auberge des Ti-cœurs après neuf heures? Hôtel de Jade,
je crois… J'aurais dû faire préciser le nom exact de cette
auberge pour jeunes hommes en transit à Katmandou,
l'adresse où je pourrais me faire conduire en taxi. Mais
toute notre conversation d'entrée en matière s'est déroulée

si vite, sur un mode si éclectique, dans tous les sens, avec tirades émouvantes et cris de joie…

Je dois faire taire mon cerveau. Créer une espèce de vide. Silence, le malade! Fais dodo. Repose-toi un peu. Dès que tu auras repris des forces, tu déguerpiras. M'entendez-vous, chers fils? Êtes-vous là, cachés dans un placard, prêts à intervenir, spécialistes de la brigade des sauveteurs de pères finis! Ouh, ouh! les gars… J'entends des pas… Une Ly-Haï nouvelle vient-elle m'essuyer les tempes? Veut-elle me couvrir de baisers pour me rassurer sur mon sort? Des talons claquent sur le carrelage du corridor. Je fais le mort. Je garde les yeux entrouverts pour tout voir, mais je fais semblant de dormir. Aïe! Un colosse, une brute, un infirmier assistant d'orthopédiste, mal rasé, des biceps plus gros que mes cuisses, me bouscule l'avant-bras cassé. C'est qu'il me fait mal, le salaud! Il est à la recherche du cathéter resté fiché dans l'une de mes veines. L'autre bras, idiot! Je fais le mort. Il doit croire que je dors. Quel sacré comédien je fais! Le type sort une tige à soluté d'une armoire, prend une poche de plastique qu'il aboute à ce qui me sort du bras et commence à m'instiller des vitamines, des produits régénératifs. Souhaite-t-il simplement me réhydrater? Il le faudrait bien. Il repart, me laissant seul dans ma chambre avec une soif de gars perdu dans le désert depuis trente jours. «Jeannine, j'ai soif!» hurlerait un client nerveux à la tenancière d'un café dans un roman de Provence où même les cigales attrapent des coups de soleil tellement il fait chaud! J'aurais dû lui parler, à cet infirmier inconnu même pas beau qui sentait le patchouli, lui demander un verre de jus de fruits, quelque chose de frais qui aurait glissé entre mes dents. Maman… ma Poune à moi… commande à tes petits-fils de rappliquer au plus sacrant. Je veux m'enfuir de cet établissement d'où je ne sortirai pas vivant. Je mourrai si je ne pars pas tout de suite, voilà le verdict qui me trotte dans la tête. C'est comme ça dans le cerveau des aventuriers épuisés quand ils sentent que s'ils ne font pas ce mouvement de hanche-là, une fois tombés dans leur banc de neige à 5 000 mètres d'altitude, s'ils ne déplacent pas ce mollet-là, de cette manière précise, marmonnant pour eux-mêmes des tounes d'amour pour se donner du courage, s'ils ne font pas cela, ils ne survivront pas. Survivre, quand on est acculé au pied d'un pan de mur glacique, en haute montagne, devient un impératif. Ce sont des voix venues du plus profond de l'inconscient et des sources archaïques et collectives de la survivance qui s'imposent. Les aventuriers se doivent d'y répondre s'ils ne veulent pas trépasser. C'est tout à fait ce qui arriva à Guillaumet, l'ami de Saint-Ex, quand il se décida à sauver sa peau, même si, dans l'air raréfié des Andes, au cœur du froid le plus intense, après un crash d'avion, il n'avait plus que l'envie de se laisser mourir. Mais une voix, en plus de l'appel des siens et de sa femme, une voix intérieure lui ordonna de déplacer sa hanche de cette façon… Je le fais donc : je tasse mon bassin pour descendre de ce lit défoncé qui pue le vieux tabac ou un parfum d'Asie qui m'est inconnu, mais qui a fait son temps… Je pose mon pied bien soutenu par mon mollet gauche sur le plancher, puis j'avance. J'arrache net cette attache de plastique qui me pendouillait du bras. Je prends mes vêtements. J'entre dans mon pantalon. Je mets ma chemise. Je n'ai pas à me faire une corde avec des draps gris sale puisque je n'ai qu'à descendre un escalier, un seul. Je me retrouve au rez-de-chaussée, où je salue nonchalamment le portier de la clinique comme si de rien n'était. Une fois dehors, je hèle le premier taxi disponible pour me faire télécharger comme un courriel d'amour aux portes de l'hôtel où sont logés mes fils. Ils doivent présentement se nourrir de sardines enfouies dans des boules de riz en buvant du thé. Fistons, j'arrive!

Ai-je de l'argent pour payer la course? Oui, dans le fond d'une vieille poche! Il va bientôt faire nuit. Je suis en état de légitime fuite tous azimuts en direction d'un hôtel que je ne connais pas, dans une grande ville que je connais fort mal. Des milliers de personnes me côtoient. Ils ne me regardent pas, bien que deux ou trois garnements me lancent quelques œillades. Ont-ils l'idée de me pointer du doigt, ces chenapans, comme si j'étais le plus maigre des environs, plus maigre encore que les sadhus qui passent des mois adossés à des poteaux dans certains parcs, la barbe tellement longue qu'ils s'en servent comme pagne? Je m'observe la binette dans une vitrine de café. Le serveur me fait signe de déguerpir... ou d'entrer, je ne sais plus, ses mouvements de la main et du bras sont bizarroïdes. Peut-être trouve-t-il que je fais fuir la clientèle avec mon allure? J'entre. Je lui achète un Coca-Cola que j'enfile d'une traite. Un deuxième, s'il vous plaît! Le type me dévisage, médusé. Voit-il des bulles pétillantes à travers mon estomac rendu translucide par mon extrême maigreur? J'ai dû me serrer la ceinture sérieusement pour que tiennent mes culottes! Ai-je la tête d'un olibrius dévergondé en mal d'épilepsie récidivante qui pourrait me jeter par terre dans quelques instants? Je sens une aura qui me monte au nez. Intense odeur de feu de bois... Je quitte le café et sa vitrine. Je lève le petit doigt. Immédiatement, un rickshaw s'arrête pour me faire monter, moi, l'homme aux allures d'outre-tombe. «Hôtel de Jade!» Le conducteur me fixe avec des yeux inquisiteurs. «*Yes, sir!*» Il connaît l'endroit. Je suis verni. Ciré par la chance. Peinturluré par la grâce. L'homme me mène droit à mes garçons qui n'en

reviendront pas. Mais je fais peut-être une folie ? Mes deux
gars devaient revenir me voir en soirée, après s'être sus-
tentés et douchés. J'arriverai peut-être trop tard et devrai
les attendre à leur hôtel. Mais ils me chercheront ! Suite
et poursuite folles dans Katmandou à tenter de se rassembler familialement. À la clinique, on se demandera où
j'ai déguerpi sans avis médical ! Oh, là, là ! Je dois virer de
bord. Trop tard. Le chauffeur a déjà dépassé trois taxis, six
pousse-pousse, cent dix rickshaws et dix mille marcheurs
pour entreprendre l'ascension d'une colline, direction est.
Au loin, j'aperçois le soleil qui décline. L'air frais me fait du
bien. Je respire... L'air est rempli de mille senteurs. Bon air.
Je profite de cette manne qui me chatouille le nez. J'arrive,
les gars ! Le Coke mondialement répandu demeure une
panacée pour les grands déshydratés comme pour les victimes du choléra. J'en boirais bien un autre. « Chauffeur,
vous pouvez stopper quelques instants, le temps que je
m'hydrate encore auprès d'un vendeur itinérant ? » Merci !
Merci ! Le pédaleur de rickshaw repart dans sa grimpe de
la grand-côte menant à l'hôtel de Jade. Sans même être
essoufflé, il me demande d'où je viens, qu'est-ce que je
fais à Katmandou. Je lui dis que je m'en vais trouver mes
garçons qui sont venus rejoindre leur papa dans un Népal
qui grouille, sent bon ce soir, jubile, prie et chante. Ah !
le bon coup que j'ai fait de m'enfuir de cet hôpital insa-
lubre ! Ah ! la joie d'être libre même si le corps, toujours,
suit difficilement l'esprit qui vole. Ayant bu, je parviens à
me tenir plutôt droit sur la banquette collante de ce rickshaw qui a dû vivre les deux guerres mondiales en plus de
la guerre des Boers, antique moyen de transport encore
utilisé en Asie, qu'on emprunte en réfléchissant le moins
possible à l'immense activité musculaire dépensée par un
conducteur dont les quadriceps servent de moteurs. Pas

polluant! Mais l'humanité scientifique depuis les Lumières d'Europe n'a-t-elle pas travaillé comme une belle folle à diminuer toutes ces tâches que plusieurs ont jugées inhumaines parce qu'épuisantes? Le pédaleur reste pourtant tout sourire. Il a peut-être quarante ans. Force vive de la nature avec des mollets d'acier trempé et des dents si blanches qu'elles brillent dans la pénombre.

Il fait nuit noire quand nous débouchons devant l'hôtel de Jade. Pas chic chic. Une petite vieille apparaît dans la porte, armée d'un balai. Son clebs hurle à la mort, de toute évidence rendu fou furieux par mon conducteur de rickshaw. Bizarrement, il ne semble absolument pas préoccupé par ma carcasse personnelle. Le pédaleur a-t-il des morceaux de viande séchée cachés sous sa chemise? La vieille me demande en anglais — tout le monde parle anglais dans ce bourg! — si j'ai une réservation. Mais non! Je viens voir mes deux fils qui ont déposé leurs pénates ici même, dès leur arrivée à Katmandou. Le chien hurle sans arrêt. La petite vieille lui assène un de ces coups de balai de sorcière qui l'envoie promener dans un buisson ardent. Le clebs s'enflamme et disparaît. Silence dans le parterre! «Oui?» poursuit la mémée qui me semble tout le contraire de la Poune asiate. Un brin d'insolence dans la voix, de la nervosité dans le poignet qui manie le manche à balai, elle mâchonne quelque chose qui ressemble à du vieux tabac. Le chien en flammes — il ne s'était pas consumé! — débouche du buisson rempli d'épines et court se terrer sous la galerie en glapissant. Coucouche panier! «Pas ici! Aucun jeune homme débarqué à l'hôtel! Bonne nuit!» La vieille ne me fait pas une grimace, mais c'est tout comme. Elle crache sur le pas de sa porte une salive gluante goudronnée qui tuerait un clebs de trente kilos. Mais le fou de chien sort de toute urgence de sous la galerie et lèche le crachat avant de lancer un petit jappement de satisfaction. Mon chauffeur de rickshaw a bien vu que j'avais la corporéité chancelante et qu'il m'était impossible de songer une seconde revenir seul à pied pour faire les cinq ou six kilomètres me séparant de la clinique médicale. Homme d'affaires avisé, il a patiemment attendu à mes côtés. Ces chauffeurs de toutes les histoires sont toujours plus brillants qu'on veut le croire! «Pas ici!» répète la vieille qui s'apprête à lancer devant moi un autre crachat lourd de sens. Mais où sont donc mes enfants? À l'hôtel des Morts-Vivants? Non, plutôt à l'hôtel du Sentier Lumineux! Hum… On n'est pourtant pas dans les Andes, ici! La vieille prend un air écœuré. Son chien gémit. L'œil torve, il toise sa maîtresse, comme s'il avait furieusement envie de se remettre à japper.

Où sont donc mes fils? Ne me reste qu'une solution si je ne veux pas courir la ville toute la nuit et en tous sens à la recherche d'un hôtel dont je ne connais même pas le nom exact: je retourne d'où je suis venu, même si cela me tord l'âme. Je reprends ma place sur la banquette encore plus collante qu'à l'aller, non sans avoir galamment salué la proprio de l'hôtel le plus extra de toute l'Asie. Vishnou — je l'appelle ainsi, parce que, ayant profité d'un Shiva pendant tant de péripéties, je ne vois pas pourquoi je ne profiterais pas des gentillesses d'un Vishnou — se remet à pédaler, mais en sens inverse et en descendant la colline, ce qui nous fait lancer du feu derrière nos roues, des plans pour heurter de plein fouet une vache sacrée pour laquelle ce serait l'ultime sortie nocturne. Holà! guérilleros! Nous avalons la route dans l'air grisant. À l'hôpital, on me grondera peut-être un brin, mais bon, je ne compte pas y demeurer très longtemps. *Youppe youppe sur la rivière, vous ne m'entendez guère…* Vishnou, qui trouve ma chanson rigolote, m'accompagne avec un air de folklore ladakhi. Belle gang de hurleurs dans la nuit katmandouïenne! Nous écrasons quelques insectes, c'est sûr, à la vitesse supérieure à laquelle nous filons, mais les passants s'écartent. Deux vaches meuglent un bon coup pour nous signifier que nous leur manquons de respect quand nous frôlons leur troufignon. Et vogue le rickshaw dans les ruelles sales et transversales de l'autre-Montréal des contreforts de l'Himalaya!

La clinique réapparaît dans mon champ de vision, illuminée par deux banderoles de petites ampoules bleutées. C'est Noël! Noël! On attend l'enfant prodigue, le Nord-Américain qui osa sacrer son camp sans demander son billet de départ, qui arracha même le petit tuyau de plastique qui reliait l'une de ses veines à une alimentation extérieure, vitamines et liquides clairs pour nourrir les cellules passablement irritées par une maladie mal diagnostiquée. Mes deux garçons se trouvent exactement au même endroit où je les avais trouvés il y a quelques heures à peine, assis l'un à côté de l'autre. Ils se lèvent en me voyant débarquer du rickshaw de Vishnou qui joint ses mains en attendant le paiement de ses courses. Merci, mon ami!

Mes fils m'enlacent, bien que Mathieu, je le sens, ait envie de me gronder. «Mais où t'étais?» Père vagabond toujours parti en voilier ou en catamaran sur les mers du monde, où t'étais, bougre de nomade itinérant pas tenable en place pendant plus de deux heures dans le même lit?

Ne me chicane pas, fils bien-aimé. Son frère aîné a aussi quelques remontrances à me faire. Il s'est inquiété à sa façon, et quand on est inquiet, comme parent ou comme enfant, on laisse les émotions prendre le dessus. Mais il m'écoute: «J'étais parti vous rejoindre...» Quoi? Vous êtes débarqués à l'hôtel du Sentier Lumineux! Sans blague ! Pourquoi pas à l'hôtel du Chiapas et des forces révolutionnaires avivées par les pensées communautaristes du sous-commandant Marcos ? Je me disais aussi… Laissez-moi vous pincer les joues, vous serrer dans mes bras rachitiques. Je chancèle. Mathieu me rattrape juste avant la chute, alors que le colosse qui était venu dans ma chambrette de noirceur apparaît sur le pas de la porte. Non ! Je ne veux pas qu'il m'approche. Ce n'est pas un soignant, ce bagnard-là, c'est un tueur en série ! Ramenez-moi avec vous, chers fils ! Je ne rentre pas dans ce bordel de clinique où flottent des morceaux de l'âme de Jack l'Éventreur ! « Mais papa… », ose Pierre qui a du bon sens plein la tête. *No way*, mes boys ! Ramenez le vieux dans votre piaule temporaire ! Couchez-le dans votre hôtel fondé par les fidèles du révolutionnaire Abimael Guzman Reynoso. Je guérirai bien assez vite pour m'envoler à votre suite ! Mes bagages ? Prenez mes deux sacs s'il vous plaît. On hèle un taxi, on y pose nos trois postérieurs et Go ! Go ! Johnny ! Go ! « Un ordre, c'est un ordre ! O.K. boys ? » Je me sens la verve d'un général McArthur haranguant ses troupes après sa victoire contre les forces communistes en Corée !

Mes fils obtempèrent. Mais le colosse s'approche pour me faire observer que le plâtre autour de ma fracture est en fort mauvais état. « Je peux vous le refaire avant que vous partiez… » Il est retors, le bougre. Est-ce un piège ? Il veut m'attirer dans un donjon secret d'où je ne sortirai pas avant le XXIIe siècle ! Non ! Non ! Je préfère laisser mon poignet guérir tout croche ! D'ailleurs, il ne fait pas trop mal. *Vade retro, infirmeras !* Mais les deux fils qui me soutiennent me convainquent d'au moins laisser replâtrer mon avant-bras qui sent le ti-bonhomme de pain d'épices. « Allez, papa ! » Vous me jurez que nous partons dès que le plâtre est refait ? Vous savez, je sais que vous auriez aimé vagabonder dans le Khumbu pendant que votre paternel guérissait tranquillement dans cette clinique. Mais, voyez-vous, je ne le sens pas, moi, ce lieu. Je veux rentrer chez moi où je remettrai ma pendule à l'heure. Je n'ai que le goût de déguerpir. On retouche le plâtre et on part. Ça vous va ? « Ça nous va ! » s'expriment les fils qui me font enjamber les six marches conduisant à une petite salle de plâtre où le colosse s'avère plus gentil que je le croyais. Une perle. Des mains de fée ! Un sourire radieux. Un corps de géant supportant une âme de nurse. Il me drape l'avant-bras après l'avoir délesté de son vieux plâtre, après avoir appliqué une guenille pleine d'antiseptiques pour tuer les vers qui y grouillaient.

Je me retrouve ensuite dans la nuit de Katmandou avec mes garçons qui traînent mon bagage et ma personne. Taxi ! Taxi ! Partons la mer est grise ! Des étoiles nous guident. Je dormirai entouré par deux garde-corps à qui j'ai donné le coup de pouce nécessaire à leur naissance. Rien de mieux pour un père ! À quoi sert de mettre au monde une progéniture de qualité si elle ne vient pas nous secourir au moment opportun ? Je suis opportuniste, je sais, mais quelle joie faramineuse d'être avec mes deux gars dans un taxi conduit par un réfugié tibétain qui a placardé quarante-six photos du dalaï-lama partout sur ses banquettes et dans ses vitres et qui nous mène droit à l'hôtel du Sentier Lumineux ! J'ai laissé un message à mes amis népalais pour qu'ils sachent où me joindre.

Vivat pour sa sainteté le dalaï-lama qui nous accompagne dans notre envolée vers la retraite dorée, la guérison assurée, la Bonne Espérance, le bientôt départ en Airbus vers les terres du Canada encore enneigées !

12

Je m'éveille dans la chambre d'hôtel de mes fils qui sont là pour me dorloter. Petit croissant. Je ne sais pas si je parviendrai à digérer cette nourriture-là... Mais où trouvent-ils des croissants? Courent-ils jusqu'à la rue Mouffetard à Paris? Je me rendors. Je m'éveille à nouveau. Mathieu est là. Son frère est parti prendre l'air. Il reviendra dans quelques heures. Mathieu veille.

On me surveille. On m'éponge. On me sustente. On m'hydrate. Je tombe à tout moment dans le sommeil. Mon corps reprend des forces. Pas d'autres convulsions. Mes garçons ne semblent pas vraiment inquiets. Si j'allais trop mal, ils pourraient me ramener à la clinique. Quand je m'éveille enfin pour la peine, j'aperçois Shiva, assis sur un tabouret, près du lit. Ai-je tant dormi? «Beaucoup! répond-il. Vos fils sont partis se promener en ville.» «Arpita n'est pas là?» «Elle est avec les révolutionnaires, me répond Shiva. Il se prépare quelque chose de gros pour bientôt, une grande marche dans tout le pays qui aboutira aux portes du palais... Ça va barder!» Il est triste, mon guide. Il voudrait vraiment que je lui donne un coup de main avec les papiers d'immigration, avec son rêve d'Amérique. Il est triste, aussi, parce que sa femme lui a révélé toutes ses actions sociales et intempestives et plutôt dangereuses pour sa santé, en plus de toutes ses envies de changer le monde et d'améliorer les conditions de vie de ses concitoyens. Ils ont parlé pendant des heures et des heures depuis l'affrontement avec les soldats. Shiva ne savait rien des rêves et des actions de sa femme. Les femmes d'aujourd'hui, elles ont l'aventure dans le sang, tandis que lui, il ne rêve que d'une famille avec elle, cette Arpita qu'il a choisie sans trop la choisir parce que ce sont ses parents qui l'ont trouvée pour lui. Mais il l'aime. Il l'aime tellement! Il me demande pourtant de l'aider à quitter son pays, si j'en suis capable, même s'il sait que je suis malade. Mes deux fils vont bientôt me charger dans la soute à bagages d'un gros transporteur en direction de Munich, avant que nous fassions escale à Paris. Ah! Paris! Lui, Shiva, il aimerait bien mettre un jour le petit orteil dans la France des croissants mous et du vin rouge, le temps d'une pause avant le grand flyage vers l'Amérique dont il rêve depuis son enfance. La misère du Népal, il en a marre! Marre marre marre! Et il s'imagine mal en combattant maoïste avec une vieille kalachnikov enrayée entre les mains. Il voit bien son Arpita d'amour vouloir gagner le pari d'une révolution pas trop sanglante, mais lui, il n'est pas révolutionnaire pour cinq sous. Ah, comme il est déchiré, mon Shiva. Ses mains déposées sur les miennes, des mains de guide foncées déjà pleines de corne et de cicatrices, il me pétrit l'âme en me demandant si je pourrais faire quelque chose, bien que, bien que, si je ne peux rien faire, il comprendra, car il est mon ami. Bien sûr que tu es mon ami, cher Shiva, d'autant plus que tu m'as sauvé la vie! Laisse-moi réfléchir à tout ça. Je note ton adresse postale de même que ton adresse de courriel. Mais ta femme? Que feras-tu? Shiva se lève, piteux. Il regarde par la fenêtre, comme s'il attendait l'éclatement de la première flambée capable de jeter dehors tous les corrompus du gouvernement. Que le roi aille planter des choux dans l'un de ses jardins secrets et qu'on en finisse!

Je voudrais serrer mon guide dans mes bras. J'ai une dette envers lui. J'ai une dette envers tous mes amis. Je pense à Absam et à Ly-Haï. Oh, LA femme! Se doute-t-elle de toutes ces fantasmagories waltdysnéiennes qui m'ont flicobalté entre les oreilles pendant que je l'admirais? Où est-elle en ce moment? Quoi? Déjà retournée à Pokhara avec le chauffeur? Shiva me dit qu'il est campé dans la cour d'une tante d'un beau-frère de Ly-Haï qui vend des babioles aux touristes. Absam, lui, a décidé de séjourner plus longtemps chez les réfugiés tibétains. Il compte même se rendre avec certains d'entre eux jusqu'à Dharamsala pour serrer la pince du chef bouddhiste par excellence, l'un des plus célèbres exilés politiques du monde, homme à l'éternel sourire et aux grosses lunettes de corne, qui ne cesse de transporter un peu partout son message de paix en combattant avec sa seule parole l'oligarchie qui dirige depuis des décennies la vie de plus d'un milliard de Chinois. Shiva précise que jamais, lui, il n'irait se jeter dans pareil guêpier. À son avis, il faut faire attention aux Chinois parce qu'ils ne sont pas moins impérialistes que l'étaient les Anglais du temps de la reine Victoria. Oh, là, là. Ce Shiva a lu bien plus que ce qu'on pourrait croire. Mais ce dont il rêve, c'est de l'Amérique, parce qu'il a beaucoup fouillé dans les revues à propos du Canada, là où il y a encore des montagnes inviolées, à peine visitées par les Autochtones eux-mêmes. Shiva me sort de sa poche un article tiré d'un vieux numéro de *National Geographic* dans lequel on parle d'un tourisme nouveau genre qui attire les Allemands, les Français et les Scandinaves. Shiva pourrait être guide pour eux. Il rêve. Il s'imagine fort bien dans les régions les plus reculées de mon pays en train de se battre à mains nues contre des loups affamés. Je souris. Sympathique Shiva, qui se sent l'âme plus forte pour affronter les bêtes sauvages nordiques que les soldats gouvernementaux asiates. «Tu sais, les loups, chez nous, sont plutôt habillés en complet-cravate. Ils brassent des affaires dans les centres-villes… Les loups de la toundra filent la plupart du temps pas mal doux… Doux doux, les crocs blancs…» Shiva sourit. Cet article doit traîner dans sa poche depuis une décennie tellement il est chiffonné. Lu et relu des centaines de fois pour activer la fonction de rêverie éveillée d'un jeune homme aux yeux de biche. Il rêve en grand, ce Shiva qui conçoit sa vie heureuse ailleurs que dans les batailles de rue ou dans la pauvreté triste des enfants qui doivent marcher pieds nus dans la neige des sommets. Mais pour le montagnard endurci, plus c'est retiré, plus c'est silencieux, plus c'est plein d'air pur, meilleur c'est! Je lui prends la main, comme s'il était une vieille connaissance. «Je ferai mon possible…» Shiva me dit qu'il doit rejoindre sa dulcinée. Moi aussi, je veux m'en aller, cela devient obsédant. Je me sens maintenant capable de supporter plusieurs heures d'attente dans un aéroport en plus d'un voyage de dix-huit heures en changeant deux ou trois fois d'avion. Mes fils ont pu démêler l'écheveau de nos billets. Demain, peut-être, il y aura un vol… Peut-être… J'aimerais de tout cœur revoir ceux et celles qui ont empêché que je meure… Shiva? Il est parti en douce. Je bredouille son nom… Il n'est même plus dans le corridor. Nous aurions pu discuter encore, de politique internationale et du fait que la Chine communiste a su accaparer une grande partie de la production manufacturière de la planète en piratant le modèle capitaliste de l'hyper productivité au moindre coût sans déroger en apparence de l'orthodoxie idéologique datant de la Grande Marche dictée par Mao

Tsé-toung lui-même. Quelle belle contradiction résolue! Mais à quels coûts? Au coût du Tibet annexé qui sert de réservoir en matières premières? Que de chicanes avec l'Inde pour des morceaux de paysages situés aux confins de l'Himalaya! Et patati et salade de patates diplomatiquo-guerrière sur fond de portraits d'un Lénine chauve comme une montagne haute de 8 000 mètres!

Mes viscères et mon cerveau se portent de mieux en mieux. Je serai capable de me rendre à bon port. Mais j'aimerais tant revoir Arpita et Absam et Ly-Haï. Ah, Ly-Haï, beauté d'entre les beautés! Jamais pareil visage n'apparaîtra plus dans mon champ de vision une fois les Amériques réintégrées... Ah, splendeur des yeux en amande qui fondent sur vous en plantant leurs ongles d'yeux jusqu'au cœur de votre sinciput. Où sont mes garçons? Je dois quitter ce monde, même s'il m'a donné tant d'amour! J'ai le cœur gros. Qui m'a demandé quoi que ce soit, mis à part Shiva qui m'imagine en parfait agent d'immigration, mais bon, il a été si généreux pour moi... Aurais-je fait la même chose pour un Népalais malade perdu dans mon propre bled? Chez moi, la charité est d'abord bien ordonnée, consécutive à un état de fait et d'institutions politiques qui ne dépendent ni du chaos ni de l'anarchie. Système plus sain que bien d'autres... bâti de structures logiques et logistiques, mais qui conduit à des injustices humaines horriblement criantes. Ces maoïstes népalais parviendront-ils à rendre leur pays édénique? Pourquoi pas? Rêvons. Arpita rêve bien, elle!

J'entends un coup de feu ou quelque chose du genre. À la fenêtre, une grande lueur règne sur fond de soir. Ça brasse dans les chaumières et tout autour, ça discute dans les rues, ça se radicalise, ça révolutionne dans le pays népalais et, en mon âme et conscience, je crois que c'est pour le mieux. Révolution d'Asie printanière, différente de la Révolution d'octobre en Russie, différente de ce qui arriva dans la France de 1789? Mais toutes les révolutions doivent-elles nécessairement être brassées dans un bain de sang? Il s'est bien passé une Révolution tranquille sur les rives du grand Saint-Laurent! C'est vrai qu'il y a tout de même eu quelques milliers de morts dans les régions isolées du Népal depuis que gronde la colère des pauvres, faisant des victimes tant chez les soldats que chez les révolutionnaires. Des innocents ont péri. Mais ce n'était pas les tueries à la Pol Pot du Cambodge. Au Népal, à ce que je sache, il n'est rien arrivé de semblable à ce qui s'est passé ailleurs partout sur la planète depuis des lustres. Népal au confluent des bouddhismes et des hindouismes où les changements pourraient peut-être s'opérer en douce? Peut-être… Chose sûre, pour l'instant, ça illumine fort dans la fenêtre de ma chambre d'hôtel. Rien de normal dans ces grands feux qui dominent la partie sud de la ville.

Mes deux gars ne sont pas revenus. Où sont-ils? Oh! mes fils, ce n'est pas le temps de jouer aux caméramans itinérants! Revenez! Revenez vite au chevet de votre *padre* inquiet! Revenez, que nous partions! J'entends des pas dans le corridor. Quelqu'un tourne la poignée de la porte… Mon vieux cœur de père fait un demi-tour sur lui-même, virevolte, scaramouche : ça serre! Absam, le sacro-saint de l'histoire, débouche dans mon champ de vision, suivi par mes deux garçons. Ils ont bu. Ils se sont soûlés la gueule! Ah, les éclopés! Ils ont l'œil à demi-fermé. On croirait mes deux gars avec leurs oncles fêtards dans leur pays d'origine, un soir d'anniversaire quand ils se disent, oncles et neveux, que rien ne vaut deux ou trois bonnes bouteilles pour profiter de la vie. « Est-ce la révolution ? » que je demande. « Il faut toujours une révolution pour que les humains gardent pied dans le plus grand sens de leur existence ! » proclame le bouddhiste qui chuinte bizarrement. Mes fils se laissent tomber sur leur lit en rigolant. Je leur demande ce qui se passe dehors. « Les Grands Feux Loto-Québec ! » répond Mathieu. « Ce n'est pas une attaque ? » « Non ! Des grands feux ont été allumés sur une colline. On est venu te chercher ! C'est le party ! »

Et voilà que quatre hommes, un moine bouddhiste, deux fils nord-américains et un trekkeur amoché, se dirigent vers le grand rassemblement du printemps de Katmandou. Cortège de dizaines de milliers de personnes qui convergent vers la colline de la liberté ! *Ma liberté, longtemps je t'ai souhaitée...*, entonne le lobe temporal de mon cerveau droit en harmonie avec la zone orbito-frontale, celle qui fait des blagues et rumine calembour sur calembour quand mon corps n'est pas trop détraqué. D'innombrables *Om mane padme Om* sont lancés par la foule. Des vieillards sortent de leur cagibi pour se permettre quelques pas curieux dans la rue. Les plus jeunes chantent pour les temps nouveaux. Le chef maoïste Prachanda va bientôt enflammer toute cette humanité. Les barrières édifiées par les organisations aristocratiques et bourgeoises du Népal s'effondreront de manière à créer le plus merveilleux pays neuf de justice sociale. Bienvenue aux grimpeurs et alpinistes et marcheurs et sniffeurs d'encens bouddhiste en provenance du monde entier qui voudraient dorénavant découvrir les beautés du Khumbu jusqu'au Dolpo ! Notre petit pays auparavant si pauvre jette dehors le roi et la reine et les bouffons et les secrétaires et les sous-secrétaires. L'avenir avec des ballons, c'est maintenant qu'il se dessine ! La bringuebalante rossinante gouvernementale rue pour une dernière fois dans les brancards ! *Y a d'la joie ! Bonjour, bonjour, les hirondelles !*

Sur la colline, il y a partout d'immenses feux. On a édifié des tours en bois pour mettre en évidence les chefs et cheftaines de la guérilla. J'aperçois le bon visage de Shiva, debout au pied d'une tour sur laquelle se trouve grimpée Arpita, illuminée par un spot lui-même alimenté par une petite génératrice. Quelle organisation ! Arpita tient un porte-voix, celui-là même que tenait le jeune homme il y a quelques jours, à une dizaine de kilomètres d'ici. Ce gars-là colle encore une fois Arpita. Shiva finira par devenir jaloux comme un coq si l'autre continue de côtoyer le flanc de sa belle en lui faisant les yeux doux et en lui chuchotant des consignes à l'oreille. Soudain, Arpita invite le grand chef Prachanda à fendre la foule, à monter l'escalier qui le mène à une autre tour située à dix mètres. Hourra ! Puissante ovation pour les révolutionnaires !

Quand donc tout cela finira-t-il ? Les avions de la garde-côtière bombarderont-ils les insurgés comme cela se passa à La Moneda de Santiago du temps du *presidente* Allende ? Quand s'amorcera la conclusion du mauvais film de propagande anticommuniste ? Pourquoi les soldats du roi ou du premier ministre n'interviennent-ils pas ? Sont-ils en train de se regrouper devant leurs casernes ? Quel drôle de pays foncièrement pacifiste que ce Népal, si un coup de feu ne vient pas tuer Prachanda. À moins que les soldats se soient mutinés, considérant que leur paye de six mois équivaut à huit jours de salaire pour un guide de haute montagne ? À quoi bon défendre les intérêts des généraux qui n'ont même pas les moyens de nourrir leur armée ? Les soldats ont-ils fait défection ? Je prie pour cela.

J'attends le moment où Arpita, dans une langue que je ne comprends pas, mais qui me sera traduite par Absam, encouragera les soldats de toutes les unités de la capitale à soutenir la seule cause qui soit juste et bonne, la seule qui en vaille la peine et le sang… Oh! quel moment de profonde connivence avec les forces d'harmonie cosmique! Les brasiers diminuent en intensité. La foule entre en recueillement. Cent mille personnes redonnent un grand coup de *Om mane padme Om*… Incroyable! mais tout à fait conforme à ce que l'imagination la plus naïve aime croire! Au lieu de vouloir assassiner des soldats, ces gens prient, les mains jointes, hindouistes et bouddhistes réunis. Même que plusieurs musulmans semblent faire partie de la cérémonie.

On scande le nom de Prachanda. On scande aussi le nom d'Arpita. Shiva baisse les yeux. Se demande-t-il s'il finira par quitter ce pays qui renaît de ses cendres? Il m'aperçoit dans la foule, me salue poliment, presque gêné, puis bascule à nouveau la tête vers l'arrière pour mieux admirer la future mère de ses enfants qui ne sera peut-être jamais autre chose qu'une mère imaginaire parce que si elle continue à apostropher les forces déliquescentes du pays, il est évident qu'elle ne survivra pas. Il existe des limites à la finale des films, même les plus hollywoodiens. D'ailleurs, un mouvement de masse, sur la droite, nous permet de comprendre que la gent policière s'est manifestée. Ah, les voici, les voici, les voilà, les « ceusses » que personne n'aime! Les feux sont interdits en public, particulièrement sur cette colline et encore plus pendant la nuit! On sort les matraques en même temps que les constats d'infraction. Prachanda descend de sa tour pour être aussitôt emporté par quatre ou cinq collègues maquisards qui en ont vu d'autres. Les garde-corps du grand chef ont été formés à la bonne école. Mes fils paraissent sidérés. Quand donc, par chez nous, avons-nous l'impression de participer à autre chose qu'à la Grande Consommation mondiale? Ici, au Népal, tout reste à inventer, à modifier, à créer. « Quel pays!» s'exclame Pierre. Mes fils ont des feux follets dans les yeux. La jeunesse ne peut se passer d'idéal. Or, le père titubant recommande à ses enfants de sacrer le camp au plus vite! «Mais papa…», réplique Mathieu. Arpita est à ce moment bousculée par un agent de la non-paix. Shiva s'interpose. Mon guide a les biceps solides et le poing fermé, la mâchoire inférieure barrée, du sanguin dans la gorge qui bouillonne. L'altercation va dégénérer. Mais encore une fois, il fallait s'y attendre: Absam intervient. Il s'interpose, joue aux apaisants avec sa bure, sa bedaine et sa tête de Bouddha. Il fait entendre raison à l'entité des forces de l'ordre en lui racontant une histoire salace, en l'alcoolisant peut-être avec son haleine qui n'est pas encore débarrassée de toute la bagosse ingurgitée avec mes fils qui s'agitent de leur bord, qui trouvent le débat public plus passionnant que jamais, qui se disent que ces policiers-là paraissent moins durs que les policiers de notre pays, particulièrement lors des grandes festivités de la Saint-Jean, à Québec, alors que les poubelles publiques roulent dans les côtes du palais et de l'hôtel de ville. Absam a pris l'agent qui voulait arrêter Arpita par les épaules. Ou bien il va le tancer, l'admonester vertement en le renvoyant à ses devoirs de fils indigne, vers sa mère qui se fait du mauvais sang, ou bien il va se mettre à danser le tango avec lui. Le type paraît totalement débobiné, ce qui donne le temps à Shiva d'entraîner la flamme de sa vie vers un lieu sûr, dans la noirceur d'une ruelle voisine. Les reverrai-je? La foule se disperse. Absam enguirlande ouvertement l'agent devenu orange qui ne sait plus à quel boss remettre sa matraque. Mes fils, qui veulent encore plus d'action, s'enquièrent de la teneur des événements auprès de certains badauds: «Y a-t-il une autre manifestation ailleurs sur une autre colline de la ville?» Ce sera suffisant pour ce soir, vous ne

trouvez pas, chers garçons émoustillés par la fête révolutionnaire? Ce n'est pas de la rigolade, ici! Les sirènes des
camions de l'armée devraient bientôt hurler. Des soldats
plus lourdement bottés devraient remplacer ces policiers
en sous-nombre qui, de toute évidence, sont dépassés par
les événements. Des cordons de foule tranquille refluent
vers les favelas ou le centre-ville. On fait demi-tour, les
gars! Demain, nous avons un Airbus à prendre!

Nous marchons dans Katmandou qui gesticule de plaisir puisque Prachanda a pu haranguer sa foule, secondé
par une Arpita qui doit être dans tous ses états. Que lui
dit en cet instant son Shiva de mari? Lui parle-t-il de mon
acquiescement à propos d'une aide à leur émigration vers
les Amériques du nord et de l'est? Mais la vraie vie d'Arpita
ne fait apparemment que commencer. Cette politicienne
pourrait être mutée au poste de ministre de la Condition
publique dans un prochain gouvernement de gauche. Se
chicanent-ils entre deux poubelles, les amoureux contrits,
main dans la main, ou plutôt non, avec les poings serrés?
Je pense à eux comme je pense à ma propre fuite. Je sens
que mes fils travailleraient bien pour l'agence Reuter ou le
New York Times s'ils se trouvaient des stylos et des appa-
reils photo, de manière à dévoiler au monde entier que
la révolution népalaise se trouve en marche. Moi, je suis
trop fatigué pour quelque coup de force que ce soit. Le
mal qui me triture le corps me laisse couard. En tant que
père, j'ordonne à mes fils que nous fassions un petit bout
de chemin vers mon lit. Je vais indubitablement mieux,
mais mon corps me rappelle que je n'ai plus les énergies
pour découvrir d'autres rassemblements politiques. Nous
reviendrons au Népal un beau jour d'un autre printemps,
chers fils. Vous me comprenez? Ben oui, mon papa, on te
comprend.

Dans les rues de Katmandou rendues effervescentes, c'est la fête! Les nouveau-nés ne dorment pas. Les mères n'allaitent plus. Les vieillards font des gigues. Les adolescents sont surexcités. Katmandou respire. Katmandou est heureuse! Faudrait-il que tout cesse abruptement à cause d'un ordre de débile mental, à cause d'une tuerie inopportune? Non! Non! Non! Ce n'est pas ce qui flotte dans l'air. On sent que les instances gouvernementales sont prêtes à certaines concessions. Même les vendeurs de glaces, les petits marchands et les loueurs de pousse-pousse en ont assez de la déroute du pays. Que les bourgeois eux-mêmes n'en puissent plus d'un Louis XVI, et c'est le signe que le couperet pourra tomber! Dans les cent rues et ruelles que nous empruntons, aucun soldat. Deux jeunes filles en robe légère apostrophent mes fils pour les inviter à danser. « Ça va? » « Ça va! » Je peux continuer tout seul, les gars! Je connais le chemin. Je prendrai le rickshaw qui se trouve à cette intersection, juste là. Fêtez bien votre dernière nuit au Népal! Nous partons demain en fin de matinée, n'oubliez pas!

Les fils s'envolent avec les filles. Je marche lentement. Même le tintamarre infernal qui règne dans la ville ne me dérange pas ce soir. Des milliers de personnes ne se coucheront pas.

Mon lit m'accueille avec ses draps blancs. Des milliers de gens ne couchent jamais dans des draps à Katmandou. Les draps sont-ils si nécessaires à une vie de bon sommeil? J'ai déjà passé des mois dans un sac de couchage qui a fini par sentir la crevette, l'orang-outang et l'omble arctique; je sais que ces mois furent parmi les plus heureux de ma vie. Des draps... symbole du confort... des draps de soie... je n'ai moi-même jamais touché à de la soie. Pourtant, dans les films, dans certains romans, on parle de la soie comme de l'apothéose du confort. Je suis tout de même content de m'allonger dans du propre. Couché dans la boue, ce soir, je serais malheureux. Les pauvres de ce pays ne demandent d'ailleurs pas des draps de soie. Ils veulent des lits, certes, du travail, de la dignité, de la bouffe. Ils ne veulent plus que leurs enfants meurent de simples pneumonies si faciles à guérir dans d'autres pays. Ils n'en peuvent plus de l'injustice. Comme ils regardent la télé et qu'ils ont accès à Internet et qu'ils écoutent des radios qui émettent d'un peu partout dans le monde, ils savent qu'ils subissent des injustices. Se préoccupent-ils du Nord-Américain maigrelet qui se repose dans sa chambre? S'en préoccupent-ils? Oui et non. Ils sont contents, je crois, quand je leur retourne leurs propres sourires. Ils ne voudraient pas que je vienne leur péter de la broue avec mes idées et convictions. Comme tant de gens pauvres sur la planète, ils sont par essence accueillants. Je devrais avoir le courage de changer de vie et de guérir ici, ou de ne pas guérir, de travailler avec Arpita et Shiva et Absam à parfaire la Révolution.

Je devrais avoir le courage de ne pas retourner dans un pays qui me soignera, et gratuitement, parce que chez nous, bien que le système soit battu en brèche, la santé à la socialiste fait encore partie des plus extraordinaires avancées de l'histoire humaine. Vivre quelque part sans avoir à se soucier de ce que coûteront les soins obligatoires pour ne pas trépasser trop rapidement: quel luxe! Il n'existe que bien peu de pays qui soignent leurs gens sur ce mode jugé « universel ». Elle n'existe pas encore au Népal, cette justice-là. Pouvoir être soigné en toute égalité, pouvoir aller à l'école sans que cela coûte la peau des fesses, voilà ce que demandent les pauvres de toutes les époques et de toutes les sociétés. Voilà ce que les riches et les nantis doivent offrir aux malchanceux, sinon, tôt ou tard, leur tête finit par tomber dans le panier des pommes pourries, sectionnée par la guillotine de la défaveur publique.

Je finis par m'assoupir dans de beaux draps. Dehors, on salue l'aube nouvelle.

13

Temps des départs. Temps des sacs et des valises remplis à craquer. Une petite pierre blanche ramassée près d'un ruisseau qui sentait la lavande; une photo d'enfant achetée dans un bazar à la croisée des chemins; une fleur séchée dans un cahier d'écriture; des pantalons déchirés qu'on aurait dû jeter, mais qu'on ramène par nostalgie, dont on se débarrassera dans le pays où tout est jetable, jusqu'à la Porsche de l'année. Je n'en reviens pas: je pars! Mais je pars à moitié. Une partie de moi ne partirait pas. Cette ambivalence me donne le tournis. Un grondement bizarre m'emplit l'oreille gauche, pareil à un bruit de camion qui serait stationné au pied de ma fenêtre. Rien n'est encore guéri complètement dans mon corps. Une bébitte insidieuse continue de faire ses ravages, je le sens. *J'aurais dû ben dû donc dû*, chante le poète. J'aurais peut-être dû patienter dans cette clinique de Katmandou pour y recevoir des traitements, après quelques examens utiles… Mais mon petit doigt en même temps que mon château fort intérieur me disaient qu'il valait mieux que je déguerpisse pour qu'une fois toutes les mers du globe retraversées, je reçoive le bon traitement de la bonne manière, la thaumaturgie qui remettrait ma carapace dans le droit chemin de la santé… précaire santé…

Mon esprit est flou ce matin, mais peut-être pas autant que celui de mes deux gaillards qui sont revenus aux petites heures, l'œil allumé, pas demi-fermé comme la veille après la brosse prise avec le gros Absam, l'œil incendié par les filles de Katmandou qui les ont fait virevolter et chercher d'autres groupes de fêtards qui jouaient du bandonéon comme s'ils avaient été à Buenos Aires. Fils nonchalants qui n'ont pas grand bagage à ficeler puisqu'ils n'ont pas vraiment eu le temps de défaire les leurs. Je sais fort bien qu'ils vivraient encore quelques semaines supplémentaires dans ce Népal d'effervescents dynamismes. Révolution! Révolution! Ce mot-là résonne avec des échos joyeux dans les oreilles des gens de vingt ans... comme si régulièrement, quand les papys et les mammys du monde assoient leur pouvoir sur trop de fatigue et trop d'exigences idiotes, les êtres plus jeunes avaient envie de hurler: «Du balai! Dehors la grisaille des fonctionnaires dans la cinquantaine qui tueraient leur grand-mère pour que la société qu'ils ont créée ne change pas d'un iota!» Mes fils me semblent jubilatoires en même temps que très mous. Ils n'ont pas dormi une seconde.

Nous quittons la chambre pour descendre un petit escalier en bois. Nous sautons dans un taxi qui nous emmènera jusqu'à l'aéroport international. Moi qui n'ai même pas fait un baisemain à Ly-Haï qui va bientôt accoucher, dont je ne verrai rien de la beauté qu'elle mettra au monde. Moi qui n'ai même pas serré Arpita dans mes bras. Moi qui n'ai même pas remercié Absam de tant d'interventions fatidiques au cours de cette rocambolesque équipée. Est-il déjà sur la route de Dharamsala, ce Bouddha contemporain, armé de son bâton de pèlerin, en marche avec trente Tibétains exilés qui osent espérer qu'un jour leur pays redeviendra souverain, autonome et sacré?

Je pars! Fly! Fly! Je reviendrai une autre fois au Népal avec mes fils et nous aurons dans nos bagages des tonnes de gâteaux aux fruits pour offrir à tous en guise de cadeau. Nous parcourrons les sentiers d'un pays renouvelé. Mais pour l'instant, partir m'est doux. Il en a toujours été ainsi dans ma cervelle de nomade invétéré. J'ai toujours aimé partir. Ma raison me dicte… ma foi me convainc… ma folie me donne envie de crier : je vous ai aimés, belle gang de Népalais ! Je joins les mains à la manière hindo-bouddhiste devant le portier qui me retourne poliment mon geste. Quelle belle manière de saluer ! mille fois mieux qu'un salut militaire avec la main raide sur le bord de la casquette, le corps raide, l'esprit raide. Une espèce de délicatesse faite de non-agir d'inspiration taoïste, peut-être issue de certains contacts avec des textes datant de 2 500 ans, écrits par des sages qui savaient bien que l'action la plus déterminante, comme le plus pérenne, demande toujours sa non-action équivalente. Est-ce la raison de cette pauvreté qui colle aux vitrines et aux devantures alors que le chauffeur de taxi tente de se frayer un chemin dans la foule bigarrée flirtant avec la joie ? Toujours quelqu'un qui cherche à vendre quelque chose ou qui va quelque part ou nulle part. Mais aujourd'hui, le jour même où je déguerpis, tout le monde sait qu'il se passe des choses uniques devant le palais royal.

～

Il faut habituellement un peu moins d'une heure pour se rendre du centre-ville de Katmandou jusqu'à l'aéroport. Mais à ce petit train, train-train qui n'ira pas loin, nous n'arriverons jamais à temps. Nous devons théoriquement décoller dans quatre heures. Je me fais de la bile, je m'impatiente. Mes fils, assis à l'arrière, ne disent rien. Ils observent, songeurs. Sont-ils toujours enlacés aux belles de nuit qui

les ont fait valser jusqu'aux petites heures? Heureux fils
de l'amour... Soudain... Eh oui! Déflagration! Coup
de bâton explosif dans un pare-brise arrière qui vole en
éclats... mais ce n'est pas le nôtre. C'est le pare-brise d'une
auto de luxe, une BMW qui roulait à petite vitesse juste
devant nous. Deux gaillards masqués ont frappé. Il y a de
la vitre partout. Le capot de notre taxi est couvert de morceaux de verre scintillants. Notre chauffeur s'est arrêté sec.
Le conducteur de la BMW se prend la tête à deux mains.
Pourquoi moi, maman? Pourquoi s'en sont-ils pris à moi,
ces salauds? Pourquoi moi quand je paie des taxes et que
je donne de la monnaie aux associations caritatives? Deux
vieilles dames tendent les bras en direction d'une ruelle
où se sont engouffrés les malfaisants. Nous nous trouvons
au centre d'une agitation violente. Rien ne sera paisible
comme la veille, ça se sent, ça se voit. Aujourd'hui, ça va
exploser! J'ai la colonne qui danse la rumba. Si on repar-
tait en direction de l'aérogare de Katmandou, chauffeur?
Il obtempère, déjoue la foule, s'éloigne des sirènes et des
policiers qui viennent constater les dégâts. Le propriétaire
de la BMW s'est recroquevillé près de son pare-chocs tout
en continuant à se tenir la tête, comme si c'était sa propre
tête qui avait volé en éclats. Je me dois d'avoir de la compassion pour lui. Pourtant, pendant un instant, je me suis
trouvé du côté des briseurs de vitres. Sentiment bizarre...
Si les agresseurs s'en étaient pris à notre taxi, je me serais
assurément retrouvé du côté des propriétaires d'automobiles, luxueuses ou non...

Nous poursuivons notre route, contournons des empi-
lements de pneus usagés. On allumera bientôt des feux qui
ne seront pas de joie! Il y aura de la casse. Notre aéronef
survolera ce grand remue-ménage... Pin-pon-pin-pon!
hurlent des alarmes provenant de véhicules militaires. Des

attroupements se forment ici et là. Aux carrefours, on voit des gens avec le visage masqué. Ils portent des foulards de cow-boy sur le nez. De toute évidence, ils ne veulent pas être identifiés. Ils ne veulent pas que la police aille torturer leur femme ou leurs filles une fois les manifestations terminées. On hisse les fanions de la révolte. On s'arme de bouts de bois et de barres de fer. Il me semble apercevoir une crosse de fusil entre deux hommes qui discutent ferme... Oh, là, là! Que feraient mes fils s'ils n'étaient pas emprisonnés dans un taxi de touriste? Prêts au combat pour la dignité de leur propre vie? Je les sens ouverts à une participation active à cette agitation sociale. Cow-boys fringants...

Les fils participent à la vie fougueuse du monde et interviennent avec beaucoup plus d'aplomb que les pères qui ont fini par décrépir et qui ont, en plus, des microbes dans le sang et au cerveau. Pas surprenant que les révolutions comme les guerres se fassent grâce à la force des jeunes gens qui combattent avec l'idée qu'il faut changer les choses pour le plus grand bien de tous.

Aux abords de l'aéroport, tout est bloqué. Des clôtures d'acier et des barbelés ont été déroulés pour empêcher la foule d'aller casser les avions, les trois ou quatre qui devaient partir ce midi-là, dont le nôtre. Les pilotes prennent un café en discutant palonniers et freins d'urgence avec les agents de bord. Pas de vols ni d'envols aujourd'hui.

Je m'assois sur une petite motte de gazon, la seule à deux ou trois cents mètres. Partout, il n'y a que de l'asphalte et du béton et des barbelés et ces soldats casqués qui font face à des manifestants scandant des slogans hostiles aux compagnies aériennes. Rien de bucolique dans le patelin! Je ne partirai donc pas. Pas aujourd'hui en tout cas. Je ressens soudain un intense coup de fatigue. Je m'allonge sur la motte de terre fraîche. Je dois me reposer. Mes fils et le chauffeur de taxi qui se gratte la tête font le guet.

Une pierre frappe un casque de soldat. Un coup de feu jette par terre le lanceur qui se tord de douleur. Cela s'est produit à cent pas de nous. Non, c'est pas vrai! Encore! Non, mais c'est une farce! Personne ne me croira! Le gros Absam n'est pas parti pour Dharamsala! Entouré de ses amis tibétains, il s'avance, lentement, tout en psalmodiant ce qui paraît une incantation. Il vient apaiser les factions adverses. Il impose la paix avec ses mains potelées. Dix autres moines habillés comme lui sortent des rangs de la foule qui se pacifie automatiquement. Les soldats se calment eux aussi les nerfs et les gonades. Les canons pointent ailleurs que vers les ventres adverses. Les index nerveux ne frôlent plus de si près les détentes. Grande cérémonie d'apaisement général. Les aéronefs de la Dubaï Air Lines et de la Lufthansa peuvent dormir peinards sur leur tarmac respectif. Il n'y aura plus de casse, pas dans les environs de l'aéroport international de Katmandou en tout cas. Les soldats peuvent appeler leur maman, leur dire qu'ils ne tueront plus personne aujourd'hui. Jour de grâce. Des manifestants s'occupent du lanceur de pierre. J'en vois un qui pointe du doigt notre taxi. Notre chauffeur est interpellé, son véhicule, réquisitionné pour transporter le blessé dont les tripes saillent, saignantes. Pierre leur donne un coup de main. Du sang tache bientôt les pantalons de mon aîné. Mathieu les aide à glisser l'homme sur la banquette arrière du taxi. Je ne reste pas étendu sur ma motte de terre grasse. Je me fouette, je me relève, même si tout tourne autour de moi. Le peuple s'est remis aux *Om mane padme Om* plutôt que de viser les têtes de soldats avec d'autres pierres. Absam est un magicien de l'harmonie publique. Les moines bouddhistes sont des agents de l'amour humain. Ce que je vis ici, en ce moment, je sais que je ne le vivrai plus, à moins que je ne provoque encore une fois et à un autre moment un hasard aussi fou qui, par la force des choses, deviendrait plus qu'un hasard. Je me doute que bien d'autres personnes ont vécu pareilles expériences. Des badauds espéraient sûrement que les chars russes ne les écraseraient pas à Prague lors d'un printemps qui tourna au gris parce que les bonzes comme Absam étaient peut-être trop absents... Pourquoi les moines et les moinillons ne font-ils pas plus souvent en sorte que les combats de rue se transforment en prière collective? Je dégobille un brin. Mathieu s'approche de moi, visiblement préoccupé, puis disparaît dans un brouillard opaque percé de quelques halos de libellules. Des sopraninos ailées fondent dans ma direction. Me voici transporté vers les cieux. Je plane au-dessus de la foule. Une belle aux seins pointus me bécote une oreille qui bourdonne. Me voici retransformé en un semblant de sexe ambulant. La foule applaudit à mes virevoltes aériennes. Je suis tiré par deux forcenées dont l'une a la beauté de Ly-Haï. Ô, mes belles, approchez que je vous embrasse goulûment. Dix elfes font vrombir leurs paires d'ailes transparentes. Joie! Oh, mais comme le sol est rude...

Je me retrouve étendu par terre au pied du blessé dont le ventre a vraiment été ouvert par une balle traçante. Pourquoi ne m'a-t-on pas couché dans le coffre du taxi? J'y serais mieux, à ce qu'il me semble, mieux qu'à quelques pouces des sanguinolences de ce ventre de quasi-trépassé! Le taxi se met en branle. La foule s'écarte. Une roquette de l'armée ne vient pas nous faire exploser. On respecte l'action magnanime du chauffeur katmandois et des jeunes Nord-Américains qui ramènent un grand blessé vers un lieu où il pourra être soigné.

Chaque trou dans la chaussée fait en sorte que ma tête tape contre le plancher du taxi. Les tripes du manifestant qui geint dégoulinent dans mon cou. Le type râle, couché sur le dos. Mes fils se sont tassés sur le siège avant d'un taxi devenu trop petit. Nous filons, à la mesure de nos moyens et selon la disposition d'îlots révolutionnaires parfois extrêmement agités. Des montagnes de pneus fument. Katmandou brûle-t-il? Où sont les belles qui rendraient mon agonie moins triste? Il me faudrait une bonne et vraie perte de conscience avec convulsion généralisée pour me redonner un peu de sexualisation imaginaire. Je tente de me refaire perdre connaissance. Mais ce n'est pas si simple...

À la clinique, on me reçoit avec patience. On me connaît. Mais on nous fait savoir qu'il est hors de question de soigner un paysan népalais sans le sou. Mes fils interviennent. «Vous soignerez ce type, vous l'opérerez!» J'entends clairement Mathieu dire qu'il paiera pour le gars. Combien? Deux cents dollars! Il sort de sa poche l'équivalent d'un premier cent dollars. Cash! Mon garçon aurait-il dévalisé une banque avant de voler jusqu'au Népal? Moi qui le croyais criblé de dettes jusqu'aux calendes grecques! Ovation pour un fils qui comprendrait mal qu'on traite son père alors qu'un homme aux tripes pendantes ne pourra être opéré pour seule raison de pauvreté.

On transporte le lanceur de pierre en salle d'opération. Quelqu'un vient m'offrir le même lit du deuxième étage d'où je m'étais sauvé. Je ne veux rien savoir de cette couchette! Pierre, qui se penche vers moi, me dit avec tendresse qu'ils me veilleront, son frère et lui, toute la nuit s'il le faut, avant notre nouveau départ, le lendemain, mais qu'à son avis je suis trop mal en point pour retourner à l'hôtel. D'accord, fils devenu père de substitution.

Je t'écoute! Je te remercie de démontrer tant d'intelligence affectueuse. Tu es sûrement ce que l'humanité a inventé de meilleur. Bisous, choux, genoux, hiboux! Je m'affale. La mort viendra-t-elle me faire oublier tant de gifles à la face de mon orgueil d'aventurier? Je me sens mauviette comme jamais. Mais j'assume.

Je me rassure sur mon sort de même que sur la légitimité de mes fonctions d'homme en me remémorant combien de soirs et de nuits et de crépuscules j'ai passé avec mes fils à les faire sauter sur mes genoux, à les emmener en forêt, à leur donner un bain, à leur chanter des chansons dans lesquelles les castors volent et les cloches des églises de la campagne québécoise carillonnent. Est-ce pour cette raison que ces enfants accoururent si promptement en Asie à la rescousse de leur paternel? Il y a plus, j'ose le croire. Ces fils acceptèrent d'intervenir dans le cours de l'histoire de leur père parce qu'ils savaient qu'ils lui sauvaient la vie en prenant sa place. Freud n'était pas un idiot, ah, ça non! Le neurologue-psychologue sut parcourir plus que brillamment l'*Œdipe-Roi* de Sophocle, histoire d'un jeune homme absolument intelligent, mais embourbé dans ses irrationalités, qui finit par tuer son père par inadvertance pour que s'accomplisse sa destinée. Sans sa jeunesse colérique, le Grec se serait retenu et n'aurait pas frappé un vieil acrimonieux à la croisée des chemins. Il l'aurait plutôt accompagné dans l'une de ses péripéties en attendant que la maladie le terrasse. Ainsi, il aurait pu le tuer sans le tuer, c'est-à-dire l'empêcher de mourir en lui rappelant que c'était grâce à lui qu'il ne mourrait pas tout de suite. Fils vainqueur/père vaincu sans l'être complètement. Le complexe d'Œdipe aurait été résolu, mais avec tendresse plutôt qu'avec hargne, avec gentillesse plutôt qu'avec un sale coup d'épée vengeur. Mes fils me permettent donc de vivre encore un peu, un peu plus longtemps, mais selon leur bon vouloir. Je suis en quelque sorte à leur merci. Merci de votre aide. Longue histoire de l'humanité entre fils et pères, sans cesse réitérée.

À Katmandou, l'heure est à la révolte. Et moi et moi, dans mon lit simplet, je me sais couvé par des fils un brin nerveux qui tentent de me surveiller les méninges, appréhendant l'un de mes départs onirico-sexuels… S'ils savaient que la convulsion généralisée donne parfois des ailes d'albatros à l'imagination fleurie, tant pour le bien que pour le mal! On ne m'a même pas installé de soluté. L'infirmier aux gros bras n'est passé qu'une microseconde en jetant un œil torve dans ma direction. Dès le matin, nous reprendrons un taxi nommé Volonté ou Chance et nous fuirons vers l'aéroport qui devrait avoir été dégagé de ses manifestants. Il est essentiel à la bonne marche d'un pays de laisser planer ses avions, même les révolutionnaires les plus endurcis savent cela. J'ai l'intuition que nous partirons. Mes fils me démontrent une patience pleine de tendresse. C'est de cela surtout dont on a besoin quand on se retrouve en fin de parcours existentiel: de la tendresse, bordel!

Je finis par m'endormir. Aussitôt, c'est mon impression, je suis éveillé par Mathieu dont la voix me dit: «Papa, il faut se lever. Prends ton grabat et marche…» *Un taxi nous attend*, comme cela arrive dans tant de chansons, au pied des escaliers de la clinique, conduit par un chauffeur qui est probablement un peu énervé par le fait de devoir se pointer à l'aéroport après tout ce qui arrivé la veille. Mes fils ont l'air plus que fatigués. Ils sentent le benjoin et le béni-oui-oui. C'est qu'ils m'ont donc vraiment veillé! Mais que s'est-il passé pendant toute cette nuit, autour de moi et ailleurs? Y a-t-il eu d'autres ventres ouverts comme celui de notre ami opéré durant la soirée? J'ai hâte d'avoir des nouvelles de ce compagnon de souffrances. Pierre m'apprend qu'il est allé lui rendre visite aux petites heures, dans la pénombre de sa chambre. Sa femme et l'un de ses fils étaient là. Tous les êtres exceptionnels de cette ville veillaient-ils quelqu'un cette nuit-là? Quand la femme et le fils ont aperçu mon aîné, ils se sont mis à genoux, pour le remercier, les mains ouvertes, ce qui a jeté Pierre dans tous ses états. Il a eu beau leur répéter que c'était plutôt son frère qui avait payé la rançon de cette gloire, que ce n'était que normal d'agir ainsi et qu'ils n'avaient pas à faire tant de sparages, qu'ils ne devaient pas demeurer à genoux de cette façon, parce que chez nous, dans notre Amérique, il y a rarement des gens qui se mettent à genoux pour remercier leurs bienfaiteurs, les Népalais sont restés agenouillés, à ce point que Pierre a dû littéralement s'enfuir pour aller chercher son frère et revenir avec lui de manière à ce que ces gens se relèvent et gardent toute leur dignité, de manière aussi à leur serrer la pince et fraterniser avec eux en échangeant des adresses de courriels avant de se rendre compte que l'abdomen du lanceur de pierre avait bel et bien et même très élégamment été recousu, sur une vingtaine de centimètres, du nombril jusqu'au pubis. Une balle de militaire lui avait effectivement ouvert la paroi, mais sans entamer trop gravement les viscères les plus profondes. C'est ce qu'avait expliqué à mon aîné un vieux chirurgien de service qui avait passé sa nuit à opérer, dans cette clinique comme dans un autre hôpital, non privé celui-là, donc théoriquement accessible à tous. Une dizaine de patients avaient bénéficié de ses services de bon vieux chirurgien au grand cœur, mais au corps blackboulé par trop de nuits blanches. Le plus jeune des blessés par balle, d'à peine treize ans, était mort sur la table

d'opération, victime d'une hémorragie, une simple hémorragie interne qui aurait pu être annulée par deux ou trois
transfusions sanguines. Mais le sang à donner au compte-
gouttes s'était fait tout à coup rarissime dans Katmandou.
Le vieux chirurgien, les yeux tristes, avait expliqué à mon
garçon comment la Révolution était devenue essentielle
dans son pays, plus essentielle que jamais! Et vive Mao et
les maoïstes! Et vive les États qui reprennent tous leurs
droits sur les impérialistes de ce monde pourri! *Go home*,
Yankees! *Go home*, Chinois! *Go home*, Indiens de l'Inde
pas moins impérialistes que tous les autres puissants de
ce monde! Le poing levé, le chirurgien avait entonné *La
Marseillaise*, au complet, avec un accent du midi de la
France, suivie de la *Marche à l'amour* de Gaston Miron,
mais cette fois avec un léger accent népalais. Pierre en
était resté éberlué, le québécois étant une langue aussi peu
connue que le provençal. Quelle nuit, mes amis!

Nous partons en envoyant la main à la femme et au fils
de celui qui repose, le ventre refermé. Ils ont tenu à nous
accompagner jusqu'au taxi. Quel était le nom du blessé?
Pierre sait seulement que son fils se nomme Tarkem. Sa
mère? Il ne sait pas... Faudra revenir un jour pour leur
demander... Mes garçons ne semblent plus du tout intéressés à quitter ce pays. Mais il le faut... pour mon bien.

Mes fils regardent partout, dévisageant les enfants
qui courent devant le taxi en nous faisant des espèces de
grimaces joyeuses, les éboueurs qui ramassent les tas de
pneus à moitié calcinés. La guerre est-elle déjà terminée?
Était-ce une simple insurrection, une insurrection toute
simplette, secouée par quelques accrochages, c'est sûr, mais
fort belle, somme toute, non? Est-ce que des révolutions-
insurrections peuvent être considérées comme «belles»?
On dirait bien que si... J'apprendrai probablement des

choses du haut des airs en parcourant le journal que m'aura proposé une hôtesse, ou un steward, ou le commandant lui-même. *Capitaine, ô mon capitaine!* Walt Whitman! toi qui t'es réincarné en commandant de bord: Flyons!

Nous embarquerons bientôt dans notre vaisseau spatial pas spacieux pour cinq sous! Aidez-moi, chers fils! Donnez la main à votre papa d'amour pour qu'il ne perde pas connaissance devant le stand de la compagnie aérienne. Dites à la belle qui vous joue des cils en souriant que le vieux, là, assis sur un sac à dos, eh bien, c'est votre vieux fini que vous ramenez dans la terre de ses ancêtres pour qu'il y soit enterré avec son calumet de la paix, ses bobettes trouées et son harmonica rouillé. Supportez-le en le hissant par les aisselles qu'il a humides, le fini du Népal, l'abandonneur du pays des révolutions bellissimes, le voyageur à l'esprit épuisé par trop de délires, le convulseur aux cellules déliquescentes de la base du crâne.

Il ne semble pas que le trafic aérien sera trop perturbé aujourd'hui. Nos billets d'avion sont valides; même chose pour nos passeports. Nous faisons la file, deux files, trois files. Question de sécurité. Les soldats sont plus nombreux que les douaniers; tous portent en bandoulière de grosses carabines, des modèles antiques. Les militaires les plus imberbes ont les index les plus rapprochés de la détente.

On annonce le départ du vol 281 de la Lufthansa. Mon cœur fait des farandoles, des saltos arrière, des piqués, des redressements. Ce vol d'avion, ce sera le nôtre! On montera les marches conduisant dans le corps du grand engin volant après avoir déambulé nerveusement sur le tarmac. On se tiendra tous par la main en pensant que, dans notre pays, on est capable de soigner les maladies rares tout comme les banales parasitoses. J'ai la nausée. Vais-je encore perdre la boule en même temps que le sens de l'orientation? Il me faut tenir le coup. Trente minutes encore et, une fois dans les airs, je pourrai entrer en convulsions… mais qu'elle n'arrive pas trop tôt, l'épilepsie récidivante! Pas tout de suite en tout cas, sinon un commandant trop anxieux pourrait vouloir faire demi-tour et me retourner dans la misère de Katmandou. Je me dois d'attendre que nous soyons vraiment assez loin au-dessus de l'océan avant de défaillir… Courage! mon Ti-coune, mon voyageur de tous les commerces, mon vagabond Asie-Amérique! Parle un peu de tout et de rien avec ton fils aîné qui ne paraît pas trop déprimé de ta condition.

Un agent du KGB népalais me fouille les côtes alors que j'ai les bras en l'air. Cherche-t-il ce qu'il ne trouvera jamais, ce que je ne sais même pas posséder moi-même. «Ouvrez votre sac!» grogne-t-il dans un anglais minimal. Quoi? Mon petit sac à dos dans lequel il y a mon carnet de notes et mon appareil photo? Pourquoi? «Ouvrez!» ordonne le caporal aux galons dorés, à la moustache tachée par une espèce de beurre d'arachide, au nez couperosé, à la lèvre inférieure épaisse. J'ouvre. Il taponne mes choses, l'air accablé, puis décide de me confisquer mes piles de rechange… pas celles qui sont dans l'appareil photo, non, les autres, les libres. Pourquoi? Je n'ai aucun courage de le questionner ou de lui demander de démontrer un soupçon de raison intelligente. Son garçon a probablement besoin de piles neuves pour son jeu Nintendo. Pierre, qui trouve la manœuvre frauduleuse, fronce les sourcils. Patience et longueur de temps, cher fils. Il garde tout de même un sourcil droit en accent circonflexe. Brave aîné, si tu savais comme je t'aime, comme je vous aime, en ce moment, mes deux anges gardiens!

Dans l'avion, nous prenons place dans un fauteuil dans lequel il vaut mieux ne pas être obèse. Deux gars de ma grosseur pourraient s'asseoir avec moi… Si maigre, suis-je? Ridicule condition physique… Suis-je jaune? Je demande à Mathieu s'il me trouve jaune… là, dans le blanc des yeux, y a-t-il un peu beaucoup de jaune? Non, non, mon papa… juste un brin de fatigue accumulée. Fais dodo! Je cale ma tête sur un oreiller. Des consignes sont données par une jeune femme qui semble avoir été coiffée le matin même par l'ancien coiffeur de Lady Di! Quels merveilleux cheveux entrelacés noirs et brillants. Parlez-moi, jeune femme ravissante, sinon mon voyage dans les airs se fera en grande partie dans les bras de Morphée. Je n'ai jamais pu me faire à l'idée que Morphée était un gars! Je sombre alors que l'avion fait une courbette dans l'azur en s'appuyant sur son aile gauche, direction: Europa!

Épilogue

Transféré dans une ambulance jaune de Montréal à Québec, combien de temps suis-je resté à l'hôpital dans cette ville sans son Bonhomme Carnaval pour me consoler, mes deux fils, tout adultes, ayant dû réintégrer leur vie respective pour la gagner, cette vie pour laquelle il faut bien se battre ? Combien de temps ai-je passé à réfléchir et à tenter de ne pas trop réfléchir tellement je sentais que trop de pensées me retiraient mes derniers soupçons d'énergie vitale dans ce haut lieu des traitements où, finalement, chez nous, on peut recevoir des soins hyper sophistiqués et gratos par-dessus le marché ? Combien de temps ai-je voulu écrire une lettre de quatre cents pages à mes deux fils que j'avais trouvés si forts, si attentionnés et si dignes, eux qui étaient venus me chercher de toute urgence pour ensuite retourner avec courage à leur vie citoyenne, vie de combats, d'offres et de demandes, mais aussi, il faut le souligner, de partages et de joies ?

Combien de temps ai-je dû endurer des tests et des prises de sang et des selles nauséabondes collées au fond de petits bocaux de plastique transparent, analyses d'urines, de crachats et de bien d'autres cochonneries qui vous sortent par les tripes quand vous revenez de la misère d'Asie, quand vous avez le cœur dans la gadoue tellement vous avez la tête encore imprégnée de souvenirs personnels, extrapersonnels, terrestres et extraterrestres? Combien de tacos et de scintigraphies de ma boîte crânienne ai-je dû subir tout en espérant plus ou moins anxieusement cette éventuelle guérison qui allait bien m'être décernée un jour ou l'autre comme un prix coco, nom d'un miracle attendu? Ah! comme j'avais le cœur toujours chamboulé par les cieux montagneux des Everest et des Annapurna réunis, dans ce Népal de tant d'amours où je ne m'étais rendu ni bien haut ni bien loin, physiquement parlant, mais où mon âme, mon âme de vagabond, mon âme d'itinérant professionnel, avait tant plané! Ô Népal de tous les bouddhistes fervents et attentionnés pour les voyageurs perdus, retrouvés, malades ou en santé, quel que soit leur statut, leur origine, leur race, leur revenu ou leur religion!

Une infectiologue de type magicienne, remarquablement prévenante et d'une délicatesse de maman, aux yeux d'un bleu de mer tranquille prénommée Suzanne, trouva pour moi l'antidote approprié, et même si les doses d'antibiotiques furent massives, injectées aux quatre points cardinaux de mes veines, à ce point que la nausée devint ma compagne de vie quotidienne, nuit et jour, même quand je parvenais à sommeiller un brin, eh bien, je finis par guérir, et totalement par-dessus le marché, sans altérations trop marquées de mes fonctions vitales, sans séquelles trop majeures, hormis un bon coup de vieillesse et une grande fatigue qu'il me resta à juguler pendant les longs mois que dura ma convalescence. Mes fils, à plusieurs reprises, vinrent me visiter à l'hôpital, ou s'informèrent de moi par téléphone quand ils ne pouvaient venir me voir, en plus de me laisser moult messages cybernétiques, lançant sur la Toile et à leur manière les plus beaux cris d'amour. Ô, chers enfants qui avez été de parfaits gentlemen pour leur paternel, plus particulièrement au cours de sa dernière convulsion, dans un aéronef entre Munich et Montréal, peut-être la plus sévère de toute sa petite vie de malade mental, un accès de Grand Mal carabiné plutôt prolongé aux dires des gens qui avaient dû assister à pareil spectacle et, surtout, à leur corps défendant. Cet accès dut me faire jeter dans l'azur onirique un matériel assez abondant pour alimenter trois Voies lactées! J'exagère un chouïa, je sais, mais, ô joies orgasmiques de tout sommeil réparateur quand la conscience castratrice est mise à l'écart! L'exagération n'est-elle pas libératrice des tracasseries de la vie ordinaire, surtout quand on sait avoir frôlé le trépas? Ah, comme j'aime raconter des histoires qui ont des airs de contes à dormir debout... bien que ce n'était pas debout que je passais mon temps dans l'Airbus en train de zébrer le firmament de l'Atlantique. Étendu sur le côté au milieu de l'allée centrale, je me payais une salsa hyper torride en compagnie de trois elfes aux ailes doubles, plus agaçantes que toutes les créatures hypersexuées de la saga des contes des mille et une nuitées! Mes fils, passablement habitués à mes ébats épileptoïdes, demeuraient stoïques tandis que mon hôtesse de l'air attitrée s'arrachait les cheveux en tentant de me dénicher un toubib. «Foutu aéronef de deuxième classe!» marmonnait-elle entre ses dents tandis que mes fils cherchaient à la dérider, elle et son sérieux désarroi. J'allais revenir tôt ou tard de ce nouveau, mais non inhabituel voyage astral, c'est ce qu'ils s'évertuaient à lui répéter, à cette hôtesse en détresse, bien que dans son énervement, elle n'ait tenu aucun compte des avis de ces jeunes gens. Pour son plus grand malheur d'hôtesse de l'air, aucun spécialiste de la médecine contemporaine ne se trouvait à bord. Il y avait bien parmi les voyageurs deux podologues et une massothérapeute, mais jamais ils ne se manifestèrent d'emblée, sauf quand le commandant de bord finit par annoncer officiellement qu'on offrait au premier thaumaturge qui me viendrait en aide un voyage à Acapulco, toutes dépenses payées. Au moment où ils se pointaient, les soignants des pieds et des muscles, de toute évidence plus intéressés par la rançon que par mon état de santé — je n'étais apparemment pas beau à voir avec la langue saignante et l'écume aux lèvres, comme me le racontèrent Mathieu et Pierre —, je commençais à sortir de la phase dramatique des convulsions généralisées pour passer à l'étape de la flaccidité précédant le réveil. Penauds, sans prix de consolation, les bonshommes et la dame durent réintégrer leur siège. Entre-temps, j'avais eu le loisir de lacérer avec mes ongles et en plusieurs endroits stratégiques le beau tapis de l'aéronef. Encore un peu et j'entamais la carlingue, ce qui aurait pu provoquer un crash dont je n'aurais même pas pris conscience! Une vieille nurse, travailleuse à la presque retraite pour Médecins sans frontières, vint finalement à mon chevet, un peu sur le tard, car elle était occupée aux toilettes avec un garçonnet qui vomissait à grands jets, ayant trop ingurgité de réglisse rouge. J'avais alors tout à fait repris mes sens. La nurse resta un moment à mes côtés, bonne comme du bon pain. Appuyée sur une canne d'allure africaine, en bois tordu, poli par des centaines d'années de désert, elle me raconta comment elle avait fait les quatre cents coups dans vingt-deux pays en guerre ou très pauvres tout au long de sa vie d'humanitaire (et de «missionnaire», tint-elle à ajouter, même si le mot tombait désormais en désuétude, ce qui était malheureux, à son avis). Son corps fourbu par tant de dons d'elle-même, ses articulations rongées par une arthrite plus que sévère, mais l'esprit toujours aiguisé, elle voyageait encore de temps en temps quand on avait besoin de ses conseils. Elle revenait d'une rencontre qui avait eu lieu à Ouagadougou et qui réunissait trois ONG différentes. Un projet d'aqueduc allait fournir de l'eau potable aux habitants de trente villages. L'humanitaire avait déjà œuvré dans le sud du Népal, au Teraï plus précisément. Elle avait aimé les Népalais comme ses enfants, disait-elle avec le cœur gros, d'autant plus que sa vie avait fait en sorte qu'elle n'avait pas eu le temps d'en avoir elle-même.

Combien de temps à jongler avec les malaises, les sueurs et les ultimes convulsions tout en attendant la lente, mais très lente guérison, grâce aux médicaments, grâce aux mots d'amour de mes fils, grâce aux attentions de l'infectiologue ? Ô Suzanna ! reine de la décoction guérisseuse au sourire resplendissant, à qui je ferai décerner une médaille après lui avoir fait ériger une statue dans un des parcs de la vieille ville de Québec. Je n'ai pas eu le cœur de compter les jours ou les semaines de la durée de mon hospitalisation. J'aurais pu comptabiliser avec exactitude, je sais, mais pour d'irrationnelles raisons, je n'y tenais pas. À quoi bon les chiffres et les statistiques quand on est malade, très malade, et que le Temps, de par sa nature profonde, suit une courbe toute relative et joue de l'accordéon, prenant son temps à ce point que les secondes semblent parfois des heures, tandis qu'à d'autres moments trois jours peuvent tout au plus durer quatre minutes.

Petit à petit, j'ai pu sortir de la profonde léthargie qui suivit mon retour dans ma petite maison-cabane au fond des bois. Dans la solitude, j'ai repris des forces, puisant dans des énergies résiduelles que la vie, heureusement, avait voulu me laisser en prime. Mais que de moments terribles, faits de chutes et de rechutes, petites et grandes, de ratés énergétiques suivis d'espoirs nouveaux ! Malgré des épisodes d'anxiété bien légitimes et même quelques instants de véritable panique, alors que j'ai eu besoin d'être rassuré par la plus compétente et souriante des docteures travaillant à l'est du Mississippi, j'ai fini par guérir, et complètement.

Fin de l'épilogue

Aujourd'hui, aujourd'hui même, de ma solitude, je n'en puis plus! Je réagis donc. Je bondis. Je saute dans mes bottes de quatre lieues et demie. Je cours autour de chez moi dans les fardoches et les arrachis. Je fends la moitié d'une corde de bois franc. Je sens que mon corps a repris de son poil de la Bête! J'appelle mes gars. Hé! ne croyez-vous pas que le temps est venu de reprendre nos sacs à dos et de regarder vers un azimut qui nous a toujours convenu, celui de notre Côte-Nord bien-aimée, cette portion de province qui se souvient avec animation de la vie de ses pêcheurs acadiens et newfies, de l'existence de ses Innus capables d'occuper totalement le pays en véritables nomades, entre la rivière Moisie et la côte labradorienne, en le marchant et en le canotant pendant dix-huit mois d'affilée, au fil du gibier migrateur?

Partons tout de suite tous les trois, mes garçons, d'autant plus que nous avons une bonne raison, excellente, une souveraine raison dont vous êtes, je sais, tout à fait fiers. Cette raison, elle se nomme Shiva, celui qui fut mon guide dans les sentiers de l'Annapurna, celui qui s'occupa de moi pendant que je délirais sur mon grabat, Shiva le compagnon de vie d'Arpita, cette fière batailleuse, cette égérie de la dernière révolution népalaise. Tous les deux, ils se trouvent maintenant quelque part dans une pourvoirie au nord de

Natashquan. Et c'est vous, mes fils, lascars débrouillards quand il s'agit de se dépêtrer avec les paperasseries administratives canadienne et québécoise, qui avez contribué à fomenter le coup de leur immigration officielle. Shiva s'est trouvé du boulot, vous avez su le diriger vers le frère d'un de vos amis, gérant dans une pourvoirie appartenant aux Innus, toute dédiée aux pêcheurs à la mouche, souvent des Européens, grands amateurs de saumon atlantique dans les régions restées vierges du nord-est de l'Amérique. Shiva y vit avec sa femme qui a accepté de le suivre. Ainsi donc, la sœur de la révolution népalaise a choisi de quitter son pays fait d'avenir révolutionnaire? Pourquoi un tel sacrifice? Par amour, probablement, afin de permettre à son rêveur de mari de réaliser son rêve d'Amérique, de vivre ce puissant fantasme qui n'avait rien de new-yorkais ou de californien, le Klondike mental de Shiva étant d'abord nordiciste.

Je lance les bagages à la va-comme-je-te-pousse dans ma bagnole. Je passe chercher mes fils à l'appartement du centre-ville de l'aîné, et ouste! nous décollons en direction de la taïga nord-côtière. Franc est! *young men and old father!* là où les ours noirs, les loutres folles et les loups gris ont conservé toutes leurs traditions, là où les animaux sauvages ont encore la place nécessaire pour se reproduire sur des territoires parcourus par leurs ancêtres depuis des milliers de lunes, là où les mêmes pierres intouchées laissent des lichens centenaires les recouvrir.

J'ai hâte de boire un thé avec Shiva, ce nouveau guide nord-côtier, sûrement aussi habile que les meilleurs guides des pourvoiries de chez nous, certainement aussi connaissant dans l'art de servir les voyageurs qu'un Innu d'Ekuanitshit, un Cayen de Havre-Saint-Pierre ou un Naskapi de Schefferville. Jamais je ne douterai de ses extraordinaires capacités d'adaptation et d'apprentissages de bien des langages, maintenant qu'il a dû se mettre au français et même à l'innu !

Je fredonne, je chante tout fort, je siffle, plus ou moins accompagné par mes gars, puis je placote avec eux, ayant abandonné mon sifflet strident qui semblait les perturber. C'est que lorsque je suis heureux, je siffle ! Nous parlons de leurs amours, de leurs travaux, de leurs rêves les plus chers, les plus fous ou les plus simples, de leurs tristesses comme de leurs plus grandes satisfactions. Je passe le volant à Pierre pour me taper un roupillon. Je m'endors à l'arrière du bazou pendant que Mathieu, qui croit que je dors dur, aiguise l'atmosphère intérieure avec une musique rock, du Frank Zappa capable de réveiller un mort. Figé, le cœur battant, la gorge serrée sur ma banquette arrière, je suggère plutôt une toune de Jean Ferrat, inspirée par le tendre Aragon. Après quelques pourparlers, nous nous entendons finalement pour *Abbey Road*, des Beatles. Chers Beatles amourables, sempiternels rassembleurs de pères et de fils qui courent le monde et la route 138 en direction de son aboutissement.

Nous nous arrêtons au bord de l'eau pour une pause pipi, tous les trois devant la mer de la Haute-Côte-Nord, comme cela nous est arrivé si souvent dans notre vie d'aventures communes. Quand ils avaient seize et quatorze ans, je me souviens, devant l'immense golfe du Saint-Laurent, lors d'une expédition en kayak entre Havre-Saint-Pierre et Baie-Johan-Beetz, au coucher du soleil, nous avions entamé un grand pipi collectif, de concert, amorçant simultanément nos jets. Quelle puissance ces deux adolescents avaient démontré avec des jets dignes des pompiers de Montréal-Nord, jets que j'avais nécessairement dû comparer avec le mien. « Wow, mon papa ! s'était écrié

Mathieu. Pas fort fort!» Hé oui, je me souviens, le soleil se trouvait à son couchant tandis qu'au même moment une pleine lune se levait de l'autre côté de l'horizon. Mes fils urinaient aussi loin que les sauts de baleineaux du large, alors que je parvenais à peine à iriser l'eau frôlant la grande pierre sous nos pieds. Avais-je déjà perdu des forces essentielles il y a vingt ans? S'agit-il de dépasser la jeune vingtaine pour commencer à mourir un peu, inexorablement? Par quel miracle mon destin voulut-il que je survive à tant de fatigues, à tant d'excursions, à tant d'expéditions, à tant de projets existentiels, à tant de blessures? Qu'est-ce qui fait qu'on ne meurt pas à dix-neuf ans d'un vicieux cancer du testicule ou à quarante-six ans d'un banal infarctus du myocarde? Pourquoi tous ces destins si totalement différents les uns des autres, et pas toujours liés aux mauvaises habitudes ou aux environnements délétères? Pourquoi cette survie qui dure tant et aussi longtemps que le grand couteau tranchant du cosmos n'a pas décidé de venir s'abattre et couper le cordon sanguin nous reliant à la vie? Sacrée affaire, oui, la Vie, qui compte plus que tout, quels que soient les aléas des potentielles résurrections et de l'éternité toujours possible quand on a une foi à transporter des mottes de terre, des collines ou même des montagnes!

Nous campons finalement sur les rives de la Natashquan, tout près du village innu, sans demander la permission à qui que ce soit. Nos tentes sont dressées sur le sable. Tout près, des familles s'adonnent à la baignade joyeuse: femmes, papas, adolescents, gamins. Chez les Indiens, pas de permission spéciale à quémander, dans la mesure où nous leur avons serré la main. Nous nous sommes présentés, nous avons demandé quel capitaine de fréteur pourrait nous transporter jusqu'aux bâtisses principales de la pourvoirie, à trente kilomètres en aval. Louis-Joseph-Napoléon Mestokosho nous mènera, si Dieu le veut et son antique moteur hors-bord et les courants et les bancs de sable de l'embouchure de la Natashquan. Nous partirons dès l'aube, selon les lois de l'*indian time*, c'est-à-dire sans nous stresser, ce qui veut dire peut-être plus en début d'après-midi, et nous retrouverons Shiva et Arpita. Dans quel camp vivent-ils ? Comment Shiva s'en sort-il ? Et Arpita la magnifique… oh… à moins que ce soit la détresse et la déchéance… Mais non, ce n'est pas ce que Mathieu et Pierre ont su, eux qui ont gardé contact alors que leur père n'était même pas en mesure d'être en contact avec lui-même. J'ai si hâte de revoir Shiva et Arpita. Je rêve de saumons munis de crampons qui gravissent les derniers mètres de l'Annapurna, qui redescendent en filant sur les névés avant de plonger dans la mer…

Au petit matin, une voix… Mais, c'est Absam ! le moine qui est partout et toujours ! Il a pris l'avion pour débarquer au pays en séduisant tout le monde avec son universel sourire, même les douaniers de l'aéroport Pierre-Elliott-Trudeau, ce qui est un tour de magie. Puis il a sauté dans un autobus avant d'en prendre un deuxième et enfin un troisième qui lui a permis d'arriver à Natashquan… Sacré prestidigitateur de l'apaisement spirituel qui s'en vient visiter ses compatriotes ! Ce moine aura été de tous les instants fatidiques de cette dernière année de ma vie… Je sors la tête de la tente. Ce n'est pas Absam. J'ai halluciné. Il est resté dans son Népal d'amour. Il empêche probablement en ce moment même les forces de l'ordre de tabasser avec trop d'opiniâtreté les éléments révolutionnaires. C'est Louis-Joseph-Napoléon Mestokosho qui se tient devant moi, un grand sourire éclairant son visage de coureur de rivières à perpétuité… C'est fou, moi qui ne croyais plus à l'existence des sourires de chez moi tandis que je vagabondais au Népal, je ne cesse maintenant de croiser des gens souriants. Et notre guide est à l'heure! Préjugés, préjugés! Que ceux et celles qui pensent que les guides indiens sont toujours en retard ravalent leurs pensées. Le porteur d'un prénom digne d'un des grands explorateurs de Baie-Comeau se trouve devant ma porte. Son bateau se trouve à trente pas. Nous mangeons un brin, démontons les tentes. L'Innu prépare le thé. Il fait un temps de Côte-Nord, venteux, un peu grisailleux, mais tout enrobé d'un air qui donne envie de respirer, tout comme l'air des montagnes himalayennes. Une femelle orignale détalera-t-elle dans un détour de la rivière quelques instants après notre appareillage, dérangée par notre passage alors qu'elle mâchouillait un rhizome de nénuphar? Une armée de rats musqués nous accompagnera peut-être en s'amusant à nos dépens tandis que nous filerons sur les eaux sacrées de la Natashquan toujours bondées de saumons, ce qui est un prodige quand on considère la catastrophe qui a touché la mer nord-côtière depuis trente ans, à peu près toutes les espèces vivantes ayant périclité, sauf l'humain et le loup-marin.

Notre guide connaît son affaire. Il déjoue les grands troncs envasés, les écueils nombreux, les bancs de sable si changeants. Il s'amuse avec sa rivière comme si c'était le plus beau jouet de la Terre. Mes fils, assis à l'arrière, contemplent le paysage. C'est une première, pour eux, cette remontée de la rivière. J'y suis déjà venu, mais il y a longtemps. J'ai dans mon sac une histoire de grands saumons atlantiques énervés qui tournaient dans un pool où l'abondance donnait des frissons. Des centaines de poissons géants marsouinant à qui mieux mieux jusqu'à ce que le plus nerveux d'entre eux se catapulte au sommet d'une chute de dix mètres. Je me souviens. Mes fils se souviendront. Les méandres de la Natashquan sont peuplés d'odeurs vanillées. Nous approchons des camps de la pourvoirie. Ça sent le bacon tout à coup. Contre un petit quai de fortune, on a amarré deux chaloupes. Sur le perron d'une cabane, une femme se berce, les mains sur le ventre. Arpita! En nous voyant, elle se lève d'un bond. Elle nous a reconnus. Elle descend en courant les marches du perron. Elle m'embrasse, embrasse mes deux fils. Elle nous dit que Shiva ne tardera pas. «Touchez!» dit-elle en prenant ma main pour la déposer sur sa bedaine. Arpita nouvellement enceinte… «Shiva est parti guider deux Américains. Il est devenu un bon pêcheur. La fabrication des mouches à saumon n'a plus de secret pour lui.» «Et toi, Arpita?» «Je suis heureuse si mon mari est heureux. Mais cet enfant-là…» Elle tient son ventre… «Il connaîtra son pays, je vous le jure. Entrez! Entrez chez nous! Je vais faire du thé.»

Remerciements

Merci d'abord à Gabriel Filippi, mon ami alpiniste qui, un jour, atteignit le sommet de l'Everest. Il fut mon inspiration pour ce livre. Merci aussi à deux Muses absolument essentielles à mon travail au cours des dernières années, Isabelle Jobin, aventurière, et Isabelle Duval, poète. Toute mon affection à mes deux fils, Jean-François et Michel, éternels compagnons dans ma réalité comme dans plusieurs de mes fictions. Un merci tout spécial à Hélène Guy et à Maurice Émond qui surent me lire avec tant de générosité. Merci de tout cœur à Luce Marineau et à Isabelle Forest. Et bien sûr, merci à André Vanasse, et à toute l'équipe des Éditions XYZ.